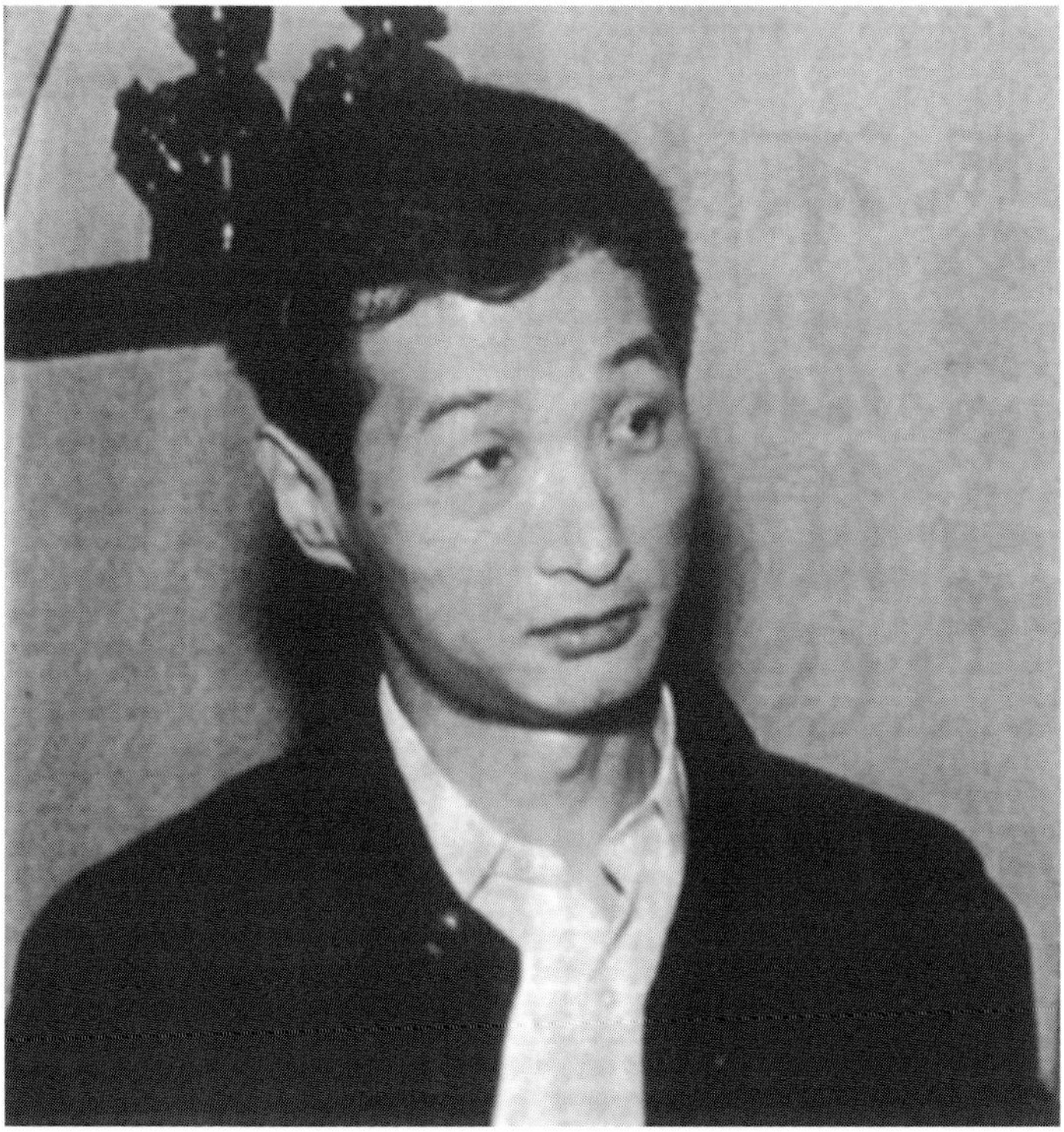

「不思議の国のアリス」俳優座　小劇場小冊子（1970 年 5 月）

増補版

言葉への戦術

別役 実

BETSUYAKU Minoru

論創社

増補版　言葉への戦術　目次

Ⅰ　言葉・その表情と構造

Ⅱ　演劇とその文体

増補版　言葉への戦術

Ⅰ　言葉・その表情と構造

犯罪の構造

四月十四日夜、文京区本郷五の十、鳳明館別館に於て、自民党国会議員橋口隆の長男順臣、京大文学部四年（二四歳）は、その弟和人、早大政経学部三年（二二歳）を刺殺した。

同十六日の新聞によると、長男順臣はそのいきさつについてこう云っている。

「小学校の頃から性格が合わず、仲良くしたことも思い出せない。大学に入ってからも反目は深まるばかりだった。今年三月頃、これ以上反目していたのでは家の中が暗くなるばかりだ、場合によっては殺してでもこのいやな状態をなくそうと決心し、登山ナイフ二丁も、そのために買った。懲役の覚悟もあった。

十四日夜、東大安田講堂前に呼出した弟の和人と本郷の旅館に行き、二人の不仲にケリをつける決闘の日取りを決めようと話合ったり、二人でブランデーを飲んだりした。決闘について考え直そうかと思っていると、和人が『いつやる？　今度やるときにはこうしてやる』〈註〉と云って身振りをまじえているうちに、『おそくなったから帰る』と云ったため、『めんどくさいからやってしまえ』と決心した。」（以上『朝日新聞』）

〈註〉兄弟は空手を練習しており、昨年三月頃都内水道橋の空手道場でバッタリ会い、上智大学構内で第一回の決闘をしている。その時は順臣が負けた。（『毎日新聞』）

「いきなり和人を刺したが最初の一撃は急所をはずれ、和人は空手の防禦姿勢をとった。しかし次に、体当たりざま心臓を刺し、これが致命傷となった。」（以上『毎日新聞』）

我々は或るもどかしさを抱かずには、ここで成立した「犯罪」の事情に近付く事は出来ない。二人は一体何をしようとしていたのか、と云う事が鮮明でないままに、事実としての何か確固たる事が行われてしまっているのだ。と云うよりは若しかしたら、二人は全く別の事情のもとに夫々《それぞれ》或る了解点に達し、それを喰い違わせたまま、強引にその「犯罪」に参加させられている、と云った方がいいのかもしれない。

先ず一読して明らかな様に、弟の和人の方は最後まで状況について誤解している。彼は兄順臣に安田講堂前に呼出された時も、更に本郷の旅館に誘われた時も、「二人の不仲にケリをつけるための第二回目の決闘」に関わる話合い、としてそれを了解していたから応じたのであって、その時の彼の「決闘」の概念は、「例え殺してでも」とか「懲役の覚悟もあった」兄順臣のそれの様に、分裂して限界の定まらないもの、ではなかった。「ブランデーを飲みながらの話合い」の中で彼が、「今度やるときはこうしてやる、と云って身振りをまじえて」みせた様に、その時の彼の「決闘」についての最大の関心事は、単に新たな趣向の問題でしかなかったのである。更に兄順臣によって予期せざる一撃を加えられた後ですら、彼は悼ましくも「空手の防禦《ぼうぎょ》姿勢」をとったのであり、予定よりも思いがけず早くきた「決闘」の瞬間に多少はとまどいながらも、あくまで、イクゾ・ヨシキタと云う勝負の構図の中に相手を見出そうと努力しているのだ。少なくとも兄順臣のそうした行為は、「不意打ち」であり、しかも「武器を携帯している」と云う事で、一方的な「決闘」の概念の破棄であるから、彼としては当然先ず、それをそうせざるを得なかった兄の心情を怪しみかつ恐れなければいけなかった筈なのだが、恐らくは彼の「武道者」としての平素の心掛けが、「卑怯な攻撃」の項目をも「決闘」の整理棚にはファイルしてあったのであろう。遂に「決闘」のワクをこえないまま、死んだのである。

　弟和人が最後まで「決闘」のワク内に於て行為したと云う事は、彼がその兄との「不仲」をどの程度のものと考えていたか、と云う事を我々に教えてくれる。恐らく彼にとっての「二人の不仲」は、単に二人の諸権利に関わる条件的な折り合いの悪さだったのであり、それは、家庭内に於ける兄と弟を規定する実質的な裏付けが失われたからだ、と信じられていたに違いない。だからこそ彼はその関係を、暗黙に了解された家庭内に於ける兄と弟と云う構図から、「決闘」に於ける勝者と敗者と云う明確な構図に移し変える事により、簡単にケリをつける事が出来ると信じていたのだ。

当然その構図に於ける勝者としての寛容さをもってだろうが、勿論、敗者としての従順さをもってそれをしなければならない場合についての決意もあったと思われる。彼の「決闘」の構図に対する信頼は、その構図に於ける自己の有利さに支えられていたのではなく、その構図が示す解答の明快さに支えられていたのだ。

一方兄順臣にとっての「二人の不仲」はそれほど単純なものではなかった。この「不仲」は、彼の見るところ、家庭内の秩序を乱したのではなく「暗く」したのである。その「暗さ」は一体何処からくるものであろうか。勿論ここで我々は、一般に状況が家庭に於ける兄と弟をどの様に制約しその結果それが夫々の性格をどの様に規定するかを説明する事は出来るし、更に彼等の個別的な事情から初歩的な心理学の知識を駆使して、兄は内省的で大人しく、弟は外向的で明るい、などと説明する事は出来るだろう。そうしておいて、だからその「暗さ」は、と云うやり方は、良くやられる手であるし、一見精密であるが、明らかにそれは「犯罪」と云う構造を、「原因と結果」と云う両方向へ際限なく分断して見失わせる方法なのだ。我々は往々その様にして、「犯罪」の「そこで何が行われたか」と云う具体性から、目をそらされている。

ここでその「暗さ」について少なくとも云える事は、その時兄順臣が「二人の不仲」と云う事実を状況に具体化するあらゆる手がかりを欠いていたと云う事実である。兄弟という対人関係の奇妙な事情の中に迷い込んだ彼は、それを論理によって構築する事も出来ず、従って言語によって具体化する事も出来ず、弟の側から与えられたその関係の論理と言語に不信を唱える中でその関係を

「不仲」と見、そしてその不信しか唱えられないと云う負目が、彼をたとえようもなく「暗く」したのである。

「例え殺してでも」と云う彼の決意は、若しかしたら或る時期「どうしても殺さなければ」と云う言葉に置きかえられた事もあるかもしれないが、それは決して、その「不仲」を突破するための彼の論理的帰結点とは認めがたい。むしろそれは、「不仲」を解消する事の絶望が与えた、漠然たる不安に過ぎないのだ。つまりそのすぐ後で彼は「懲役の覚悟もあった」と云う奇妙な発言をしている。「例え殺してでも」と云う言葉と、「懲役の覚悟もあった」と云う言葉は、一見矛盾なく論理的であるかに見えて、実は明らかに矛盾しているのである。若し彼が「殺す」事をその「不仲」を解決するための論理的な帰結点だと信じていたとしたら、既にその時彼は「懲役の覚悟」と云う状況認識を超えていなければならなかった筈なのである。「例え殺してでも」と云う決意と、「懲役の覚悟もあった」と云う決意は、全く別の、二つの状況認識に対応する二つの決意なのであり、我々は彼が一つの決意を常にもう一つの決意によって支えなければならなかった点にこそ、彼の実情を見なければならないのである。彼が「二人の不仲」と云う閉鎖的な状況に論理を与え、それを言語化しようとする度に、その状況は垣根を超え、不気味にも不毛な砂漠に平面化されてしまう。彼は両方を同時に押えねばならなかったのであり、その中で暗中模索したのだ。

　彼は二丁の登山ナイフを購入している。何故二丁なのか。彼はその時まだ、その弟の信頼する「決闘」の構図にこだわらずにはいられなかったからである。「二人の不仲」について弟和人は、

「二人の諸権利に関わる条件的な折り合いの悪さ」と云う論理を与え、それの解決に当って「決闘」と云う具体策を考案した。つまり弟和人にとっては、その「決闘」の構図こそ「二人の不仲」を状況に具体化する手がかりだったのであり、それを状況に説明する言語だったのである。若し兄順臣の側に、それに対する全く別の論理と具体策（言語）が独立していたら、彼もそれ程「決闘」の構図にこだわる事はなかったし、若しかしたら「二人の不仲」すら存在しなかったかもしれない。しかし勿論我々は、彼にその論理と言語がなかったからと云って、彼を責める事は出来ない。人は常に、論理によらずに誤解を拒否し言語によらずにそれを具体化する権利をもっている。彼も又その権利を行使したわけであるが、彼にとっての不幸は、その非論理性と非言語性を、少なくとも一時期は、弟和人の論理とそれによって考案された具体策（「決闘」の構図）に依拠させなければそれを具体化する事は出来なかったと云う点にある。つまり、彼のみる「不仲」が「決闘」に於て構図されるものではない、と云う事は、あくまで「決闘」の構図を通じなくては証明出来なかったのだ。

　彼が「決闘」にこだわらざるを得なかったのはそのためであり、登山ナイフを二丁買ったのもそのためだった。彼は、彼と弟和人との間に横たわる屈折した事情を、仮設された「決闘」の構図による間接話法で超えようとしたのである。勿論、かなり危険な試みではあった。若し彼が「決闘」の構図を積極的に仮設された虚構と見る場合は、そこに参加する彼の肉体も、「決闘」の構図に於ける虚構でなければならなかった。しかし、彼の肉体はその虚構の外側にある「懲役の覚悟」に於て支えられていたのであり、と云う事は同時に、彼の仮設した「決闘」の構図も、「積極的に虚構化されなければいけないもの」ではなく、「当然虚構であらねばならないもの」に過ぎなかった。近付くためには、たとえようもなく遠ざからなければいけないと云う事情に彼は耐えられなかったのであり、彼はそれを、自ら分裂して支えたのである。

「決闘」の構図に自ら参加せざるを得ず、しかもその構図を虚構と見る点で受動的にならざるを得なかった彼は、当然「本郷の旅館でブランデーを飲みながらの話合い」の中で、弟和人の側で一方的に概念化された「決闘」の構図の中に自らを失い、崩壊せざるを得なかった。「決闘について考え直そうかと思った」と云っているのは、その間の事情を良く説明している。しかし既に「決闘」は彼の思惑を超えて、動き始めた。弟和人は「今度やる時はこうしてやる」と云う言葉で「決闘」の構図に対する彼の留保条件を封鎖し、「おそくなったから帰る」と云って立ち上がったのである。この時彼の第一回目の危機が訪れたのだと云わなければならない。

彼は「めんどくさいからやってしまえ」と決心せざるを得なかった。この「めんどくさい」と云う言葉に対して、我々は如何なる評価も下す事は出来ない。その「めんどくさい」こそ彼がその危険な状況に於て、二人が「不仲」である事情をとっさに具体化した唯一の言葉だったに違いないからだ。若しその時彼がその言葉を発明し得なかったら、恐らく彼はその場で「自殺」する他はなかったであろう。彼はその言葉をかろうじて発明し、それによって第一回目の危機を突破した。「やってしまえ」と云う言葉は、「もう駄目だ」と云う言葉ではないのである。つまり私は、彼の第一撃が急所をはずれたのは、偶然だとは信じない。彼はそれによる話合いの継続を試みたのである。

その一撃によって振り返った弟の口から「一体どうしたんだ」とか「何をするんだ」と云う「決闘」の構図を超えた発言を期待したのだ。そして若し弟の側からそうした発言があったら、彼の方でも、それに応えるべく、あらゆる「めんどくささ」を捨て去る準備があっただろう。その時、若しかしたら「不仲」は解決したのだ。一瞬、彼はその会話が、生まれて初めての会話が成立する事を期待して待った。

一撃を加えられた弟がゆっくりと、（そうだ、恐らくそれはゆっくりとやってきた）空手の防禦姿勢をとった時、その時の彼の絶望がどんなものだったか、その時の彼の恐怖がどんなものであったか、私の想像を絶する。これが彼の第二回目の、そして致命的な危機であった。この危機を突破すべく、彼に如何なる言葉が発明出来ただろう。弟和人に「そうではない」と云う事を納得させるにしても、一体この状況は「どうでない」のだろう。彼は既に、彼の思惑を超えて「決闘」の構図に於ける一点景とされ、更にその構図はその場での完結を要求しているのだ。

彼の第二撃は、若しこう云う云い方が許されるならば、弟和人の心臓ではなく、その構図を突破しようとしていたのかもしれない。しかし勿論その登山ナイフは、「弟の心臓」から抜けなかったのである。

この時この場所で行われた「犯罪」の事情は、この様なものであったと思われる。ところで、若し私のこの分析が正確なら、我々はこうした事情を「犯罪」と呼ぶ事が出来るであろうか。恐らくそんな事はない。これは単に「事故」である。極く傍観者的に見ても、これは兄順臣の「過失致死」であり、若し彼兄順臣の心情に拠って見れば、第二の危機以後の彼の行為は、むしろ「緊急避難」ですらある。勿論この一貫した事情の中に我々は、「犯罪」が成立する可能性を一切見ないでする事は出来ない。少なくとも兄順臣が「例え殺してでも」と決意し登山ナイフを二丁購入したままでの行為の中には、明らかに一つの「犯罪」が構築される可能性があった。こだわる様だが彼が「懲役の覚悟」をしたとたんに、その構造が崩れたのである。およそ「犯罪者」がしてはならない唯一の事は「懲役の覚悟」なのだ。「懲役の覚悟」をする事によって自由になり得る状況は、そのの「懲役」が現実に重い状況に限られ、「犯罪者」と云うものは常にその状況から遊離する事によってのみ「犯罪者」たり得るものだからだ。「懲役の覚悟」が完全犯罪を約束するものなら、我々は既に多くのそうした実例に遭遇していなければならない。「犯罪」のムズカシサは実にここにある。

現に「犯罪」は既に状況内で行われるスポーツではなく、状況との間に交わされる話術である。「犯罪者」はそれの行われる構図を自ら選択し、その構図内に見出されるべき自己を、一点景として律しきらなければならない。虚構された肉体のみが、その構図の虚構を約束し、そこにこそ「犯罪」が成立する。そしてその時、あらゆる官憲の状況認識が、その「犯罪」に対して無効なのであり、その時「犯罪者」は、その「心理」「心情」をのぞかれるに足るあらゆる痕跡をなくして逃亡する事が可能なのである。「犯罪者」が第一にしてはならない事は、その「心理」「心情」をのぞかれる事であり、それによって状況に定着させられる事なのである。

（『現代詩手帖』一九六九年六月号）

ハニカミの構造

「東京都清掃局は二十六日午前十時から杉並区高井戸四の一二二一で清掃工場予定地の測量を始めようとしたが、工場建設反対同盟の主婦や商店主ら二百五十人がピケを張り、全員腰から吊るした石油カンを一斉にたたき鳴らして〝対話〟を拒絶したため、この日は立ち入り測量が出来なかった。」（昭和四十四年七月二十六日、毎日新聞夕刊）

以下の記事によるとこの反対同盟には作家の松本清張氏及び八幡製鉄副社長の藤井丙午氏も参加しており、両氏を含めてこの同盟は現在、この問題を裁判所へ提訴しているそうである。そしてこれら反対同盟のこの日の〝対話拒否〟は「その裁判の結果が出るまで待て」と云う事らしいのだが勿論誰もその裁判の結果については信用していないに違いない、と私は思う。若し彼等が「裁判闘争による解決」を「信じて」いたのなら、この日「その結果が出るまで待て」と云う事を清掃局の役人共に「話し合い」で納得させ得ると云う事も、容易に「信じた」であろうからだ。裁判闘争に対する信頼は「話し合い」に対する信頼であり、そして「石油カンの乱打による対話拒否」は、全く別な事情によるものなのである。つまり私は、この種の対話拒否と云う戦術を、もう少し大きな事情の中に見なければならないのだと考えるのである。

　現在一応、この行為は、反対同盟総体の保持する裁判闘争と云う長期的な戦略体系に於ける「測量拒否と云う当面の戦時目標に対する一時的な戦術」としてのみ、彼等に許容されている。それはいい。私が云いたいのは、そうでありながらこの戦術は、その戦略体系にくり込まれる事なく、無限の可能性を求めて暴発する事情を内包していると云う事だ。恐らくこの戦術が独自のサイクルの中で自己回転を始めたら、裁判闘争ではなく裁判そのものをも拒否する事になりかねないだろうし、ひいては、当面の戦時目標を次々と引き継ぎながら連続するであろうこの戦術の軌跡をたどる事で、その背後に、我々のための或る未分化な巨大な戦略体系を垣間見る事だって出来ないものではないと、私は考えるのである。

　勿論手ばなしでそうだとは云えない。実際には誰もが予想する通り、この戦術が今、独自のサイクルの中で自己回転を始め、アナーキーに暴発する可能性は極めて少ない。都清掃局だけではなく反対同盟でも、現在その可能性が極めて少ないからこそ、もっと云えば、それをそうさせないだけの対応策を自らの内に持っていると信じているからこそ、この戦術をこの時期に展開する事を承諾したのであろう。つまりこの戦術は現在、それ自体に無限の発展性を内包しながら、同時に或る事情の中にしっかりと閉鎖されているのである。そして、こうした場合の考え方の問題であるが、我々はこの発展性と閉鎖性を対比的に把《とら》えてはならないのであり、我々がその発展性をこの戦術の構造の中に見出したのであれば、その閉鎖性もまた、それをそうさせた反対同盟を含む状況の中に見るのではなく、やはりその戦術の構造自体の中に見出さなければならないのである。若しこの戦術が独自のサイクルの中で自己回転をしなければならないとしたら、それはその閉鎖性を排除する手だてを、自らの内に獲得した時に限られるからだ。この「石油カンの乱打による対話拒否と云う戦術」は限りない発展性と限りない閉鎖性との相関関係の中にあり、それを夫々に相互的な一つの構造として定着する事が、私のこれからする作業である。あらゆる舞台人は、人間と云うものを、肉体的に無限の可能性を内包しながら同時に言語的に閉鎖された事情の中に見ているのであり、そこに於ける演劇であり舞踊であるものは、その肉体的な可能性を限りなく解放するためにある、と考えている。だから私にしてみれば、ここに定着されるべきこの戦術の構造も、人間に関わって肉体的であり言語的である事情と、無縁であってはならないのであり、同時に、その限りない解放を約束する戦術でなくてはならないのである。

これはかなり〈不条理な〉事件だったのではないかと、私は考えてみた。勿論、私が新聞紙面を通じてこの事件に近接しようとした経路は、都庁から出かけた都清掃局の役人がいきなり出くわした場合の視点に結びつくものなのだろう。だからその〈不条理〉も当然、都清掃局の役人の〈理性〉にとってのそれなのだ。しかし、石油カンを叩いた方としてはどうなのだろう。私は新聞記事を読み、私自身の日常的な感覚の振幅を次第に増幅させながら、それがこの事件に連続する瞬間を暫く待った。私は往々その様にして、事件の特異性との距離を測るのである。しかしこの事件に関してでは私は、私の自然主義的な感覚の増幅作業だけでは追っつかない事を悟ったのである。次に私は様々な仮説をたててみた。私は私の仮説の中に先ずこの事件を植え込み、その中で事件の様々な事情を点検してみようと考えたのである。いくつかの仮説の中で最も陳腐な奴が私の気にいった、「奴等、石油カンを叩けと云われた時に、ハニカンだんじゃなかろうか？」と云うソレである。そうだ。そうに違いない。やっぱりこう云う事は「恥ずかしい」事なのだ。私は早速、紙面にかなり大きくとってある写真を見た。残念ながら写真の中の「奴等」はどれもこれもうすぼんやりしていてその個々の表情までは分からなかったのだが、ともかくもそいつらがスローモーションの様にぐんにゃりと顔をうつ向けてハニカム動作を再現した時私は、何とかその事件の表情に触れ得たような気がしたのである。

事件に参加したのは杉並区に住むそこいら辺の主婦や商店主達である。それが或る日、反対同盟のオルガナイザーに召集されてこう云われる。「さあみなさん、もう間もなく、ジープに乗った清掃局の役人達がやってきます。私が合図をしますから、みなさんの腰にブラ下げた石油カンを一斉に叩いて下さい。いいですね。さあ、やってきました。叩きましょう。」そこでみんな、一斉にガンガンと、やりながら……ハニカム。そうだ。やはりそうに違いない。

誰だっていきなり宙天に舞い上がるわけにはいかない。先ず片足を持ち上げてみるものだ。片足は未だ地上に残しておく。そして彼等のハニカミこそ、地上に残されたその「心細い」片足なのであり常識世界につながりを残す唯一の手がかりであった筈なのだ。彼等は夫々に自ら分裂してその場の事情に耐えようとするのである。しかしこのハニカミの種類と云うものは、我々が初めてデモに駆り出された時のハニカミ、もしくは「ベトナム侵略反対」と書いたゼッケンを胸につけて満員電車に乗り込む時のハニカミとは別のものだ。デモもゼッケンも、それ自体の内にこの常識世界を納得させるに足る正当な根拠を持っている。ところで「石油カンをガンガン叩く」行為の中には「何もない」のだ。その行為は、我々を限りなく宙天に引きずり上げようとする様に、そのハニカミも、若しあるとすれば、「限りなく恥ずかしい」と云った種類のものでなければならない。

一瞬〈不条理〉な状況が展開される。表情はゆがんで奇妙なうすら笑いをうかべ、視線が定まらない。昨日まで「最近オヤサイが高くなりました」と云うオハナシや「おテンキが悪くてオセンタクモノが乾かない」と云うオハナシでうなずきあえたオトナリのオクサマに対して、目くばせをして同意し合うべき何事をも見失ってしまう。勿論、周囲で一生懸命石油カンを叩いている人々全てについて、何等かの同意が成立しているのだと考える事は出来るのだが、若しかしたら個々が夫々に全く別の同意を確信しているのかもしれないのである。このハニカミはしかし、長い間持続させるわけにはいかない。若しかしたらそれはほんの一瞬の事だ。ハニカミと云うものは、宙天へ駆け上がろうとする片足と、地上に残ろうとする片足に限りなく分断させられる事情を、かろうじてつなぎとめた極めて不安定な表現に過ぎない。しかしまた、それが不安定な表現であるだけに、都清掃局の役人にとっても、耐えられないに違いないのだ。ハニカム人の前に立った時ほど「やり切れない」事はないからである。

そこで都清掃局の役人がこれに対してとるべき戦術は二つある。「まったくあきれてものがいえない」とフンガイして見せて、彼等の行為を「非常識（つまり気狂い）」のワクの中に封じ込めてしまうか、「まあ冗談はぬきにして」とニヤニヤ笑いながら、彼等を自らの信ずる「常識世界」へ引きずり込むか、そのいずれかである。彼等のハニカミは、そうされる事情の夫々に相互的な不安定な構造なのだから、そうした誘惑には極めて弱いのである。そしてそのどちらの誘惑に同調しても彼等は結局、役人共の対話の中へ封じ込められる事になるのだ。

そして、役人共のそうした誘惑に乗らないために、彼等がその不安定なハニカミから離脱する経路も二つある。第一のそれは、行為のための奴隷になる事である。私だって別に好きこのんでこんな事をやってるんじゃないんですよ、と云うわけだ。「でも、みんなでそう決めたんだし……。」そう考えてみるとかなり自由な気分になって石油カンを叩く手に力が入る。イライラした怒りみたいなものまで湧いてきて、役人共を冷たくにらんだりする。しかし、その怒りと云うものはかなり屈折したものに違いない。結局それは自己嫌悪なのだ。つまりこの時、対話拒否と云う行為は、自らの内にある対話願望への嫌悪にすりかわるのである。福田善之の大逆事件を扱った「魔女伝説」の中で、例のバクダンを作る宮下太吉がこう云う。天皇が嫌いなのではなく、それに頭を下げる自分が嫌いなのだと。そしてその自己嫌悪のために天皇暗殺を企てるのだと。私にはこのモチーフは面白かった。しかし、やや常識的ではあるが、やはりこのアトサキは逆なのではないかと考えるのである。つまり、宮下太吉にとっては、天皇暗殺こそが先ず大前提としてあり、それに集中するに従って次第に自己嫌悪に陥り、むしろ天皇を殺す事は自らを殺す事にあるのではないかと云う疑惑の中に閉ざされる。これが現在の我々にある常識的なパターンであり、その自己嫌悪が暗殺に向けて解放されるためには、もう一つ別の戦術が必要なのではないだろうか、と考えるのである。自己嫌悪は袋小路であり、意識にとっては一つの安定した事情なのである。だから若し彼等が、「石油カンを叩く」行為をその自己嫌悪の内に見出したとすれば、それはやはりハニカミからの堕落としなければならないだろう。

第二のやり方は、その行為を「遊ぶ」事である。「どうだい、馬鹿馬鹿しいだろう。しかし結構楽しいんだよ」と云う風に。そしてその時彼等は、舞台に立った役者であり舞踊家でなければならない。つまり行為を遊べる肉体と云うものは常に、虚構化された肉体でなければならないからだ。しかしこうしたやり方は、我々日本人的な生活心情からすれば極めてむずかしい。我々の意識の中には、「わたくし」であり「おおやけ」である事情を同時に保証する場が欠落している。常に「わたくし」は「おおやけ」に背いたところから始まり、「おおやけ」は「わたくし」に背いたところから始まっている。だから「わたくし」たらんとすれば「自己嫌悪」の中に閉鎖され「おおやけ」たらんとすれば「遊ぶ」のではなく「ふざけちらす」事で拡散させられてしまう。そのどちらかである。そして「ふざける」と云う事は、肉体を虚構化する事とは無縁の事であり、単に自己嫌悪とウラハラの心情に過ぎない。恐らく、と私は推測するのであるが、彼等はその行為を「遊んだ」のではなく「ふざけた」のだろう。そして若しそうだとすればそれもまた、ハニカミからの堕落なのである。

彼等は「ふざける」のではなく「遊ぶ」事が出来ただろうか。つまり肉体を虚構化し、役者となり舞踊家となる事が出来ただろうか。恐らくヨーロッパでなら、こうした事は簡単に出来たに違いない。あそこには、個人が「わたくし」であり「おおやけ」である事情を同時に保証する場が既にある。つまり場と云うよりは、そうした心情を安定して支える概念と云うべきだろうか。イギリスでユーモアと云われドイツでイロニーと云われフランスで何とかと云われるそれである。彼等ならそうした概念に支えられて「大真面目」で石油カンをガンガン叩く事が出来るだろう。清掃局の役人も、ジャン・ギャバンが良くやるように肩を一寸すくめ、首をかしげて手を広げて見せ、それから振り返ってスタスタと行ってしまう、と云うシーンである。そんな風な事が行われたに違いないのだ。しかし勿論、だからヨーロッパの方がと云うのではない。それはそれだけの事である。勿論、自己の存在をユーモアの中にもしくはイロニーの中に律し切ろうとする意志は創造的なものだろう。ヨーロッパの芸術作品の根底には、常にそうした不可解な「凄み」がある、カフカの文学の根底にある不可解な構造についても、私はそれだと考えているのである。しかし、ユーモアなりイロニーなりがベッタリと慣習化された風土に於ては、人々は創造的な努力なしにも常にユーモラスにもイロニカルにもなり得るのである。そしてその場合は、ユーモアもイロニーも意識の安定した事情なのであり、例えばその場に於て肉体を虚構化し得たとしても、それはその肉体の狂暴な可能性を限りなく解放するためのものでなければならないのだから、若しそうだとしたら、それは失敗と云わねばならないだろう。大英帝国が未だに女王陛下を頂いているのは、それを虚構と見る〈教養〉が彼等に備わっているせいであろうし、それを「大真面目」で自慢するユーモアを心得ているからであろうが、そのために結局彼等は女王陛下に統治されているのだ。ヨーロッパ的知性の閉鎖性について、私はそう考えている。

そして我々に未だ可能性があるのは、種々の戦術的なあやまりはくり返しながらも、我々がまだ未分化で不安定なハニカミの構造の中に在るからである。それはユーモアやイロニーの様に、人間の存在に関わって言語的であり肉体的である事情を清潔に整理した場ではないけれども、いや、それだからこそ、新たな無限の可能性を内包している様に思えるのである。

対話拒否と云う行為を促す思想はこうである。つまりそれは言語体系に対する不信であり、一つの状況に於ける一つの言語体系は、常にその状況に対して閉鎖的である、と云う考え方に立っている。既成の言語体系によって閉鎖的な状況を打開出来ると云う考え方は、決して対話拒否にはならない。それは当然である。そして又、対話拒否と云う行為は、単に社会的な一回こっきりのアピールではすまされない。それは自らの実在に持続的に課する行為である。例えば若し肉体の原初的な拒絶反応として一瞬対話拒否の意図が表明されたとしても、それが持続される構造を持たない限り、次の瞬間には「対話を拒絶した肉体」と云う特殊性の中に閉ざされて、結局体系化されてしまうからだ。そしてその持続を約束するものは、大げさに云えば、新たな我々のための言語体系の創出なのである。又、我々のための新たな言語体系の創出を予定した過渡的な表情こそがハニカミなのである。

彼等はハニカミながら石油カンを乱打した。一瞬ののちにそのハニカミは自己嫌悪の中へ、もしくは自己拡散の方向へ分断させられ、或る安定した事情の中に閉ざされてしまっただろうけれども石油カンの乱打だけはやめなかった。主体的には袋小路に追い込まれてしまったのだろうが、結局その日の対話拒否が成功したのは、そのせいである。誰も気付かなかっただろうけれども、その石油カンを乱打する音こそが、彼等の肉体の意図を離れて、我々のための新たな言語体系を創出しようとしていたのだし、無意識的に、状況に語りかけていたのだ。勿論私はそれが無意識的だったから語りかけ得たのだとは思わない。ハニカミの中から、それを持続させる意図をもって、意識的に全状況へささやきかける手段を、いつか我々は持つに違いないと確信しているのである。

私はクレーの絵を見るたびに、それが一個の象形文字のようだといつも考える。我々のための新しい言語と云うものは、次第にそうならざるを得ないのであろうし、そうなった場合我々は、そうした文字を通じて我々の全存在をかけて語りかけねばならないのだろうし、同時に我々の全存在をかけてそれを聞きとらなければならないだろう。しかし又、私が何よりもクレーの絵にひかれるのは、それが常につつましやかな永遠のハニカミをたたえているからである。

（『現代詩手帖』一九六九年十月号）

話術としての『暴力』について

『暴力』と云う言葉から連想させられるのは『鈍器による殴打』であって、『鋭利な刃物による一突き』ではない。『暴力』と云う言葉は『愛と憎しみによる角逐の構図』に対する郷愁に支えられており、その意味では極めて牧歌的でありかつ古典的である。臨床医フロイドはかつて『芸術』について『殆ど常に無害で衛生的な錯覚』と云ったが、若しそれがそうなら、我々は現在『暴力』についても同じ事を云い得るだろう。

往々にして誤解されるのであるが、『暴力』がその目的とするものは常に『暴力的な関係』のみであって、『鋭利な刃物の一突き』がねらう『心臓』に代わるものは、この場合存在しない。実に『暴力』の『暴力』たる所以はここにあり、現在我々が『暴力』を問題にしなければならないのもそのためである。つまり『暴力』は『話せばわかる』事情の放棄ではなく、むしろ正しく発明された『話術』なのである。（フロイド風に云えば、錯覚された『話術』と云うべきか。）

勿論『暴力』に関わる概念は種々に混乱しており、我々はそれを整理するために、それをその歴史に於て二つの時代に区分しなければならない。『暴力』が状況内に於けるスポーツであった時代と、状況との間に交わされる話術になった時代である。他の全ての事がそうであった様に、『暴力』もまた、それがスポーツであった時代に技術的進歩をとげた。スポーツは常に、それがスポーツであると云う事の疑念とは全く関わりのないところに或るルールを設定し、その上に展開される非人間的作業であるから（つまり人間とは、彼が人間である事の疑問の上に成立している時にのみ、人間なのである）技術が技術として独立して自己発展をするのである。即ち第一期の『暴力』は、確定した一つのルールのもとに、『すばやさ』と『たくみさ』と『力強さ』を進歩させていったのであるが、その過程で彼等は、それらの技術的進歩を測定する基準として『心臓』を設定しなければならなくなった。レインジャー部隊が突撃して突っつくワラ人形の左胸に赤いハートをブラ下げると云う、例の手である。その結果当然、『暴力』は『心臓』との関係で測られる事になり、その時期に、『鈍器による殴打』は常にその延長上に『鋭利な刃物による一突き』を見なければならなくなったのである。第一期の『暴力』がもたらした結論は、『暴力』の究極的表現は『鋭利な刃物による一突き』である、と云う事だった。

しかし勿論こうした傾向は、『暴力』の『暴力』たる所以からたとえようもなく遠ざかるものであり、いわば『暴力』の堕落だったのである。我々の『暴力』に対する潜在的な不安は、この堕落した『暴力』に喚起されるものである。つまり我々が『暴力的関係』の中にあって不安なのは、そこで夫々が『愛と憎しみによる角逐』に構図された全的人間としての自己と、単に『刃物』に対する一個の『心臓』に過ぎない自己とに、分断させられている事からきている。

第二期の『話術としての暴力』の時代は、こうした『暴力的関係』に於ける『被害者の不安（この云い方は正確ではない。しかし以下記述を見られよ）がもたらしたと云っていいだろう。彼等は『暴力的関係』の不確定さと、そこからくる不安に対して、『逆時力』による対話を試みたのである。『暴力的関係』の底辺に『鋭利な刃物』と『心臓』と云う、究極的な構図を沈潜させる事により、そこに於ける両者を『被害者』と『加害者』と云う固定的な関係に定着させてしまった状況に対して、彼等は『愛と憎しみによる角逐の構図』としての『暴力的関係』を恢復しなければならなかったのであり、そこに於ける両者を『勝者』と『敗者』と云う流動的な関係に置きかえねばならなかったのである。全世界の学生運動家達が全て『鈍器』をもって武装したのは、決して偶然ではないし、同時にいわれのない事ではない。彼等はその『暴力的関係』の彼方にある相手を、『心臓』としても『刃物』としても認めまいと試みたのである。勿論我々はこれを素朴主義などとののしるわけにはいかない。彼等にとって大切だったのは、相手をその様に認める事ではなく、そうした意味の中に『暴力的関係』を限定して構築した点であり、それをもって状況に対する『発言』とした点なのである。『暴力』が『話術』である所以である。

『鈍器による殴打』が全く『心臓』と関わらないと云う事はない。現に石器時代にあっては、人々はそうした方法でケモノを殺したのであり、敵を倒したのである。『殴打』がくり返される事によって『鈍器』もまた『心臓』に到達するのは事実である。しかし、それなら同じ事だから『鋭利な刃物による一突き』の方が、と云う考え方は全く間違っている。石器時代の人々が『鈍器による殴打』しかしなかったのは、彼等に『鋭利な刃物』がなかったせいではない。彼等はその敵が『心臓による存在』だとは思わなかったせいであり、云いかえれば、彼等は先ず『殴打』をくり返しながら『本来あるべき心臓』を相手の体内に探索しなければならなかったのである。彼等にとっての『暴力的関係』の彼方にある相手は、『うち倒すべきもの』である以前に『探索すべきもの』であったのだ。『鈍器による殴打』こそ、その過程を保証する唯一の方法だったのであり、その『殴打』の過程に於て、夫々の『本来あるべき心臓』なるものが、夫々の了解のもとに探り出され、その『暴力的関係』の中に対置した時、その時はじめて『暴力的関係』は『生死の関係』におきかえられたのである。現在『鈍器』によって武装した者が、その『暴力的関係』の彼方にある相手を全的人間として見ようとしている事は前に書いたが、そしてそれが素朴主義ではないと云う事も書いたのであるが、その場合の全的人間とは、状況によって構造化された人間の事である。つまり彼等は、その個の意識を『殴打』する事により、それを意識たらしめている構造を『たたき出そう』としているのだ。実に彼等の『殴打』こそ、状況に向かって放たれる限りなき『愛のささやき』と云わねばならないだろう。『しあわせは歩いてこない』のだそうであり、我々は『だから歩いて行かなければ』ならないのだそうであるが、このとめどもない漂泊によって風化し、摩滅した我々の肉体は、『暴力』によってのみ解放され、そしてそのためには、現在、それを保証する『暴力的関係』を限定して構築しなければならないのである。時代は『暴力』のルネッサンスであり、それを通じて相互に夫々を探り合う『間接話法』の季節である。

(自由劇場・パンフレット『VIOLENCE』)

日本語について

私は日本語を知らない。つまり私は、満州に生まれ、高知、静岡、長野、東京と移り住み、そうした中で私自身の言葉を、極めて中性的なものにしてしまったらしいのである。言葉が中性的なものになるということは、それが本来もつエネルギーを見失うということである。現在、日本語が本来もつエネルギーは、いわゆる方言というものの中にしかない。もちろん方言も、様々な場を通じて戯画化され、それぞれ一つの形骸になりつつあるのだが、それでも、民族の主体的な表現としてのエネルギーを、そこに探り出すことは可能である。

劇作家でありながら方言を知らないということが、どれほど致命的なことか、私は最近ますます考えざるを得なくなってきた。もちろん方言を知るということは単純なことではない。形骸化された言いまわしを知識として知ることではないのである。おそらく、大阪弁とか東北弁とかいわれて、一見してそれとわかるような言いまわしは、既に方言の形骸であって、方言ではないのだ。

言葉というものは日々生産されるものであり、刻々変化するものである。ごく厳密にいえば、それが口から出された途端に、一つの決定が下されるのであり、同時にその言葉はその言葉として形骸となるのである。従って言葉は、常に決定され、持続的に決定しつづけることによって言葉なのだ。方言を知るということ、つまり言葉を知るということは、その決定の法則性を知るということにほかならない。私が知らないのはそれである。

本来劇作家というものは、言葉を決定し、さらに持続的に決定しつづける才能によって劇作家たり得ている。私はそうではないのである。私の使うことのできる言葉は、既に決定された言葉だけだ。言うならば言葉の死骸である。良くも悪くもそうなのだ。良い点といえば、そうした言葉は素材として極めて安定しており、構築が精密に行われやすいということである。悪い点はいうまでもない。生気がなく、ダイナミズムに欠けるのである。

言葉を中性的なものにしようとする周囲の力は、現在しだいに強くなりつつある。方言は戯画化され、ドモリは矯正される。言葉本来のもつエネルギーは失われ、従って人は表現のエネルギーのはけ口を失って、極端な饒舌に走るか、極端な寡黙に落ちこむ。いずれにせよそれは、ストレスとなってしだいに重く、蓄積されつつあるのだろう。言われているところの言葉の危機というものは、おそらくそうしたものなのだ。若い学生に人気があるといわれる深夜のディスクジョッキーの、あの極端な早口を聞いていると、その言葉への焦燥感を、ひしひしと感じざるを得ない。失語症文明という時代が、やがてやってくるのではないかと思われる。ニューロックの激しさはそのさきがけに違いない。

しかし、いったい、言葉はどのようにしてその本来のエネルギーを取り戻し得るのだろうか。方言を見直そうなどという素朴な考えが有効でないことは自明である。外来語のはんらんを人はよく問題にして、日本語の乱れを指摘したがるが、私に言わせれば、それも問題にならない。最大の問題はやはり、抽象語のはんらんではないだろうか。我々は現在ごく日常語な会話にすら、抽象語をまじえないではいられなくなってきている。これが問題なのだ。抽象語というのは、言葉ではなく、記号である。それは、我々の日常生活のすみずみにまではいりこんできたプラスチック製品のように、我々の感性を受けつけない。プラスチック製品は便利であり、機能的であるが、我々は決してそれに愛着は抱かない。それは機能であって、存在ではないからである。我々の日常会話の中にまぎれこんで定着してしまった抽象語にしてもそうだ。我々はそれによって様々な事情を理解することはできたが、言葉に対する愛情を失い、従って言葉はそのエネルギーを失ったのである。

言葉が便利になればなるほど、機能的なものになればなるほど、我々はそれによって語り得ない多くのことを抱えこむことになる。かつて茶人は一個の茶器と対面して宇宙を理解した。我々は今プラスチックのコップを前にして、何事を理解し得るだろうか。いつか、我々は一斉に沈黙し、いわなければならない多くの言葉を抱えこんだまま狂死するに違いない。

(『日本の屋根』一九七二年一月号)

「言語遊戯」について

綿谷雪氏の『言語遊戯の系譜』には、おなじみの「早口ことば」から「文字ぐさり」と呼ばれる尻取り文句、「掛け言葉」「縁語」などの地口・口合いの数々が、これでもかと云う程収録されている。自慢すべき事なのかどうか知らないが、日本に於けるこうした言語遊戯の多様性はとうてい諸外国にその比を見ないそうである。恐らくは往時のモダニスト達が精魂傾けて作ったであろうこの膨大な「無用語」について、著者は「ひょっとしたらこれは（彼等が）賢明にも国語の崩壊点に注目して、無数のネガティブを形ある言葉として示そうとしたのかもしれない」などと云っているがまあかなり謙虚に見積ってもそんな事はあるまい。あるとすればむしろ彼等の、「国語とその文法」に対する「悪意」だろう。と云うのは、御存知の通り彼等モダニスト達の発明はおおむね言語の外面的機能（その律動性、音の反復と語の反復を基本とする各種の押韻法・畳語法、または重義語）に関わっていて、それは若しかしたら、勿論意識しているかいないかは別として、彼等の作業が言語の内面的機能（民族の自己開示としての意味）に対する不信に支えられていたからかもしれない、と思われるからである。

言語遊戯の最も純粋な昇華は「早口ことば」であると私は考えるのだが、それらの傑作になるとその言葉の連続を支えるものは全く「口唇錯雑の原理」に過ぎない。つまりそこでは言語の機能を我々の発声器官の機能に完全に置き換えてしまっているのである。今はどうか知らないけれども我々が学生劇団に居た頃、役者のエチュードの一つとして必ず「早口ことば」を練習させられた。それはまあ我々の発声器官の機能開発が目的だったのだろうが、それをしながら無意識的に我々は、言葉と云うものを舌や唇で確かめるべき「客体」として扱っていたのである。「早口ことば」を云ってのけたあとのあの一種格別な爽快感は、恐らくそこからきているに違いない。又、「恐れいりました」と云うところを「恐れ入谷の鬼子母神」と云う云い方があって、これは本書によると「掛け言葉」の中の「捩《もじ》り」の部類に入るそうであるが、この場合も明らかに、或る「恐れいった」事情を「恐れいりました」と云う言葉の中に植え込む事を嫌う事から発明された云い方に違いないのである。つまり言葉の意味に対する不信であり、そのための言葉の「客体」化なのだ。

そう考えてみると、これら「言語遊戯の数々」が作られ、或いは流布した事情の中には、当時の人々の「言葉に対する或種の戦術」がたくらまれていた様な気がしないでもないのである。勿論これらは、現在「言語遊戯」としてのみ取沙汰される様に当時も「言語遊戯」に過ぎなかったのであり、従ってこれらがおおやけのルートを通じてまともに「国語」に対して叛乱を企てるための戦術だった、とはとうてい考えられない。綿谷雪氏も「こうした言葉には決まって笑いの罰則が課せられている」として、その戦術の有効範囲が制限されている事を説明している。

しかし若しそうだとしても、それらに笑いの罰則を用意し、それらを「ほんの冗談」の中に封じ込めていたのは誰だろう。私はそこに、当時の目に見えない「文部省」と「国語審議会」を垣間見るのである。いつの時代にも制度化されているいないは別として「文部省」と「国語審議会」はあるのであり、それらの無言の圧力もしくは暗黙の了解が、我々に「言葉は主観的なものである」事を強要し、その「文法」を管理する事で我々の意識を管理する事が可能な事情を作ってきたのだ。だから彼等モダニスト達は、うがった云い方をすれば、自らの内なる国語審議会に叛乱を企てていたのであり、返す刀で自らに笑いの罰則を課していたのだ。

「遊び」と云うものが常に危険である様に、彼等の試みも、自らそれを笑えなくなった時が危険である。綿谷氏もこれら「無用語」の氾濫が「文法をさえ歪曲せしめる不純の勢力」になるかもしれない事を恐れているが、この場合の「文法」とは単に文章が論理的であるための約束事の意味ではない筈である。言語を客観視する事によって言語体系的に論理化された我々の認識の構造自体が破綻を生ずる、それが「文法の歪曲」なのであり、それを恐れているのである。

しかし現在、どうやら「言葉遊び」ははやらない。「無用語」文明は「陰語」文明に移行した模様である。それはいい。しかし若し「陰語」文明と云うものが、自らの言葉に笑いの罰則を課す事を嫌って生れたものだとすれば、それは我々の言葉への戦術の一歩後退かもしれないのである。

（『現代詩手帖』一九六九年十二月号）

もう一つの「アルファヴィル」

左ぎっちょのレミー・コーションが最後にどんな顔をしたのか、画面には遂に現れてこなかったのであるが、私は気になってしかたがなかった。つまり解説書には、「地球へ向かう夜のハイウェイを走る車の中でナターシャはレミーに向かって〝愛する〟と云う言葉を初めて口にするのだった」とまあ決り文句が書いてあって、それはそれでいいのだが、厳密に云えばナターシャは「愛する」と云ったのではなく、一語一語噛みしめる様に「私は、あなたを、愛します」と云ったのであり、それが一寸気にかかるのである。レミー・コーション探偵は、やっぱり一寸苦々しく、若しかしたら煙草に火をつけたりしてみせたに違いない、と思うのである。

ブラジルの劇作家ギリエルメ・フィゲレイドに「狐とぶどう――奴隷イソップの物語」と云うのがあって、その中でイソップがこう云う。「人間はいろいろな事をしゃべりあう。ところがいつもお互いにわかりあえたためしがない。動物たちはわかるのだ。ただ一声うなるだけで、〝好きだよ〟とか、〝腹がへった〟とか、〝敵がやってきたぞ〟とか、〝大けがだ〟とかいろいろといいあらわす。ただ声をふるわせたり、うなったり、吠えたりするだけでこんなにたくさんの事を全部いいあらわす。……もし私たちの耳が非常に微妙だったら、〝愛している〟とただ一言いうだけで、愛情のありとあらゆる変化を感じ、いまだ私たちにはとらえられないひびきを感じとる事が出来る」（牧原純・訳）

探偵レミー・コーションがナターシャの中に恢復させたいと願った「愛」と云う言葉が、もしイソップの云う通りのものであったとするなら、彼はその事に成功したとは云えないのではないだろうか。「私は、あなたを、愛します」と云う言葉は、「話し言葉」と云うよりはむしろ「書き言葉」であって、それ自体で論理的に完結してしまっている。更に云うならそれは、「私と云うのが私のことであり、あなたと云うのがあなたの事であると仮定するなら、そこには、私があなたを愛していると云う関係が成立しております」と云う様に、限りなく論理的な完璧さを目指して複雑化する方向をもっているのであり、それは同時に「愛」と云う言葉のもつ本来の意味から無限に遠ざかる事に他ならない。ナターシャがレミー・コーションの顔を見て「愛しているわ」とひとこと云う事とは、全く違う事情がそこに作用し始めているのである。

人間が言葉を通じて何事かを表現すると云う能力は、「話し言葉」の中から文字が生み出され「書き言葉」が出来上がってゆく過程で増大したと云われる。それは確かなことかもしれないが、私に云わせれば、それによって失ったものも決して少なくないと思うのである。私の友人の一人に若干SF的な発想をする言語学者が居て、彼の言によると、言語と云うものは本来三次元的な構造をもつものであり、それが文字の発明により二次元平面におきかきかえられてしまった。その無理がたたったせいで、「書き言葉」は主語と述語の相互性による独自の論理構造を派生させ、自己完結的に閉鎖されてしまった、と云うのである。二次元平面におきかえられてしまったからと云うのは多少くせものであるが「書き言葉」が、主語と述語の相互性の中に論理的に閉鎖されてしまっている、と云うのは事実であろう。

考えてみるまでもなく「私は、あなたを愛してます」と云う言葉は閉鎖的であり、「愛しているわ」と云う言葉は解放的である。レミー・コーションが「何か云う事があるんじゃないのか」とわざわざ求めたのも、「私は、あなたを、愛してます」と云う言葉ではなく、「愛しているわ」と云う言葉だったに違いない。ナターシャは一生懸命考え、そして一語一語確かめながら「私は、あなたを、愛します」と云った。レミー・コーションが絶望しない筈がないではないか。

彼が〈外界〉からアルファヴィルの中に入り込む事なしにはナターシャに「愛」と云う言葉を教えてやる事が出来なかった様に、今ふたたびレミー・コーションはナターシャのはからずも仕掛けた言語の閉鎖的な論理構造の中に入り込まなければ、彼女の「愛」を受け取るわけにはいかなくなったのである。云い方を変えれば、レミー・コーションはやっとの事で閉鎖的な論理社会から解放されたのだが、気がついてみると「もうひとつのアルファヴィル」である言語の閉鎖的な論理構造の内に、閉ざされていたのである。「可哀そうなレミー・コーション」その顔は、やっぱり見てみたかったのだ。

論理的である事が人間的である時代が終わって、非論理的である部分にわずかに人間的であるものを自覚しなければならない今日、我々の人間性恢復への手順は単純ではなくなった。タフガイであるレミー・コーションは、左手にかまえたピストル（！）でアルファヴィル全体を支配する電子指令機アルファ60に立ち向かいそれを破壊するのであるが、同時に彼はもう一方の手でエリュアールの詩集『苦悩の首都』を持ち、ナターシャに「愛」と「やさしさ」について教えなければならないのである。勿論彼が、云うところの文武両道を兼ね備えているわけでは決してない。むしろ文武両方向に、戦術的にだが、限りなく分断させられているのであり、分断させられざるを得ないのである。しかし彼にこの分裂を可能にさせたのは、彼が圧倒的に論理的であるアルファヴィルの中に居たからだ。我々は圧倒的な論理の中にあっては、常に強固に非論理的であり得る。やさしさと狂暴さを同居させる事など朝めし前の事だ。しかしその圧倒的な論理性から解放された時、我々はどうすればいいのであろうか。つまりレミー・コーションは、ナターシャがその気がなくてだが仕掛けたワナの中へ、再び左手にピストルをかまえて突っ込むのだろうか。アルファヴィルはそこに重層化されているのであり、若しかしたらそれこそが我々にとってむしろ圧倒的なのだ。

（アートシアター『「アルファヴィル」上映パンフレット』）

「アンダルシアの犬」における映像機能について

　ブニュエルの映画について何事か話さなければならない時、誰でもがそうするように、私もまた、あの〈アンダルシアの犬〉における冒頭のシークエンスについて触れざるを得ない。あれは実はダリの悪趣味なのであって、ブニュエルの本質は別のところにあるのだ、という意見もあって、私もそれを一概に無視するわけではないのだが《剃刀の刃が若い娘の眼を分断しながら横切る》というその映像の衝撃力は、私の記憶の底で私の実質を永遠に震憾し続けるのではないかとさえ思わせるのである。だからそれが、たとえばダリのスキャンダラスな意図から生まれたアイデアだとしても、単なる〈こけおどし〉として葬り去るには未だ余りにも生臭いし、様々な未分化な事情を内包し過ぎているように思えるのである。映画に限らずある古典としての作品を鑑賞する場合、往々にしてわれわれはその作品をいったんそれが成立した時代の状況の中に閉ざしてみて、その上で《その状況におけるその作品》という価値を楽しむやり方をする。つまり一度はその古典とわれわれとの間に横たわる距離を見切り、その上でわれわれのほうから古典のほうへ近づこうとするわけである。しかしまた、しばしばそうしたわれわれのやり方を拒絶する古典がある。

最近になって経験したことであるが、私は、復古ブームに乗って刊行された江戸川乱歩全集と夢野久作全集をほとんど同時に読む機会を得た。もちろん江戸川乱歩も夢野久作も、厳密な意味での古典とは言えないのかもしれないが、時代的な明らかな距離を見切ることができる程度には古典なのである。そして、江戸川乱歩のほうは確かにそれが成立した時代の彼方にあったのに対して、夢野久作のほうはそうではなかったのである。江戸川乱歩の作品はすべて私に対して常にある距離を保証し、〈楽しもうと思えば楽しめる〉という事情を超えなかったのであるが、夢野久作の作品のほうは不快にも（実際それは不快な体験だったのだ）その見切られてしかるべき距離を犯して、たとえようもなく私のほうへ侵入してくるのである。

もちろん私はそれをもってその作品の優劣を論ずるつもりはない。ただ少なくともここで言えることは、江戸川乱歩ではなく夢野久作のほうにより多く、われわれの計算を超えた未分化なものが内包されているということだ。そしてこれと同じことが〈アンダルシアの犬〉の冒頭のシークエンスについても言えるのである。あのシークエンスに関する限りは、未だ古典の中に閉ざされてはいない。それが成立した1928年の状況からハミ出し、無気味にもわれわれの現代へ向けて伸びてくるのである。ことわっておかなければいけないと思うが、それは偉大なる古典はすべての時代を通じて偉大であるという意味とは若干違うようである。私はその作品の構造が持つ〈普遍的真実〉（つまりそれが抽象されてあらゆる状況に適合するもの）について言っているのではないのだ。私がそれをもって作品の優劣を論ずるつもりはないと言ったのは、そういう意味である。

恐らくそれは夢野久作の文体の魔術であり、ブニュエルの映像の魔術と言うべきものなのだろう。それらが科学的に分析され、夢野久作の文体の機能およびブニュエルの映像の機能としてわれわれに確かめられた時、初めて彼らの作品は古典の中に閉ざされるのである。ドイツには〈文芸学〉と言われる文学のための科学の伝統があり、日本にはそれがない――と、よく言われる。従ってひとつの作品を文体もしくは映像の機能の面だけで説明しようとする仕事は極めて少ない。当然、魔術的な文体、魔術的な映像はそのそれぞれの作家の特異な体質もしくは異常な環境が結果するものと判断し、それ以上の追跡を試みない。結局、それらは最終的には〈ある神秘なるもの〉に委ねられてしまっているのだ。ところで、シュールレアリスムというものはその〈ある神秘なるもの〉をまさしく科学的に開発することを目的とするものなのであり、もしそうならばその芸術作品が最後的には〈ある神秘なるもの〉に委ねられることをあらかじめ予定しているような風土とは、恐らく相反するものではないかと思われる。だから、もし日本の風土的な事情がこれまでシュールレアリスムを受け入れてきたとするならば《神秘的なるものを科学的に開発する》ためのシュールレアリスムとしてではなく、《われわれの内なるある未分化なものを神秘的な手法をもって開発する》シュールレアリスムとしてではなかったかと考えるのである。当然シュールレアリスムは、わが国においては構築的に有効であったのではなく、分析的に有効であったのであり、ある常識論に到達するための径路を保証したに過ぎなかったのだ。

夢野久作やブニュエルに対する讃美や非難の中に、私はこれまでもそうした誤解が少なからずあったような気がしてならないのである。〔アンダルシアの犬〕の冒頭のシーンをダリの悪趣味と決めつける考え方の中にもその気があるし、それを〈こけおどし〉としてわれわれにとっての無害な特殊性の中に封じ込めるやり方も、そうした誤解の上に立っている。また逆に、そのスキャンダラスな意図を賞揚し、それが《教授連、正統派的批評家連、ブルジョアども》の心胆を寒からしめたとして讃美するやり方の中にも、そうした誤解による逃げがある。それらはいずれも、具現化されたそのシークエンスの映像の機能について言っているのではなく、それをそうさせた作家の意図もしくは動機について推論しているに過ぎないからである。彼らはすべて、サルバドール・ダリや、ルイス・ブニュエルが、彼らと同様の地表に立ち、もしその気になれば常に連帯し得るという保証を得て、その映像からの被害を避けようとしただけなのだ。しかし映像というものは作家の意図でも動機でもない。意図と動機によって促されたフィクションである。もしくは、意図と動機を離れたフィクションでもある。それは決定され自立したオブジェなのであり、われわれはそのオブジェとの、それだけとの対決をしないかぎり、それを映像の機能として定着することはむずかしいと思われる。

われわれは現在、ブニュエルについてだけではなく、そうした仕事をしなければいけないところへきているのではないだろうか。芸術作品の創造という仕事が、われわれの内なる未分化なものの衝動に駆られて促される時代は終わったのであり、今やそれはわれわれの意識構造に関わる形而上的な意味での技術になったのだ。当然われわれは、成し遂げられた成果の中からそれを成したものの狂気を読みとるのではなく、その成果の数学的な確かさ、その成果の装置の巧妙さを検証すべきなのである。私はブニュエルについて、その〔アンダルシアの犬〕の冒頭のシークエンスについて、そうした作業をしてみたいのである。

私は何年か前、芝のプリンスホテルで開かれたダリの展覧会を見た。恐らくダリのものとしてはかなりの規模のものだったのだろう、相当の作品が来ていた。もちろん私はダリの現代における衝撃力についてそれほど期待していたわけではないが、印象はそれ以上に悪かった。惨胆たるものだったと言ってもいいかもしれない。私は時代の彼方に滅び去ろうとするそうした残骸の前にしばらく立ち、私の日常的な感覚を次第に増幅させながら、それが欲情する瞬間を待った。そして結局、それは不可能であった。自然な形態に対するデフォルメはそのダイナミズムを失い、伝統的な価値に対する歪曲は悪ふざけに堕していた。たとえば、ウィリアム・テルの尻の片一方の肉塊がニュウッと、一メートルほど後方に伸び、支え木に支えられているのだが、それはすでに如何なる意味でも、われわれの末梢神経をも刺激することなく、ただ寂漠たる〈形〉の中に閉ざされていたのだ。

椎名麟三の〈神の道化師〉の中で、家を飛び出した中学生の準次が大阪の無料宿泊所で善やんと知り合い、その手淫を手伝うところがある。ところが、善やんに抱かれながら準次がいくら一生懸命その《水気を失った肉塊》を摩擦しても、依然としてその肉塊は深い皺の中に在るのである。一時間あまりも苦闘して、遂に準次はあきらめる。《……〃もうええわ〃瞬間、善やんは、しんとした顔で、上のベットのあたりを見ていた。だがふいに準次へ向くと、準次の手を両手で握りしめながら熱っぽく言った、〝わいを捨てへんやろな、え、捨てたら怨むで〟……》

私はダリを見ながら、フイとその小説のその場面を想い出していた。恐らくダリの絵はすべて、われわれの末梢神経に連続する表皮でおおわれているのだろう。ダリは絵画の表現機能について、その面を開拓したのである。われわれの認識活動は如何なる感覚を通じてなされようとも、結局、言語体系の中に納められて終結する。絵画もまた、言語体系を通じてなされる認識活動の視覚的展開であったに過ぎない。しかし、末梢神経に働きかける刺激だけは言語体系を通じることなく、直接にわれわれの内なる未分化なものに作用するのだ。そこにダリのねらいがあったのであり、ダリの発明があったのだと言えるだろう。ダリはそうすることで従来の言語体系に閉鎖されていた絵画から、純粋な絵画性を抽出できると信じていたのだ。一面ではその作業は正しかったと言える。

ただ、考えなければならないのは、われわれの末梢神経はひとつの刺激がくり返されることにより常に鈍磨するということだ。われわれがダリの絵をすでに生気を失った残骸としか見ないのは、その表皮を覆うわれわれの末梢神経のための吸引力がすでに枯渇したということに他ならない。しかし一体、そうしたわれわれの末梢神経に訴えるための作品はすべて、そうした運命の中にあるのだろうか。私はそうは思わない。もしそうした表皮が、あるリアルな構造に支えられているとしたら、それが永遠にわれわれの末梢神経を刺激することも決して不可能ではないと考えるのである。ダリの絵にはそれを支える構造がなく、ただ薄ッペラな表皮だけなのだ。そこにダリの限界があるのである。云うまでもないことだと思うが、その構造について、私はダリの思想性だとか歴史観などと同一視したくない。それをそう見ることがまた、ある神秘性につながってしまうからだ。私の言う構造とはあくまで、虚空にあるものを具現化するための幾何学的装置のことなのである。

さてブニュエルであるが、ダリが絵画において発明した表現機能を、良きにつけ悪しきにつけ、彼はその映像機能において試みている。映像もまた絵画と同様、言語体系を通じての認識活動に加担していたのであり、そこから純粋な映像機能を抽出するためブニュエルもまた、われわれの末梢神経について敏感になろうとしていたのだ。そうした意味でのブニュエルの悪趣味ぶりも十分に有名である。〔ビリディアナ〕で若い娘の手が大きな乳牛の乳房に触れようか触れまいかとしてたじろぐ映像、あるいは〔小間使の日記〕で殺された少女の足をはうカタツムリ。そうしたシークエンスを見せつけられて《またか!》とウンザリさせられた経験は少なくない。しかし、くり返すことになるのだが、〔アンダルシアの犬〕の冒頭のシークエンスにだけはそれがない。それは未だに生気を失わず、われわれの記憶の底にあって永遠にわれわれの末梢神経を刺激し続けるのである。恐らくそれは、われわれの神経を鈍磨させることなく、永遠に新陳代謝をくり返すある巨大な構造に支えられているからなのだろう。その構造の謎を解き明かすことが、その映像を機能として定着するための唯一の方法である。

〈眼をえぐる〉事情が扱われているものとして、われわれはすぐオイディプースを思い出すし、また谷崎潤一郎の〈春琴抄〉を思い浮かべる。そしてそのいずれもが衝撃的である。〈傷つけられる〉ことの衝撃性は往々にしてその〈痛さ〉に比例するのであるが〈眼をえぐる〉事情に関する限り、それ以上のものがあるようである。それは〈痛い〉より以前に、極めて〈不快〉なのだ、あるいは無気味なのである。恐らく眼というものはわれわれがわれわれの存在を自覚するための最初の感覚なのであり、それ自体は絶対に客体視できないという点でわれわれであると同時にわれわれでないある神聖な立場を保持しているものである。ブニュエル風に言えば、獣的である存在と神的である認識活動の仲介をなすものと言えるかもしれない。いずれにしてもその眼を損うということはみずからにとってのみずからの存在を否定する行為には違いないのである。

オイディプースは妃の上衣にあった黄金の留金で両眼を深く突き刺すのであるが、その時彼はこう叫ぶ。《もはやお前たちは、この身にふりかかってきた数々の禍いも、おれがみずから犯してきたもろもろの罪業も、見てくれるな！　いまよりのち、お前たちは暗闇の中にあれ！　目にしてはならぬ人を見、知りたいとねがっていた人を見わけることのできなかったお前たちは、もう誰の姿も見てはならぬ！》（藤沢令夫・訳）そうして、彼はその両眼を何度も刺し、《血は黒い血のりの雹さながらに、どっと流れて降りそそぐ》のである。この場面はすべて舞台裏で行われ、こうした事情は《報せの男》によって語られるのであり、舞台に現れるのはすでに盲目となり血にまみれた姿だけである。従ってここで重要なのは、ギリシア悲劇がすべてそうであるように、眼を突くという行為が観客の生理に訴える生々しさではなく、その行為のドラマの構造に関わる意味である。オイディプースの叫びの中で《お前たち》と呼ばれる眼も、彼の〈判断力〉といったものの抽象なのであり、わずかにその〈血〉の描写が、それに生理的な表情を与えているだけなのである。この衝撃力はだから、その行為のドラマの構造から言って全く必然的なものであるという点に由来し、逆に言えばその行為以外にそのドラマを構造として支えるどんな行為もないという点に由来している。つまりわれわれは、われわれ自身をこのオイディプース神話の因果律の中に見出した時、初めてこの衝撃力を衝撃として受け取るのである。そして、われわれがオイディプース神話の因果律をわれわれのヨーロッパ的な教養体系の中で理解しがちであるように、この衝撃力もまたわれわれの教養体系内に閉ざされがちである。

谷崎潤一郎の〈春琴抄〉において、佐助が目を突く場面は次の通りである。《或る朝早く佐助は女中部屋から下女の使う鏡台と縫針とを密かに持って来て寝床の上に端坐し鏡を見ながら我が眼の中へ針を突き刺した針を刺したら眼が見えぬやうになると言う智識があった訳ではない成るべく苦痛の少い手軽な方法で盲目になろうと思い試みに針を以て左の黒眼を突いてみた黒眼を狙って突き入れるのはむづかしいやうだけれども白眼の所は堅くて針が這入らないが黒眼は柔かい二三度突くと巧い工合にづぶと二分ほど這入ったと思ったら忽ち眼球が一面に白濁し視力が失せてゆくのが分った出血も発熱もなかった痛みも殆ど感じなかった此れは水晶体の組織を破ったので外傷性の白内傷を起こしたものと察せられる佐助は次に同じ方法を右の眼に施し瞬時にして両眼を潰した》（原文のまま傍点筆者）この文章は、佐助が当時を回顧して話したことを第三者が書きとめたというかたちになっている。それは、オイディプースの〈眼を突く〉行為が舞台裏で行われるのと同様である。しかし、オイディプースの場合と違って、この場合はその行為の〈意味〉は問われていない。ここにおけるこの行為は、〈ある異常な行為〉としてのみ重要であるに過ぎないのである。オイディプースが虚空に幾何学的装置としてのドラマをしつらえ、その構造の中で必然化された〈眼を突く行為〉の、その行為自体の意味を問うたのに対し、〈春琴抄〉では、その行為自体というよりはそれをそうした佐助を問うということになっているのだ。つまりここに在る佐助というのは、春琴に関わって無限の常態から無限の異常態へ延長する未分化な存在なのであり、〈眼を突く〉行為は、その無限の異常態の方向に限りなく向かう佐助にとって可能なひとつの状態にすぎないのだ。従って、ここの叙述はわれわれの生理に訴える。筆者が傍点を付した個所の巧妙なさり気なさが、如何に巧みにわれわれの末梢神経を刺激するか、読んでみれば分かるのである。

一見して、つまり〈春琴抄〉のここの部分だけで判断すれば、ブニュエルの肌ざわりと極めて良く似ているのに気付く。しかも佐助の話体をそのまま記した部分と、それを記述した第三者の医学的見地を相互に混合させ、ブニュエル的悪趣味ぶりを巧みに消してみせたりしている。そういう意味では、ブニュエルよりもむしろ上手いのかもしれない。オイディプースの両眼からは《黒い血のりがどっと降りそそぐ》。しかし佐助の場合は《出血も発熱もなかった痛みも殆ど感じなかった》のである。ここがブニュエルに近い。異常な行為はそれによって促される異常な反応によって相殺される。ここで観客の生理は救われるのである。〈もちろんオイディプースの場合は観客の生理に衝撃を与えることを目的としていたのでなく、行為が行為として独立することを企図しているのであるから当然なのであるが。）一方、佐助の場合は、その行為はそれによって促された反応によって支えられてはいない。ただ次第に《視力が失せてゆくのが分かった》だけなのである。従ってその異常な行為は、直接われわれの生理に重くのしかかってくる。また、オイディプースは黄金の留金で眼を突き、佐助は針である。ブニュエルは剃刀なのである。そして黄金の留金はどちらかと言うと鈍器であり、それで眼を突くには〈力〉が必要である。当然、ひとつの意図が行為へ至る間に〈力をこめる〉というクッションが介在し、それがわれわれの生理をある程度はなぐさめる。しかし、針と剃刀にはそれがない。意図はそのまま行為に無気味にも結びついている。これもまた、われわれの生理に直接刺激を与えるのである。

　このようにして〈春琴抄〉のここの部分は、ブニュエルに酷似していると言ってもいいかもしれない。しかし〈春琴抄〉とブニュエルの決定的な違いは、一方が〈佐助の眼〉であるのに対して、一方が〈眼そのもの〉であるという点にある。〈春琴抄〉で突かれる〈眼〉は〈佐助の〉という特殊な事情から一歩も出ることはできないのだ。そしてまた〈佐助〉の事情は、春琴との関わりにおいて特殊化され、さらに〈佐助と春琴〉はその時代、その状況との関わりにおいて特殊化され、果ては限りない未分化なもの＝神秘性の中に委ねられているのである。ここの部分の叙述には《白眼の所は堅く……》《黒眼は柔らかい……》《一面に白濁し……》《水晶体の組織を破ったので外傷性の白内障を……》といったような、いわばドキュメンタリー・タッチとも言える部分があるのだが、それは決して眼をひとつのものとして扱っているせいではなくて、異常な行為をさり気なく叙述するための技巧に過ぎないのである。

ブニュエルは〈眼〉そのものをその映像のために選びとった。われわれは彼の〈それを選びとった行為〉の中に、ひとつの構造を見出さなくてはならない。その〈眼〉は如何なる特殊性の中にも閉鎖されておらず、虚空に在る〔アンダルシアの犬〕という幾何学的装置が必然化したオブジェなのである。そしてそれがオブジェでありものであることを最終的に決定するために、それを剃刀でえぐらなければならなかったのである。オイディプースの場合で言えば、そのドラマの構造が必然化したのは眼をえぐるという〈行為〉なのであり、いわばオイディプースの幾何学的装置はその〈行為〉をオブジェとして定着したのだ。一方、ブニュエルが〔アンダルシアの犬〕においてしなければならなかったのは、〈眼という存在そのもの〉をオブジェとして定着することだったのであり、そのために〈それを剃刀でえぐること〉が必要だったのである。つまりオイディプースにあっては〈行為〉をオブジェとして定着するために〈眼〉が必要だったのであり、ブニュエルにあっては〈眼〉をオブジェとして定着するためにその〈行為〉が必要だったのだと言えるかもしれない。〈眼〉という、われわれにとっての神聖な立場を物質化する、という点にブニュエルの底深い告発を、われわれは感ずるのである。

さらにわれわれはこの映像のもつもうひとつの奇妙な構造について気づかなくてはならない。つまりわれわれは、そのスクリーンでひとつの〈眼〉がえぐられてゆく事情を見ながら、それが他人の〈眼〉であるのか自分の〈眼〉であるのか判断し兼ねるのである。われわれがそれを見て思わず目を伏せるのは、他人の〈眼〉が傷つけられるという残酷さにわれわれが耐えられないためでもあり、同時に自分の〈眼〉を防禦するためでもあるのだ。もちろん、オイディプースの場合でも、佐助の場合でも、われわれはその残酷さに対して同じように反応する。しかしその場合は、相互に他人の眼であったり自分の眼であったりするのであって、他人の眼であると同時に自分の眼であることなどはない。これはドキュメンタルな映像のもつ特殊な機能である。そうした機能がわれわれを一方的に侵食するのである。われわれはそこから決して逃れ得ない。

ブニュエルのドキュメンタルな映像に関する限り、それが如何に鋭角的にオブジェ化されていたとしても、われわれはそこに決してカタルシスを感ずることはない。われわれがひとつの虚構についてカタルシスを覚えるのは、それが常にパラドクスであるという点にある。オイディプースも〈春琴抄〉も、それがそこに架空の構造を保ち得ているという点においてパラドクスなのであり、イロニーなのである。もちろん〔アンダルシアの犬〕についても、その幾何学的装置自体はパラドキシカルなのであるが、その表情である映像はそれを拒絶している。われわれがその映像の前で、それを他人の眼とするか、自分の眼とするかを意識的に操作できないのはそのためであろう。

この映像の持つ衝撃力の深刻さは、そこからも来ているのである。この映像を前にして、われわれの生理をなぐさめるものは何もない。救済の道はすべて途絶えているのだ。最初に〈眼〉がクローズ・アップされた時、われわれはどのようにして救われようとするだろうか。まず、それが誰の何のためのものであるかを知りたいのである。そしてそれがある特定の人物のある特定の状態における〈眼〉であることが分かったらわれわれはひとまず安心するだろう。その〈特定〉はこの作品の構造に関わるものであり、もしそうならここに在る〈眼〉はその構造に奉仕するひとつの〈意味〉に過ぎないからであり、そうした理解を通して当面する〈生々しさ〉から逃れ得るからである。ブニュエルはそんなことはしていない。

次に、その〈眼〉を剃刀がえぐる時、われわれはどのように救いを求めるだろうか。われわれは〈音〉を欲し、ふき出る〈血〉を欲し、痛みをこらえる〈うめき声〉を欲する。もしそのどれかがあったら、われわれはその映像を単なる異常さの中に葬り去ることもできた筈である。ブニュエルはそれをも許可しない。

最後に、われわれは、われわれ自身を〈それを見ている〉事情の中に封じ込め、〈見られているもの〉と〈見ているもの〉の立場を明らかにして、そこから救われようとする。そしてそれも許されない。このようにしてわれわれは、全く絶望的な不快な事情の中に追い込まれるのである。

恐らくブニュエルは、この〔アンダルシアの犬〕における冒頭のシークエンスにより、ドキュメンタルな映像の持つ悪魔的な破壊力について理解したのであろう。私はその最も成功した例として1932年の作品である〔糧なき土地〕をあげなくてはならないのだと考える。ドキュメンタリー映画というものは、それについてよく言われているように、その衝撃力の大半を対象の特殊性に委ねている。しかしこの〔糧なき土地〕について言えば、彼が〔アンダルシアの犬〕で単なる〈眼〉を見事なオブジェにして見せたように、各シークエンスに登場するどの人物も、動物も、あるいは石ころも、その風土的な特殊性を未分化にひきずることなく、独立したオブジェとして定着されているのである。

私はしかし、それ以後のブニュエルのドキュメントと言うよりはむしろフィクションである作品を何本か見たが、そのどれにも満足しなかった。それらはフィクションでありながら、どれをとっても〔糧なき土地〕ほどには構造的でなかったのである。もちろん、彼が〔アンダルシアの犬〕で試み〔糧なき土地〕で成功した映像機能は随所で見せつけられたのだが、それらは決して成功しているとは言えず、むしろウンザリさせられた場合のほうが多かった。恐らく、映画における構造とその構築力は、われわれが一般に言うフィクショナルな映画の中で試されるのではなく、むしろドキュメンタルな映画において対象をどう選択しどう定着するかという作業の中で試されるものなのではないだろうか。

（『フィルム』一九六九年十月号）

「バベルの塔」と「私小説」

「創造」という言葉を使うたびに、私はいつもある種のためらいを感ずる。それはもしかしたら、その言葉が、往々にして余りに安易に使われているせいであるかもしれない。つまり「創造」という言葉にこめる意味について、われわれの文学の伝統の中で、すでに相互に了解し終わっているとは、どうしても思えないのである。

創造という言葉は、たとえば破壊に対しての建設というような、単純な一方的な意味でなく、意識の底でひとひねりしなければならないような、あるギコチなさを内包している。そして、そのギコチなさゆえに「創造」が「創造」であるような気がしてならない。

「創造」という言葉をきくと、私は、ブリューゲルの「バベルの塔」と、カフカの『城』を思い出す。奇妙な取りあわせだが、その二つの作品の中には、生《ナマ》で「創造」の作業を感じさせる、何かがある。

ブリューゲルの「バベルの塔」には、牧歌的な日常生活を営む村落の中に、突如として出現した巨大な、しかもグロテスクな塔の残骸が描かれており、ある熱狂的な作業と、その虚《むな》しい成果とが奇妙に調和されて、やや俯瞰《ふかん》した角度に構図されている。その角度が問題なのかもしれない。私はそこに、ブリューゲルの「創造」ということに対しての、「魂の居直り方」といったものを感ずる。つまり「創造」という言葉は、「神のみが創造し給《たも》う」ということを、バベルの塔の建設に失敗する中から得た西欧の文明が示した、一つの絶望であり、従ってそれを越えようとする一つの決意に過ぎないのではないだろうか。

カフカの『城』の冒頭の設定にはその辺のニュアンスがさらにこまやかだ。

ある男が「城」に所属するある村へやってくる。彼は滞在許可証を持っていないので追い出されようとする。そこで止むなく「私は城によって招かれた測量技師だ」といつわる。ところが「城」の方では、それを認め、しかも二人の助手まであてがってくる。彼は「それでは城は、ほほえみながら俺《おれ》と闘うことを承知したのだな」とつぶやく。この「城」と男との間に横たわる屈折した空間を通じてでなくては、われわれは「創造」には近づけない。

ブリューゲルの絵も、カフカの小説も、同時に、「創造」ということを、肯定するにせよ否定するにせよ神との関係の中でしかとらえられなくなってしまった西欧文明の、ある種の痛ましさを示してはいるのだが、少なくとも「創造」という言葉は、そのような伝統の中にあってこそ、一つの意味をもち、その意味において、具体的なのだ。なぜならば「創造」が文字通りの「創造」でなく正確には「創造の絶望と、それを越えようとする決意」といわねばならない時以外、われわれは、どのようにして「創造」に対して情熱的になり得よう。

一方東洋においては、神という伝統がなかったから、「創造」という毒々しい野心もなかった代わりに「調和」という生活の知恵が発明された。

調和ということは「自然」との、もしくは「社会」との「正しい関係を築く」ということであり自然が変化し、社会が変化するにつれて、自分自身をも限りなく変化させながら、その関係を正しく築き直し、築き続けるということである。従ってみずからを限りなく関係の中で相対化してゆき、そのことによって、自分自身にとっての自分を絶対化してゆくという、いわゆる悟りの方法が生まれる。

文学作品がそこに介在するとすれば、それは、その関係を築くための「手がかり」に過ぎず、その作品自体が、対宇宙的な独自の存在を勝ち取ろうとする意欲に欠けているとしても、止むを得ない話である。その独自な存在を勝ちとるべく用意されていたのは「作品」ではなく「関係」であったのだから。

従って、西欧文明の伝統の中で意味を持つ「創造」という言葉が、日本の伝統の中に正しく植えこまれたとすれば、その成果は、「作品」にでなく、それを手がかりにして築かれた「関係」の中に探られねばならない。もし、「創造」という言葉が、これらのニュアンスを欠いたまま理解され、その成果を性急にも「作品」に求める傾向があったとすれば、混乱を招くのは当然である。

西欧から輸入された自然主義小説が、私小説という形で日本に風土化された事件について、日本の文学史上における大きな誤算であるかにいわれているのは、その意味において、間違いである。むしろ、私小説こそ、西欧の文明を日本の伝統の中で本質的に理解し得て成した、唯一の業績かもわからないのだ。私小説家が、自然主義小説から学んだものは、「自然主義」ではなく、「自然主義的にならざるを得なくなった作家の魂」だった。

自然主義というのは、一つの時代における、つまり一つの意味における「創造」の否定なのであるが、私小説家は、その、否定された意味における「創造」について、目を開かせられたのだ。

私小説家が、徹頭徹尾「私」を問題にしなければならなかったのは、決して社会的な視野が狭かったせいではない。日本の伝統的な文化構造の中では「創造」ということを「作品」でなく「関係」の中で問題にしなければならなかったせいであり、つまり、それまでの対自然、対社会との受動的な「関係」に、能動性と独自性を吹きこみ、そこに新しい「関係」を築くことこそが「創造」であったからにほかならない。

西欧流にいえば、創造主体の確立とでもいうのだろうか。しかし、奇妙な話ではある。神の伝統のないところに「創造」が意味をなさないとすれば、私小説家は、「創造」のないところに「創造主体」を確立しようとしたのだから。その作業は、ほとんど、錬金術にひとしい。

しかし、私小説家は、その錬金術にひとしい離れわざを、もちろん日本的な構造の中においてではあるが、みごとにやってのけた。

彼は作家と作品と、それの及ぼす対象という三者のメカニズムを正確に見きわめ、その対象の前で、作家と作品が相互にそれぞれを滅ぼし合うという関係を作り、その関係の中に、ある創造主体を垣間見たのである。

　その作品を、状況の中から引きぬいて考えるのでなく、その「関係」を「関係」として見る時、われわれは、奇妙ではあるが、新しいもの、明らかに作られたものを発見することができる。それは、いうならば、対宇宙的な独自の存在を勝ちとろうとする意欲にも、決して欠けてはいない。

　西欧の自然主義小説と、日本の私小説との差は、文明の構造の差であり、作品に対する概念の相違である。しかし、少なくとも、私小説を支える理念といったものは、日本に風土化された最初の西欧的なものとはいえないだろうか。

　もし「文学」を「創造」という言葉の持つ意味の中で見るならば、私小説こそ、唯一の「創造」であり、まずは、わが「バベルの塔」なのである。


　私小説的風土については、われわれの克服すべき状況として、それは現在ある。そのことに異論はない。しかし、それに対してなされた、これまでのすべての試みが、ほとんど不毛に帰したということも、残念ながら、事実なのではないだろうか。それは、私小説の、作家と作品との関係における作品の位置を、西欧における作品の位置と、同等に見なしたことに根ざしている。

　私が「文学の創造」ということを問題にしなければならない時、その辺の事情をぬきにしては考えられない。

カフカの日記に、「日本の曲芸師は、空中にハシゴをたてかけて登ってゆく」ということが書かれており、そういう仕事をしなければいけないということが、つぶやかれている。その点では、もしかしたら、私小説のことをいっているのではないかと、一瞬、信じたくなるほどだ。ただ、もしカフカが、日本の私小説についてのハシゴを見たのなら「横に宙に浮いている」といっただろう。そして、こうしたことはどうしても抽象的にならざるを得ないのだが、そのハシゴを、タテに持ち上げることでなく、そのハシゴと地表との距離を見切ることにより、その「関係」はある批評性を確立することができ、それが私小説的な土壌を豊かにすることができるのではないだろうか。つまりわれわれが「創造」のためにしなければならないことがあるとしたら、私小説家のした「創造」の作業を、否定するのでなく、日本の風土の中で正当化することであり、次の「創造」のための、唯一の「確かなもの」にしてゆくことである。

（平凡社刊『文学の創造』月報、一九六八年五月）

前近代への陥穽

ジュネ《女中たち》翻訳の場合

私はつい先日、ある劇団に頼まれて、ジュネの『女中たち』を潤色することになった。潤色というのはかなりあいまいな言葉であって、実際には直訳から翻案に至る中間の妥結点みたいなものを見出す仕事になるらしい。尤も私には語学の素養がないので、先ず直訳をして、ということにはならず、すでに出版されている二つの翻訳文を読みくらべて、その翻訳者の意識構造を探りながら原典に近付くという方法をとらざるを得なかった。しかし、そうした屈折した作業を強いられたせいでかえって私は、ある余裕をもってジュネの「演劇」と、それに対する我国の風土的な「演劇観」というものを、見較べることができたような気がする。もちろん仕事はまだとっかかったばかりであり、問題点が全て整理されているわけではないのだが、中で一カ所、「演劇観」の差異というよりは文明構造の違いからくるとしか思えないある面倒な事情に突き当ってしまったのである。そしてそれは、現在「前近代への郷愁」という現象を胚胎する我国の文明構造の脆弱さに、由来しないとは、どうしても云えないような気がするのである。

ジュネの『女中たち』を純粋に演劇的な構造の面からのみ見れば、これは劇中劇の試みということができるだろう。最初〈劇中劇〉が恰も〈劇〉であるかのごとく開始され、ついでそれがある緊張を解いて〈劇〉となり、そのことによりそれまでそこで行われていたことを〈劇中劇〉として閉鎖し、しかし閉鎖し切れなかった〈劇中劇〉の余韻が〈劇〉を〈劇〉として成立させず、再び〈劇〉は前段の〈劇中劇〉に昇華される、という構造を成しているのである。勿論こうしたいい方は、その芝居がどんなものであるかを説明するための一般的ないい方ではない。一般的にいうとこうなるのだろう。

ある〈ブルジョア〉家庭の〈やさしい〉奥様に仕えて、二人の〈従順な〉女中がいる。奥様の〈やさしさ〉が女中たちへの根源的な〈侮蔑〉に支えられているように、女中たちの〈従順さ〉も奥様への根源的な〈憎悪〉によって支えられている。これがこの芝居の表情の全てである。もうひとつ、旦那様という陰の人物が設定されており、〈登場しない道化まわし〉の役割を担っているのだが、これに関わる詳細は繁雑になるからこの際は無視する。（サルトルのジュネ論に於ける旦那様の位置づけなどから考えあわせると、こうした事はひどく冒瀆的でさえあるのだが、彼のジュネ論がその「演劇構造」を暗黙の了解事項としてその上に展開されるものを取り扱っているのに対してこの場合は、その「演劇構造」こそが問題なのであるから止むを得ない。）

ところで夫々が〈奥様〉であり〈女中〉であるということは、この場合つねに相互的なものであるから、その関係から奥様を欠く時、つまり奥様が留守の間、二人の女中たちは、夫々が自立した女中であるためには奥様を自らの内に創り出す必要が生じてくる。つまりお芝居は、奥様がお出掛けの時の女中たち二人による「奥様ゴッコ」という〈劇中劇〉から出発するわけである。一人が奥様になり、一人が女中になり、〈やさしさ〉と〈従順〉さをおりまぜながら、〈侮蔑〉と〈憎悪〉の華麗なぶつけ合いが展開される。当然、その場の奥様も女中も現実の奥さま的存在と女中的存在から、〈奥さま的〉と〈女中的〉を純粋培養した抽象に過ぎないから、焦燥的になるに従って、女中たちの女中としての自立への衝動（奥様を自らの内に創り出す作業）は、自己嫌悪（奥様を殺す行為）の構造の中へ閉ざされてゆく。しかし〈劇中劇〉は、常にその構造を閉鎖し切らないうちに、つまり、奥様を殺す前に、奥様の帰宅を予想してセットされた目覚し時計のベルによって中断される。そこでお芝居は〈劇〉の場になり、奥様が帰宅し、女中たちは平常の関係を恢復したかに見える。しかし今度は、かつてその場で展開された〈劇中劇〉の完結しない構造が、その〈劇〉の場での完結を、女中たちに強要することになる。〈劇中劇〉の構造はその延長上に、奥様を殺害するための毒杯を予定するわけであるが、それが〈劇〉の場に、現実として、つまり抽象でなく具象として残され、その場で自己主張を始めるわけである。（これは〈劇〉の場に救い出されて女中的な存在を恢復した女中が〈劇中劇〉の場に於ける〈女中的〉もしくは〈奥様的〉と云う抽象に復讐される事情の空間的展開と云う事になるのだろう。）女中達は〈劇〉の場で〈劇中劇〉を完結させる事〈奥様的〉と云う抽象でなく奥様的存在を殺害する事）を試みるが失敗し、奥様的存在と女中的存在と云う安定した関係を取りもどす事にも失敗し、再び奥様が外出した時、その危機は頂点に達する。

お芝居は追い込まれて再び〈劇中劇〉となり女中達は〈劇〉の場に残された毒杯を、抽象として

（！）〈劇中劇〉の中へ救い取り、自らそれを飲む事によって、その構造を完結する。女中たちは、自己嫌悪の中に自ら閉じこもる事により、女中として夫々自立したのだ、といわなければならないのだろう。

　私が面倒な事情に突き当ったと云うのは、女中達が〈劇〉の場で〈劇中劇〉を完結することに失敗し、更にその〈劇〉の場で、奥様と女中と云う安定した関係を持つ事にも失敗すると云うくだりである。その場面を一羽昌子氏訳『女中たち』（ジャン・ジュネ全集・新潮社）から抜き出してみよう。（七三頁）

> ソランジュ、呪われてるって！　また馬鹿げた話を始めるのかい？
> クレエル、何が云いたいのか分かるわね。いろんな品物があたしたちを見放しているのがよく分かるでしょ。
> ソランジュ、品物なんかがわたしらを気にして見てるというの！
> クレール　そのことのほかは品物は何もしないわよ。その品物があたしたちを裏切っているわ。物たちがこんなにしつこく咎め立てするからには、あたしたちはずいぶんとひどい罪人でなけりゃならないわ。（傍点筆者）

以上であるが、意味は良く分かる。つまり〈劇中劇〉の場で抽象を成立させるために使われた品物〈原文では objet〉が、〈劇〉の場で帰宅した奥様に次々に発見され、その〈劇〉の場に於ける、奥様と女中達と云う安定した関係の中の女中達の存在を損うのだ、ということである。しかしヨーロッパ文明の構造の中でその〈品物〉という言葉の意味を読みとれる、ということと、劇場に集った観客の意識構造によって支えられた舞台空間でそれが言語化されるということは、全く別である。「品物があたしを見放す」という科白は、恐らく観客の存在を根源的におびやかすというよりは、むしろ観客のヨーロッパ文明的な教養体系の中に納まって終わるだけだろう。そうした事情を打開すべくこの訳者も意識していないわけではない。傍点部などは、虚しさを感じさせるほどしつこく、或る手がかりを求めてあがいている感じである。

私はこの箇所の翻訳こそが、ジュネの「演劇」構造を、日本的な風土に移し変えるためのポイントだと考えた。つまりジュネは、〈劇中劇〉の場で成立した抽象が、〈劇〉の場の相対的な具象を損うという事情を、この数行の科白で空間化しているのである。

私が〈品物〉という言葉の代わりに最初に発見したのは、〈痕跡〉という言葉である。つまり「ここでかつて行われた事の痕跡が私を裏切る」というわけだ。そしてその裏切る主体を〈かすかな痕跡〉もしくは〈ある気配〉などという様に、ぼかしてゆけばゆく程、裏切る行為が具体化されてゆくという事も発見出来た。

もちろん、奇妙な話ではあるし、ジュネの objet を〈痕跡〉という機能だけでとらえては片手落ちである。品物もしくは物は、過去からの規定と同時に、完了した現在としての普遍性をもっているのであって、この場面でも、その品物という言葉は、〈劇中劇〉の余韻という規定と同時に、女中達が女中の部屋から引きずり出してきたもの、つまり、外在する女中の属性という二重の意味をもっている。

だから私がその〈品物〉を〈痕跡〉という意味で訳す場合には、その家庭が〈ブルジョア〉であり、奥様が奥様であり、女中たちが女中たちであるための、いわゆる状況に関わりをもつあらゆる普遍性を全てかなぐり捨て、その演劇的構造のみに奉仕する決意が必要だろう。逆にそれを外在する〈女中達の属性〉という意味で訳して、「このうすぎたないものがいつまでも私につきまとうのよ」という事にすれば、女中達とか奥様とかブルジョア家庭とかの意味を普遍化することは可能だが、その〈劇中劇〉の試みという構造を無視することにより、勝ちとられた普遍性も最後には〈結局はお芝居〉という概念の中に閉ざされ、一つの教養体系に奉仕するだけだろう。一羽昌子氏がobjetを物という或る抽象性を加味した言葉ではなく、品物と訳したのは、恐らくその普遍性に対する思いやりがあったからであり氏が後者の方法に忠実たらんとした事はほぼうかがえる。私がそのobjetから〈痕跡〉という機能を発明したのは、ともかくも現在「演劇」がそこに内包する最も致命的な欠陥はそれが演劇であるという点にあり、ジュネの『女中たち』に於ける〈劇中劇〉の試みが正にその点への挑戦であるという事を大切にしたかったからに他ならない。

結局我々の文明は、objetという概念を持っていないのだ。〈劇中劇〉の場にあっては〈道具〉として作用し、〈劇〉の場で〈物〉として実在するという構造は、物という概念を、内部的な規定によって成り、同時に視線によってさえぎられるという、一つの緊張状態の中で理解した時、初めて成立するのだが、我々は常にそれを〈痕跡〉もしくは〈表情〉という風に分裂的にしか理解できないのである。日本語の場合、時制の規定が不安定だということは度々指摘されるが、恐らくそれは我々の文明が完了した現在形というものを常に持たず、従ってその蓄積による文明の構造といったものも持たなかったからではないだろうか。そしてここにこそ、前近代への傾斜を促す陥穽が控えているような気がする。

現在「演劇」がそこに内包する最も致命的な危機は、それが「演劇」であるという点にある、ということを私は書いたが、これは「演劇」に限らない。映画も音楽も絵画も文学も、それが映画であり音楽であり絵画であり文学であるという点に正に致命的な欠陥を持ち、既に夫々が夫々の中で自壊しつつあるとさえいえるのではないだろうか。

ヨーロッパが、その「演劇」の危機を打開すべく、最初に試みたのは〈アンチテアトル〉と呼ばれる「演劇」のなかの純粋な演劇性を抽出する作業であったのだがそれはある意味では、演劇の構造を objet として独立させようとする試みだったに違いない。同様の事情のもとに我々は演劇の構造について問題にしているつもりであるが、objet という現在形の概念をもっていないから、ややもすれば前近代の状況が「演劇」を暗黙に「演劇」として許容していた事情に、安易に身を委ねようとするのである。前近代への傾斜が、現在を現在たらしめるべく行われているというのは、恐らく間違いだ。現在がない限り、前近代はあり得ない。丸山真男が日本に思想史がない事を指摘して、その理由をつまり「これはあらゆる時代の観念や思想に否応なく相互連関性を与え、すべての思想的立場がそれとの関係で――否定を通じてでも――自己を歴史的に位置づけるような中核あるいは座標軸に当る思想的伝統はわが国には形成されなかった、ということだ」と説明しているがつまりは思想というものがobjetという現在形で把握されず、従ってそれが、時代毎に現在形で蓄積されなかったからであろう。

私は今すでに、〈女中たち〉の〈品物〉を〈痕跡〉と訳して、〈貴族〉家庭に於ける〈神秘〉芝居を書く意欲を失っている。しかし、他にどうというあてもない。これを日本で上演する事自体がそもそも間違いなのではないかと、ハナハダ無責任な事さえ考え始めているのである。

（『映画芸術』一九六九年六月号）

天皇制下の空洞
二・二六事件より

渋谷区宇田川町二八番地に、一つの碑文が立っており、そこにはこうある。

「昭和十一年二月二十六日未明、東京衛戍の歩兵第一、第三連隊を主体とする千五百余の兵力がかねて昭和維新断行を企図していた野中四郎大尉ら青年将校に率いられて蹶起した。当時東京は晩冬にしては異例の大雪であった。蹶起部隊は積雪を蹴って重臣を襲撃し、総理大臣官邸、陸軍省、警視庁等を占拠した。斎藤内大臣、高橋大蔵大臣、渡辺教育総監はこの襲撃に遭って斃れ、鈴木侍従長は重傷を負い、岡田総理大臣、牧野前内大臣は危く難を免れた。此の間、重臣警備の任に当っていた警察官のうち五名が殉職した。蹶起部隊に対する処置は、四日間に穏便説得工作から、紆余曲折して、強硬武力鎮圧に変転したが、二月二十九日、軍隊相撃は避けられ事件は無血裡に終結した。世にこれを二・二六事件と云う。昭和維新の企図壊えて首謀者中、野中、河野両大尉は自決、香田、安藤大尉以下十九名は軍法会議の判決により、東京陸軍刑務所に於て刑死した。この地は陸軍刑務所跡の一隅であり、刑死した十九名とこれに先立つ永田事件の相沢三郎中佐が刑死した処刑場の一角である。この因縁の地を選び、刑死した二十名と自決二名に加え、重臣、警察官この他事件関係犠牲者一切の霊を合せ慰め、且つは事件の意義を永く記念すべく、広く有志の浄財を集め、事件三十年記念の日を期して慰霊像建立を発願し、今ここにその竣工を見た。謹んで諸霊の冥福を祈る。昭和四十年二月二六日、仏心会代表、河野司誌」（尚、傍点は全て筆者である）

誰が読んでもこの碑文は奇妙である。しかし又誰も、この文章からだけでは、この奇妙さを奇妙たらしめている事情を読みとる事は出来ない。

例えば「当時東京は晩冬にしては異例の大雪であった」と、かなり関係のない事が突如記述されているのは何故だろうか？　勿論少しせんさくをすれば、次の文節の「蹶起部隊は積雪を蹴って」と云う記述を支えるためのものであり、蹶起部隊の勇姿を彷彿させるためのものである事は、ほぼ分かるのであるが、それならば蹶起部隊に対する「思いやり」を、こうした手のこんだやり方でしか表現させ得なかった事情とは何なのか？

更に、それに続く文節の構成の巧妙さは見事と云う他はないだろう。良く読んでみてもらいたい。蹶起部隊は「重臣」と云う抽象語を「襲撃」し、一方その「重臣」と云う名で総括された個々の「人格体」は「この襲撃」と云う抽象語に「遭って斃れ」ているのである。何故蹶起部隊は、せっかく「重臣」を「襲撃」したのなら、その個々の人格体である斎藤内大臣以下の人物を「殺害」し、岡田総理大臣以下の人物を「惜しくも逃がし」ていけなかったのだろうか？　恐らく筆者にしてみれば、ここでの激突に大方の注目が集中されるのを嫌ったせいであろう。そして、云うまでもない、我々にとって大切なのは、筆者をしてそうさせたその事情である。

又、次に我々は「四日間に穏便説得工作から、紆余曲折して、強硬武力鎮圧に変転したが」と云う文節に至り、その筆勢のよどみもしくはわだかまりに関心を持たざるを得ないのであるが、このさり気なく挿入された一節は一体何のためであり、何を物語ろうとしているのだろう？　そして又その文節をしめくくる「事件は無血裡に終結した」と云う言葉に至っては、我々は殆ど唖然とせざるを得ない。一体、「重臣」殺害はなかったのだろうか。まさしくなかったかの如くである。恐らくここは筆者の「感違い」もしくは「ひとりよがり」の結果によるものだろう。しかし、「感違い」にしろ「ひとりよがり」にしろ、「一寸筆がすべった」と云う様なものではない。先に記した様に、これは碑文であり「石」に刻まれているのであり、筆者が想を練る場合にもその事を忘れてはいなかった筈なのだ。従ってこの「感違い」もしくは「ひとりよがり」はかなり根の深いものと考えてしかるべきであり、従って当然ここで「何が彼をしてそうさせたか」を探る事は、この碑文を奇妙たらしめている事情の本質的なところに関わっている筈なのだ。

それを解明した時、筆者が「この地」を「因縁の地」（何と神秘的な！）として選び、その「因縁の地」に、「殺した者」と「殺されたもの」を「犠牲者一切」としてその「霊を合せ慰め」る彼等の意識構造が判明するのである。

「二・二六事件」も、それ以前の諸事件を含めて我々の云う「昭和維新運動」も、既に我々にとっては遠い事件である。しかし歴史と云うものが全てそうである様に、一つの民族的な体験は、如何に屈折した過程を経たとしても、必ずや何等かの形で、我々の現在形の意識構造に、或る痕跡を残している筈であり、それが我々の未来へ向けての選択に、何等かの影響を及ぼさないとは絶対に云えないのである。我々が歴史を探るのはそのためなのであるが、当然その場合我々は、その屈折した過程をそのまま飛び越えて「歴史」に近接するわけにはいかない。我々は過去の「歴史的事実」の中から普遍的な行動の規範を学びとり、それを我々の現在から未来へ向けての選択の規準にしようなどとは考えていないのだ。我々は既に、我々の意識構造の未分化な底辺で、好むと好まざるとにかかわらず、「歴史的事実」の中から普遍的な行動の規範を学びとってしまっているのであり、それを無意識的に、未来へ向けての行動の規準にしようとしてしまっているのだ。我々が「歴史を学ぶ」のは、そうした我々の「歴史的制約」から逃れるためであり、そうした「歴史的制約」を無意識の中から意識の中に引きずりだし、我々の意識構造の現在形を、まさしくムクの現在形にし、襲来する未来へ向けて、無防備で戦《おのの》かせるためなのだ。

だからこそ我々は、屈折した過程を飛びこえて「歴史」に近接しようとしてはならない。民族的体験である「歴史的事実」が屈折した過程を経て、我々の意識構造の現在形に或る痕跡を残しているのなら、我々も又、その屈折した過程を逆体験して、その「歴史的事実」に迫る他はないのであり、そうしてこそ我々の意識構造に残された痕跡を見出す事が出来るのである。

「歴史を学ぶ」と云う事はだから、我々の個別的な「記憶を探る」と云う作業に似ている。では「記憶を探る」と云う事はどう云う事なのか。実際に我々が我々の記憶を探る時、例えば一見「見知らぬ人」が現れて、その人に過去に一度会った事があると教えられた時、我々は我々の記憶を探る作業を強いられるわけであるが、先ずそうした時我々は目の前に居るその人の、現在形の「顔つき」から、我々の記憶の底にあるべきものの現在へ至った変形の法則性を探ろうとする。現在の「顔つき」を、あるべきものの「ゆがみ」と判定し、その「ゆがみ」の法則性を探るのである。「目つきを思い出し」たり、「アゴの感じを思い出し」たりするのは、ゆがみの法則性を会得した結果である。つまり、我々が記憶を探ると云う行為は、往々にして、その記憶の果てにある過去の事実を鮮明に具体化することでなく、逆体験すべき「屈折の過程」の法則性を構造化する事だけなのだ。ゆがんだ鏡に写った像をそのゆがみを通じて解明する仕事は、その鏡の「ゆがみ」の法則性を構造化したところで終わる。必要な仕事はそれだけなのだ。その構造化された法則性を通じて「ゆがんだ像」を矯正して見せる事なんか出来っこないし、又、その必要もない。彼には「ゆがみ」の法則性を構造化したとたんに、そんな事は理解してしまっているからだ。「目つきを思い出し」たり「アゴの感じを思い出し」たりしたとたんに、その「ゆがみ」は「ゆがみ」でなくなり、正しく現在形で我々の前に居るのである。

従ってこうした「歴史を学ぶ」方法、つまり屈折の過程を逆体験して「歴史的事実」にせまる方法は、「歴史的事実」を事実として鮮明にするよりも、むしろ、「屈折の過程」を法則化し、構造化する作業になり、一般には反歴史主義などと呼ばれている。しかし、「歴史を学ぶ」事が、我々の現在を現在たらしめるための作業である以上、これこそが歴史主義でなくてはいけないのではないだろうか。

現代は「ゆがんだ鏡」である。そして我々がその「ゆがみ」の法則性を構造化した時、「現代」は正しく、未来へ向けて無垢で無防備に戦く「現代となる」筈である。私が冒頭にかかげた「二・二六事件の碑文」を資料としてとりあげたのは、「歴史的事実」としての「二・二六事件」の「現代」と云う「ゆがんだ鏡」に写された像をそこに見るからであり、その「ゆがみ」の法則性を探る事で「事件」が我々の意識に落とした痕跡を見出す事が出来、併せて、「現代」を「現代」たらしめる事が出来ると信ずるからである。私の、ここでしなければならない作業と云うのは、そうした種類のものである。

碑文の最後に記された「仏心会」と云うのが蹶起に参加した人々の遺族である事は一応分からなくても、この碑文が蹶起部隊の名誉恢復のためのものである事は、ほぼ推察出来るのではないだろうか。それにしても、このためらいがちな、オズオズした文体はどうだろう。又、彼等は一体誰に対してどんな名誉を恢復したいと考えているのだろう。

ちなみに、事件があった年の八月十日、死刑が確定した磯部浅一の獄中日記を、やや長くなるが引用してみよう。

『私は決して国賊ではありません。日本第一の忠義者ですから村長が何と云っても、区長が何と云っても、署長が何と云っても、地下の衆が何と云っても屁もひり合わさないで下さい。今の日本人は性根がくさり切っていますから、真実の忠義がわからないのです。私どものような真実の忠実の忠義は今から二十年も五十年もしないと、世間の人にはわかりません』守が学校でいじめられている様な事はないでしょうか、それも心配です。『叔父は日本一の忠義者だと云う事をよくよく守に教えてやって下さい』私の骨がかえったら、とみ子と相談の上、都合のいいところへ埋めて下さい。『もし警察や役場の人などがカンショウなどして、カレコレ文句を云うようなことがあったら、決して頭をさげたらいけません。若しそれに頭を下げるようでしたら、私は成仏できません。（中略）葬式などはコソコソとしないで、堂々と大ぴらにやって下さい。負けては駄目ですよ。決して負けてはいけませんぞ。私の遺骨をたてにとって、村長とでもケイサツとでも総理大臣とでも日本国中を相手にしてでもケンカをするつもりで葬式をして下さい』右は家兄へ宛てた手紙の一節だ。しかして括弧内（『　』）は刑務所長によって削除されたところだ。吾人は今何人に向かっても正義を主張する事を許されぬ。家兄へ送る手紙、しかも遺骨に関する事すら許されぬのだ。（後略）」

これは又、あまりにもハッキリしている。彼は彼の「真実の忠義」をタテに「日本国中を相手にしてでもケンカしろ」と云っているのだ。しかし、問題を敢えて複雑にするのではないが、この文章も又、冒頭の「現代」と云うゆがんだ鏡に写されたゆがんだ像としての「碑文」に対応する「実像」ではない。「真実の忠義」などと云う言葉が、どんな「ゆがみ」の中に即応して定着されたものか、既に我々は知っているのだ。

「歴史の実像」と云うものは、屈折した歴史的過程の無限の彼方にあるのであり、それが様々な事情の中を幾重にも傷つきながらくぐり抜けてきた一様相を、この磯部浅一の日記が写し、更にそれが新たな事情をくぐり抜ける事によって変容させられ、現在、冒頭の碑文となっているのである。つまり我々は、この磯部浅一の日記をも、一つのゆがみの中に見なければいけないのだし、このゆがみからもう一つのゆがみである碑文へ至る径路の法則性を読みとる事で「歴史の実像」に対する「現代のゆがみ」を構造化しなければならないのだ。それは恐らく、放射性物質ウランの四十六億年と云う半減期を、その任意の一定時間内に於ける放射能を検出する事によってのみ割出す作業に似て、夫々に相対的である二つの価値を、それを価値たらしめている一つの磁場の中に見出しその夫々の価値でなく、その磁場に於ける相互性のみを定着しようとする方法なのだ。

私はそのために先ずここに、無限の過去から無限の未来へ向けて伸びる寒天の様にブヨブヨした時間帯を設定し、その過去寄りの任意の一点に磯部浅一の日記をしつらえ、その未来よりの任意の一点に冒頭の碑文をしつらえる。これが、以後私のしなければならない作業のために必要な装置の全てである。

一読して明らかな様に、磯部浅一がその日記に於て主張してやまなかったものは、彼等蹶起部隊の「真実の忠義」である。ところで碑文の方は、彼がその同じ文中で、「今から二十年も五十年もしないと世間の人にはわかりません」といみじくも予言した通り、正に三十年後に建てられているのだが、その「真実の忠義」については、ひとことも触れられていない。碑文の建立は、明らかに彼等の名誉を恢復するための試みであった筈なのだが、仏心会のメンバー達は、彼等の名誉をその「真実の忠義」とは見なかったのだろうか？　それでは仏心会は、それに代わるものとして彼等の中の何を主張してやっているだろう。殆ど何もないではないか。むしろ彼等の不名誉について、その重臣殺害について、それを幾分かでも軽くする事に精一ぱいであるかに見える。そしてその罪から逃れるための苦しさを、当時の鎮圧部隊の手際の悪さに八ツ当たりしている様だ。「四日間に穏便説得工作から……」と云う一節に、蹶起部隊の反乱に出合った当時の陸軍省、参謀本部のオエラ方達の右往左往ぶりを描写し、「それが悪い」とは云わないまでも、それに類する思いのありたけを表現しているのだ。しかし、その四日間の後に控えた、例の悪名高い暗黒裁判については一言も触れていない。そこで突然フッと口を閉じ、「事件は無血裡に終結した」と、恰も誇らし気に結んでいる。思うに、ここで筆者が「事件」の中に「重臣殺害」の「血」の事実を忘れているのは、この時筆者にとっての「事件」が既に「重臣殺害」の事実をくぐり抜けた後の「鎮圧部隊との激突」であった事を教えてくれる。つまり筆者にあっては、「二・二六事件」は、「重臣殺害」と「鎮圧部隊との激突」と云う二つの「事件の連続」の事だったのであり、ここに触れられていない「暗黒裁判」を含めれば、三つの事件の連続だったのである。筆者はこうして、事件を三つの様相に分断し夫々について意識的に評価をためらわせている。暗黒裁判については、触れてもいないのだ。既に明らかであろう。蹶起部隊の名誉を思うあまりに、「重臣殺害」を絶対的に肯定するには、当然彼等の「真実の忠義」に言及せざるを得ないからであり、「鎮圧部隊の不手際」を徹底的にののしるためにも、「暗黒裁判」を根底から弾劾するためにも、「真実の忠義」をさけて通るわけにはいかないからだ。筆者はそれをさけたかったのである。「真実の忠義」にだけは、触れたくなかったのだ。筆者の、と云うよりは仏心会の、このヒステリックにも見える「真実の忠義」に対する拒絶反応は何だろう。

いやしくも人間の行為について、それを既に明確にされた条件下に限定して、正しかったとか正しくなかったとか評価するのは間違いである。正しい行為は全ての条件を越えて時間を越えて正しいのであり、正しくない行為は全ての条件と時間を越えて間違いなのである。だから私は、学徒出陣して特攻隊に志願した人々について、それを逃れられぬ当時の状況下に限定して肯定しようとする意見には加担しない。それこそが、屈折した歴史過程を飛躍してそれに近接する方法なのであり「悪しき歴史主義」なのである。若し彼等志願者達が正しいのなら、彼等に特攻隊を志願させた意識構造を、当時の状況下に限定して探り、「当時としては止むを得なかった」事情を見つけ出すだけではなく、彼等の意識構造が屈折した過程を経て現在の如何なる変容の中に見出せるかを先ず探る事であり、それが現状下に於て如何に評価出来るかを検証する事でなければならない筈なのである。

その意味では、この碑文の筆者は、歴史を良く知っていたと云う事が出来るだろう。少なくともこの筆者は、彼等蹶起部隊の主張してやまなかった「真実の忠義」を当時の状況下に限定して「止むを得なかった」とするやり方では、彼等の名誉恢復をしようとはしていないのだ。若し「真実の忠義」と云うものが、当時の状況下に於ける普遍的な正当な意識であり（事実そうだった）それをその状況下に限定して「止むを得ない」とする視点から出発していれば、この筆者は、それをもって全面的に蹶起部隊を肯定し、重臣共を虫ケラの如く殺し、省部参謀本部のオエラ方達の無能ぶりを大口をあけて嘲笑し、ただ暗黒裁判のみを痛烈に弾劾しただろうと思われる。そうしていれば「二・二六事件」は正しく一つの事件になっていたのである。彼はそうしなかった。「二・二六事件」を、三つの様相に分断してまでも、「真実の忠義」に触れる事を拒否したのである。ここに、この碑文を奇妙たらしめている一つの事情がある。

しかし、彼は何故そうしたのか？　彼はここで、彼等蹶起部隊の意識構造が、屈折した過程の果てである現在の、如何なる変容の中に見出せるのかを探ろうとしたのであり、それは「真実の忠義」などと云う言葉ではない事を知っていたからである。彼は、磯部浅一の「真実の忠義」と云う言葉など、最初から信用していなかったに違いないのだ。彼が知っていたのは、磯部浅一に事件当時状況の下で「真実の忠義」と云わせた「あるもの」であり、「真実の忠義」については信用していなくても、それをそう云った磯部浅一を信用し、その名誉を恢復したいと考えたのは、磯部浅一自身「真実の忠義」と云いながら、そうでない「あるもの」に気付いていた事を、筆者が知っていたからである。彼は「真実の忠義」と云う言葉では現状況下に定着出来ない「あるもの」をここに定着したかったのだ。つまり彼は、磯部浅一の云っている「真実の忠義」は、決して「真実の忠義」の事ではない、と云う事を云いたかったのである。

この碑文はだから、彼等蹶起部隊の「錯覚した青春」を悼んでいるのではない。人々を「錯覚した青春」の中に封じ込めるのはたやすい事だし、「狂気の時代の狂気」と見る事もたやすい。しかし、横綱の巨体に我々が圧倒されるのは、正常であるかに見える我々の矮小化された体軀の連続の果てにそれを見るからであり、同様に我々は、あらゆる錯覚とあらゆる狂気を、「正常であるかに見える我々」との落差に見るのでなく、連続上に見なければいけないのである。そうしない限り我々は決して、集合の中にある「私」としての自覚も、連続の過程に於ける「現代」と云う自覚も、持ち得ないであろう。

仏心会の人々がたまたま彼等蹶起部隊の遺族であったと云う事情はあったかもしれないが、少なくとも彼等は彼等を、その「時代の狂気」の中に見捨てる事をしなかったのである。それだけは我々も、「現代」に於ける仏心会のために、認めてやらなければならないだろう。

それでは一体、仏心会の云う、つまりこの筆者の云う「あるもの」は如何なる具体的な表情をこの碑文に定着したのか？　それが「真実の忠義」でない事は分かったが、それではそれ以外の何だったのか？　筆者はこの「あるもの」を定着するために如何なる方法をとり、それは如何にして成功し、もしくは失敗したのか？

私は敢えてここに断言するのだが、筆者は「あるもの」をそうではない事の列挙の果てに彷彿させる消去法をとったのであり、その試みは失敗したのである。「あるもの」は、それによって促されて事件となった事情の中の「そうではない事」と対応して明確になるべきものではないからだ。「真実の忠義」ならば、或いは「不忠」なるものの列挙の果てに彷彿させ得るであろう。しかしそれが彷彿させられたとたんに、それはその対応する「不忠」と共に「時代の狂気」の内に封じ込まれてしまうのである。筆者はそれをそうしたくなかったからこそ「真実の忠義」を消したのである。にもかかわらず、「真実の忠義」ではない「あるもの」を、「そうではない事」と対応させてしまっているのであり、そのために碑文は、「あるもの」を全く見失ったまま茫然としているのだ。ここに、この碑文を奇妙たらしめている事情の、第二の理由がある。

筆者がこの碑文の中で、蹶起部隊に、重臣と激突する事をさけさせ、鎮圧部隊批判にも手をゆるめ、暗黒裁判に苦しむ事もさせなかったのは、彼等蹶起部隊の保持していた「あるもの」が、そんな事件の中で問題にされる程「閉ざされたもの」ではない事を云いたかったに違いない。彼が彼等の中に見出し、それだけが時代を越えて彼等を評価するに足ると認めた「あるもの」は、重臣殺害の罪と相殺されて帖消しになっても、鎮圧部隊の無能ぶりを笑う事で帖消しになっても、暗黒裁判を弾劾する事で帖消しになってもいけないものだったのである。

しかし、彼はここで致命的な誤認をしているのだ。読んでみれば分かる。事実はまるで逆ではないか。重臣との、鎮圧部隊との、暗黒裁判を推進したものとの激突を避けたのは、彼の「あるもの」の高貴さを失うまいとするための寛容さではなく、むしろ彼が彼等蹶起部隊の中にその名誉を恢復すべき何物をも見出し得なかったからの様ではないか。そうなのだ。これが彼の消去法による致命的な結果なのだ。彼が余りにも信じ過ぎていたがために、遂に我々のために具体的な表情を持たせ得なかった「あるもの」の悲劇がここにある。「そうではないもの」の列挙の果てに彷彿され得る「あるもの」は、それが既に全く具体的な価値である場合に限られる。つまり我々は「あるもの」が余りにも正常に見え、常識的な価値であるかに見える時、その正常に対するたじろぎから、それをそのまま「あるもの」として定着する事を恐れ、「そうではないもの」の列挙の果てにそれを彷彿させる手段をとるのである。だから、彼がここで「あるもの」のために消去法をとったのは、彼にとってはそれが余りに正常な価値として良く知られたものだったと云う事を示し、同時に我々がここから「あるもの」を抽出できないのは、我々にとってはそれが、余りに漠然としたものなのだと云う事を示している。

　我々はここに一つの「ゆがみ」を見なくてはいけない。勿論「現代」は我々のものであり、この碑文はその「ゆがんだ」資料にすぎないのだから、ここでの「あるもの」は、我々にとっての「ないもの」と同義でなければならないのであり、私は仮にこれを、定着された一つの「空洞」と名付ける。つまり、或る「歴史の実像」を屈折の過程で一時期「真実の忠義」と云う言葉で定着され、それが又更に幾多の屈折を経てここにある「空洞」として定着されようとしているのだ。しかし勿論、「空洞」と云うのは「真実の忠義」と云う言葉に比して余りにも漠然としている。「真実の忠義」と云う言葉が、如何にも内容的であり、意識の様態をダイナミックに規定しようとしているに対して、「空洞」は、構造的であり、或る意味では形態的な規定に過ぎないのだ。

この碑文の筆者が、たった一カ所だけ、彼等蹶起部隊を積極的に賞揚「しようとしている」箇所がある。「積雪を蹴って」と云う所だ。碑文の描写に関係のない雪をわざわざふらせてまで支えようとしたこの一節は意味深長である。彼は彼等の勇姿を彷彿させたかったのだ。つまり彼等は「勇敢」だったのだ。そして、それだけなのだ。勇気と云うものはそれを支える何ものかによって、美しくもあれば、哀しくもあり、又、醜くもある。つまり勇気とは「空洞」の外沿を彩る表情に過ぎないのであり、同時に支えるもののない勇気は「空洞」そのものなのである。筆者にとっては「あるもの」が信じられていたからこの勇気は美しかったのかもしれないが、その「あるもの」を見抜けない我々にとっては、この勇気は寒々とした「空洞」に過ぎないのである。

さてそこで我々は、「真実の忠義」が「空洞」に変移した事情の中に、ここに介在する歴史過程の屈折の法則性を読みとる事が出来ると考える。勿論この「空洞」は、この碑文の筆者が「あるもの」を定着しようとして失敗した結果、我々に図らずも読みとられたものには違いないのだが、これまでに述べた如く、その失敗が必然的なものであるなら、当然それを「空洞」と云う事が正しいのである。「真実の忠義」と「空洞」の相互的なあり方について云えば、次の通りである。「真実の忠義」と云うものを遠心的にいっぱいに広げ、或る限界に達した所に点を置き、その点を結ぶと円になる。この円から「真実の忠義」を抜きとったものが「空洞」である。そう云って見れば他愛がない。云ってみれば「真実の忠義」がなくなっただけじゃないか。天皇制下の意識構造と民主主義下の意識構造の単純な公式だ。

しかし勿論、これはそれ程単純なものではない。ここで問題にされなければいけないのは、そうした操作に於ける意識のあり方の問題だからだ。そして「意識のあり方」から云えば当然「真実の忠義」と云うものは、限界に達する事なく無限に遠心的に拡大されるものであり、「空洞」も又、何者かがそこから抜きとられたからそうなのではなく、永遠に充たされる事を予定しているから「空洞」なのだ。一体遠心的に拡大されようとする意志は如何なる屈折を経て、その内部に充たされる事のない「空洞」を内包するものなのか？　天皇が失われたからか？　価値観が変動したからか？

そんな事ではない。そんな事で説明出来るのは、閉鎖された状況下に於ける「真実の忠義」と「空洞」に過ぎない。我々にとっての「真実の忠義」と「空洞」は既に、無限の過去から無限の未来へ向けて伸びる寒天の様なブヨブヨした時間帯に於ける、任意の二点にしか過ぎないのだから。

この二点間に屈折を約束したものは、加害者としての自覚から被害者としての自覚への変容を許した、もしくはそれを制度化した、或いはそれを強制した一つの事情である。勿論「真実の忠義」と云うのはハッキリした加害者の自覚にもとづくものではないだろう。しかし、「空洞」は、意識が被害者的な様態をとる事によってのみ、把握出来る「感じ」なのである。ここで「歴史的な意識」と云うものの様態を見定める概念が変わっている、現代ではあらゆる意識が被害者的にしか自覚され得ないのだ。ここに「現代」の「ゆがみ」の、本質的な事情が介在し、碑文はそこに投映されているのである。

だからこの筆者も、彼等蹶起部隊の面々を加害者にしたて上げなければ、それをそうさせた彼等の真の心情を「言葉にする」事が出来ず、又逆に、彼等を被害者にしたて上げなければ「その名誉」を恢復してやる事が出来ないと云う矛盾の中に立たされていた。彼はその事情の中で、彼等の心情を「言葉」にする方針をあきらめ、むしろその「名誉」を讃える方を選んだのである。これがこの碑文を奇妙たらしめている最後の理由である。そうした意味ではこの文章は、こうした様々な複雑極まる事情を、極めて巧妙にくぐり抜けた名文とも云えるのではないだろうか。

蛇足かもしれないが、筆者がこの碑文の立った土地を「この因縁の地」と云ったのは彼等が積極的に選んで埋められたのではなく、前世からの宿縁の様に、そうなるべくしてなった地、と云う考え方である。「殺した者」と「殺された者」を犠牲者一般とする考え方については云うまでもない。彼にとっては歴史に登場する全ての人々は被害者なのである。我々も一瞬フトそう考えたくなるくらいの名文ではないか。

（『季刊評論』一九六九年創刊号）

Ⅱ　演劇とその文体

演劇における言語機能について

安部公房〈友達〉より

（一）

「現在演劇は、従来の新劇がそうであった様な、文学の演劇的展開に過ぎないものから、次第に演劇的直接性を開拓しつつある」と私は或るアンケートに答えて書いた事がある。極く素朴に、現在の演劇における事情について見解を述べたつもりなのであるが、後になって考えてみると、これにはかなり様々な問題を含んでいる様である。

第一に、「文学の演劇的展開に過ぎないもの」を具体的な現行の演劇の中に、どう指摘出来るのか、と云う問題。第二に、それが本来あるべき演劇のために、どの様な障害になっているか、と云う問題。第三に、では演劇的直接性とは何か、と云う問題、などであるが、どれひとつをとってみても、一見それについての暗黙の了解が成立している様に見えて、実のところ極めて漠然としているのである。

そこで私は「演劇における文学」を、果して具体的な作品の中から見出し得るか否か、そしてそれを、演劇的直接性との関わりにおいて、如何に排除し得るか、の作業をする必要に迫られたのである。

安部公房作の〈友達〉をテキストとして取り上げたのは他でもない、一読してそこに文学性と演劇性の奇妙な混合を見たからである。

演劇と文学の相互性については、かなり古くから問題にされていた様である。築地小劇場発行の第二回目のパンフレットに「演劇は、文学の単なる下女たるには、余りに力強く、余りに我儘である」と云う言葉が既にあるそうであるが、そうしてみるとこの頃から演劇は文学に対して一種の近親憎悪を抱いていた様であり、それと同質化されてしまうのではないかと云う予感に戦いていたかの様である。勿論、当時の演劇人が文学の下女と云う場合の文学をどの様な意味において把えていたかは判然としないのであるが、その予感は極めて正当だった様な気がする。

つまり私は、今や演劇は全く「文学の下女」たるに甘んじているのではないか、と考えるのである。恐らくそれは、演劇が文学に対して、作品構造の独自性を自覚しようとしたのではなく、表現機能の相違を主張するに急すぎたせいではないだろうか、と思う。例えば一つの小説を脚色しようとする場合、その脚色家の脳裏を一瞬かすめる演劇のイメージ、そしてこれは芝居になるとかこれは芝居にならないと云う規準、それらは決まってその小説と云う作品構造の内的体験からのみ導き出されるのである。しかし本来、一つの小説がありそのための一つの演劇がなければならないとしたら、その小説が一つの作品として状況に屹立している事実の総合的体験が演劇化されねばならないのである。「文学」を「文学的に」ではなく、一つの文明的な現象として把える視点を、演劇はこれまで遂に確立出来なかったのであり、従って演劇は構造としての独自性を見失ったのであり、小説の脚色は、単に小説の「演劇的翻訳」に過ぎなかったのである。

そしてこれらの事は、小説の脚色に限らず、オリジナル作品の創作にたずさわる劇作家にも云えるのである。どんな劇作家も、現前の舞台空間と、そこに立つ役者の肉体もしくは意識を、演劇的母体とは考えていない。そこから直接に演劇を構築しようとはしていないのだ。必ず一つのモチーフは、恰も「小説」的に文学的体験として先ず定着し、その内的事情を演劇的に展開するのである。

だから極端に云えば、現在我々が演劇に接して感動するのは、演劇にではなく、演劇の彼方にある「文学」に感動しているのである。「演劇を鑑賞すると云う行為が、我々の日常生活を律する様々な約束事の一部になってしまい、演劇には感動する事があっても、演劇を鑑賞する行為自体は感動的ではなくなってしまった」と、私は何処かに書いた記憶があるが、それは演劇と云うものが、「文学」のための単なる約束事に落ちぶれてしまっているからだ。

演劇の「文学の下女」たる事情は、この様にして、かなり「根深い」ものと考える。従って当然、こうした日常的な約束事としての演劇から、純粋なそして直接的な演劇的感動を恢復する試みも、同様にして単純ではないのである。

例えば、演劇が「文学の演劇的展開」たる事をやめ、演劇的直接性を開拓しつつある、とは云っても、それは演劇における言語機能が否定されるのではない。演劇的究極の構図が無言劇であったり、舞踊であったりする事はないのである。ここで便宜的に云えば、文学に於ける言語機能と演劇における言語機能が、夫々独自の方向を見出しつつあると云う事になるのであろう。

恐らくこうした傾向はベケットや、その演劇的表情は全く別なのであるが、イヨネスコなどによって啓発されたところが大きかったのであろうが、例えばベケットの『ゴドーを待ちながら』における言語機能について云えば、それはウラジミールとエストラゴンの肉体を含めた舞台空間を一つの生活体として把え、それを如何に「息づかせるか」と云う事のために全て配置されている様に思える。その舞台空間を超越して縦断しもしくは横断する言語は全て排除されているし、同時に、その空間におけるウラジミールとエストラゴンの位置を絶対的に確定するための自己表白的な言語も排除されている。夫々の言語は、間投詞に近い極く断片的なものの集積であり、その物理的なマッスが舞台空間を構成し、構築された舞台空間そのものが、直接観客にのしかかるのである。勿論、そこでの言語は、単なる音量（声）として物質化（空間化）されているのではない。ラッキーの長科白は、最も素朴な形での言語の音量化なのであるが、にもかかわらず、言語の最後的な基軸は破壊されていないのである。いわばベケット空間に於ける言語は、それを音量化すべく無限に破壊し尽くして、破壊しきれない最後の所で機能すべくたくらまれている様である。

更にベケット空間にあっては、その言語機能と同様、役者の肉体に対する配慮にも注目しなければならない。演劇における「文学」性の否定と云う事は、その究極の構図に、役者の肉体を一種の物量として、もしくは一個のエネルギーに過ぎないものとして把えがちである。しかしベケットは言語を限りなく音量化すべく試みながらパラドキシカルにその最後的な言語性をすくいとっている様に、役者の肉体をも、限りなく物量化しようとする悪意の果てに、パラドクスとしての「役者」を救済しているのである。

我々は、ウラジミールとエストラゴンの、一見何でもない会話に接しながら、極端に云えば、人間が言語機能を有すると云う事自体への、もしくは、人間が演劇をすると云う事自体への、生物学的驚異さえ感ずる事が出来る。それはその「演劇」が、あらかじめ仕組まれた「文学」的世界、「文学」的ルールにもとづいて観客を誘導するものではなく、現前の舞台空間の直接的な解明の作業であり、舞台と観客が「演劇」と云う約束事を通じて行う相互交換ではなく、真空状態における実存と実存の触れ合いをたくらんでいるからである。ここでの演劇的感動は、だから同時に、自分が演劇に接していると云う自覚にもとづく感動なのであり、「参加の演劇」と云う意味の本質は、ここにあると、私は考えるのである。

ともかく、イヨネスコやベケットに代表されるアンチテアトル、もしくは純粋演劇、もしくは絶対演劇、と称せられるものによって、「文学」的ならざる「演劇性」が問題にされ始めたのは事実であろう。それらが我国の演劇界に及ぼした衝撃力は絶大なものであったと、私は信じている。

ところが、それが我国の創作劇に汲み入れられる段階で、現在、又もや次第に「文学」的な装いをとり始めているのである。或いは若しかしたら、「文学」から「演劇」へ脱皮するための過渡的症状なのかもしれないが、それにしても、その中途半端にひきずっている「文学」性について、余りにも無神経すぎる様である。

私はその典型的な一例として安部公房作の〈友達〉をとりあげる事が出来ると考えるのである。

（二）

この〈友達〉と云う芝居は、こんなレッテルを貼る事自体は無意味ではあるが、一見いわゆる「不条理劇」と云えそうである。「不条理劇」と云うのは、日常的状況と極限的状況が並存する中に舞台空間の（つまり役者の）実存を垣間見ると云う手法であり、作家の体質によって、イヨネスコ風に日常的状況を恰《あたか》も極限的状況の如く展開したり、ベケット風に極限的状況を恰も日常的状況の如く展開したりする。要はその演劇的な表情ではなく、日常的なもしくは極限的な夫々のフォルムが、空間として物質として如何にして安定しているかと云う事であり、その時、その相互性の中にドラマの本質が機能するのである。

従来の演劇においては、ドラマに関する主動的な要素は形象が代表してそれを把握していたのであるが、不条理劇にあっては、そのフォルムが代表するのである。「形象演劇」ではなく「状況演劇」であると云うのはそのためだ。

さて〈友達〉を不条理演劇として眺めると日常的状況が極限的状況であるかの如く語られている

点で、一応図式をつくればイヨネスコ風である。そして、そのためのモチーフとして「侵入者」的手法が扱われている。この場合の舞台空間の機能を、これまた図式に過ぎないが、云えば、一つの安定したフォルムにもう一つのこれも安定したフォルムが参加する事により、相互に異質化し、一つでは日常的に夫々安定していたフォルムが、夫々の脆弱さを露呈し、強烈なそれまでには見る事の出来なかった磁場を、垣間見せる、と云う事になるのだろう。

ある男が、いわゆる「日常的」な平凡な生活をしている。そこへ、その男はそう思っていないのだが、その男の友達だと称する一家族が侵入してきて、男と同居を始める。その同居によって男の生活は破綻をきたし、遂に破滅する。そう云う一応のストーリーがここにはある。それはいいだろう。不条理劇として成立する装置が全てここには整っているのである。

しかし、そう考えて読み進めると、ここに期待されてしかるべき「不条理劇」としての演劇性がことごとく裏切られてゆくのである。それはどうしたわけであろうか。

余談になるが、私は先日、安部公房作演出による「棒になった男」と云う三部作を見た。その第一話「鞄」についてであるが、或る家庭に一つの古いカバンがある。良人はそのカバンを、「先祖」だと云う。時々ブツブツつぶやいたりするので、妻はひどく気味が悪い。開けてみたくなったりする。良人はしかし「放っとけ」と云う。妻の不安は増々大きくなる。と云う話である。それ自体としては非常に見事な装置である。しかし私が実際の舞台を見てガッカリしたのは、そのカバンを実物ではなく、役者が演じたと云う点である。この演劇的な装置から云って、それは致命的な間違いなのだ。この場合は明らかに、古くさいすり切れたカバンそのものが、人間（良人の云う先祖）に見えてくるかどうか、と云う点に演劇のための全てが支払われねばならないのであって、人間がカバンに見えてくると云うのでは、全く逆なのだ。舞台上におかれた本物のカバンが、その妻が感ずると同様、観客にとって不気味でなければならない。これが演劇的直接性である。そうしてこそ、良人の云う「このカバンは私の先祖だ」と云う言葉が、強烈な衝撃力となり、その言語機能は、いわゆる「文学」的な言語機能を超えるのである。

役者を舞台上に連れ出してカバンに見たてるのは、この場合には明らかに「文学」的な便宜主義であって、この場合は観客による演劇的体験は、間接的なものに過ぎなくなるのである。つまりその場合の観客にとってのカバンは、それをもって何事かを解読するための記号に過ぎないのであり展開されている舞台上の現実を全て記号化しなければならないと云う誘惑に手もなくとらわれてしまうからである。

こうした味気なさ、不条理劇的な装置を見事に整えながら、一方でそれに文学的な意味を付与する事により単なるオハナシとしてしまう傾向を、私は安部公房の作品からぬぐい去る事は出来ない様な気がする。

この〈友達〉と云う作品から私が感じたのもその点である。そしてそれは、氏の「演劇」と云うものに対する発想の、かなり根源的なところに、原因を見出さなくてはいけない種類のものなのではないかと云う気さえするのである。

（三）

舞台に先ず現れるのは、かの主人公たる平凡な男をこれから訪ねようとする「友情あふるる」一家族である。そこのト書きによると「甘い誘惑的なメロデイで幕が開く。……音楽のリズムに合わせて、左右から四人ずつの人影が現れ、次第に大きくなり、ついには客席にのしかかる巨人の様になる」と云う事になっている。

観客は先ずその様にして侵入者たる八人の家族を確認するわけである。しかし私は、このさり気ない手法の中にも、氏の演劇に対する誤解を見ないわけにはいかない。この八人の侵入者が客席にのしかかる巨人のようになると云う事情は、当然その後に引き続く時間において、まさしく具体的につまり演劇的に行われなければならない事である。と云うよりはむしろ、この〈友達〉と云う芝居は、その事のためにこそ全てを支払わねばならないのだ。それをこの幕開きで、機械的に図式して見せる事は、有益でないばかりか、むしろ有害である。つまり氏は、演劇のために支払わねばならないものを、ここでその意味のために支払ってしまっているのだ。

ここで云う「巨人のように」と云う「大きさ」が、演劇的な「大きさ」ではなく、極く視覚的な意味としての「大きさ」として、観客に印象づけられる事を、恐れなくてはならない。イヨネスコの「授業」で、次第に大きくなってゆく老教授の大きさ、同じくイヨネスコの「椅子」で次第に大きくなってゆく「公演会」の大きさ、その演劇的大きさとは、明らかに異質の、つまり散文的な大きさに過ぎないからである。従って、これを「大きい」と感じた観客は、そのルールに従ってのみ、演劇に参加せざるを得ない。実体としての役者は一瞬にして消えてしまい、見えるのはその形象だけになる。意味の世界なのである。

一場はこの象徴的シーンに引き続いて、八人の家族の「自己紹介」の場となる。ここにも恐らく問題があるだろう。こうした演劇においては、役者が舞台に登場した途端に、その本質的な紹介は終わっているのであり、観客の方も、そこで原始的ではあるがその本質に関わる納得をしてしまっているのである。従って、その上の、形象に対する本質規定としての自己紹介は、むしろ役者の既に納得された実在性を損うものである。引き続いて必要なのは、その属性に関する自己紹介でなければならない。ウラジミールとエストラゴンが舞台にへたりこんでいる事実の上にのみ、演劇的事情は直接的に積みあげられていかなければならないのであり、その二人が何処から来て、何故そこに坐っているのかと云う事があらかじめ説明された途端に、観客の眼前にある現実の舞台空間は、記号化されてしまう。ウラジミールとエストラゴンは、「何処」からと云う仮空の空間と、「何故」と云う意味の中に、その実体をかくしてしまうのである。

この〈友達〉に於ては、「夜の都会は／糸がちぎれた首飾り／あちらこちらに／とび散って／あたためてくれたあの胸は／どこへ行ってしまった／迷いっ子／迷いっ子」と云う歌を受けて、「でも見捨ててはおけないわ。可哀そうな首飾りたち、ひろってあげましょう。ひろって、穴に糸をとおしてあげましょう」と云う科白が続く。つまり、これから一人の男を訪ねて同居しようとする、その行為の総体をここで抽象して見せているのである。この言語機能について考えてみよう。

例えばこの科白は「夜の都会には、孤独な人々が多勢居る。私達は行ってその人達をなぐさめてあげなければならない」と素朴に発露されて然るべき科白である。そしてこの素朴な科白まわしを、若干洒落た云いまわしにしたのが前述の科白であるかに見える。しかし、この言語機能は明らかに別様に働いていているのである。前述の科白をA、後述の極く素朴な科白をBとすれば、明らかにAの場合は、一つの行為、それを促す事情を、「意味」に還元する作用をする。Aの科白によって観客に具体化されるのは「これからこの人達はある男をなぐさめに行くのだ」と云う事実ではなく「男をなぐさめると云う事は、首飾りに糸を通してつなげると云う事なのだ」と云う意味なのである。

引き続きそのルールに従って「お父さん、私達首飾りの紐になってあげられるわね」と云う科白が続くのだが、ここでも、その無限に不気味であってしかるべき八人の家族の実体を、「ヒモ」と云う図式的な「意味」の中へ殺し去ってしまっている。例え作者にその意図がなかったとしても、観客としては、その「意味」においてこれら八人の登場人物の本質規定がなされたのだと信じ、以後、記号的な論理をのみ追う事になってしまうだろう。しかし少なくともBの様にその言語が装置されていたら、観客はそれをその八人の登場人物の本質規定とは信じない。未分化なフォルムの、局部的な事情の発露とみなし得るからである。Bの場合にあっては、その科白自体の意味よりも、一人の役者がそれを吐いた事実自体の意味の方が重いからである。演劇的な言語機能の、文学的な言語機能との相違は、往々にして、前者がそれを云う事実自体の重要性を問題にするのに対して、後者は云われた事の内容が完結して意味を持ち、その意味の重要性を問題にする、と云う点にある。〈友達〉の一場は、これから行われる演劇的事情を、意味の中で図式するために作られている。従ってこの一場は、私の演劇観に従えば全く不要である。二場からこそ、実際の演劇は開始されるのである。

（四）

二場は「侵入」を受ける例の男の日常生活から始まる。男とその恋人との電話のやりとりで、男の日常生活がフォルムとして把えられる。前述した通り、ここでは、一つの日常的に安定しているかに見えるフォルムに、もう一つのこれも日常的であるかに見えるフォルムが参加し、相互に異質化する事情が展開されなければならないのである。

従って当然、男の日常性が先ずフォルムとして安定する事が大切である。これはここでもかなり計算されている。電話の途中で、八人の家族が近付いてくる足音を男は聞きつけるのであるが、それに対する或る種の不安を、男は自らの日常的に判断し得る規準内におさめようとする。そうする事によって、外がわから、そのフォルムを安定させているのである。若しこの男のその足音に対する不安が、異常性に於ける極限状況への予感として、無限の振幅を持ってしまったら（後半若干そのきらいはあるが）男の日常性と云うフォルムは無惨に破壊されてしまうのである。

しかし〈友達〉全編を通じて数少ないこの安定したフォルムを、ここで電話と、近付いてくる足音を装置して構築しているのは、見事と云う他はない。ト書きにわざわざ「電話器だけは本物であること」と書いてある様に、明らかに作者は、一場とは全く逆に、一つの事情の意味への還元ではなく、事物への還元を志向しているのである。恋人から男へ話しかける科白は、その内容が重要なのではなく、その実在が重要なのであり、従ってこそ電話器が、舞台上の便宜的な記号ではなく、実在するものでなければならないのだ。「本物」とはそう云う意味だろう。

又、近付いてくる足音について、男は「雨かもしれない」とか、「下に居るマージャン気狂いかもしれない」とか「電報だろう」とかの判定を次々に与えている。この場合の言語機能が、一場において八人家族が自分達を「首飾りをつなげるヒモ」とみたてた場合と、全く違う事に注意しなければならない。ここで語られているのは、判定の内容ではなく、そう判定せざるを得なかった男の事情なのである。

観客も従って、男の判定に従って近付いてくる足音の意味を解読しようとするのではなく、男に関わるフォルムと、近付いてくるもののフォルムの相互性を未分化なままに予感するのである。（ここで、一場のある事が、むしろ有害なものとして機能する事を、納得されるであろう）

一場を文学的とするなら、二場は全く演劇的である。一場で意味の中へ解消されてしまったものが、二場では舞台上の事物、役者の中によみがえっている。しかも、何度も云う様であるが、それが足音と電話からの声と云う、一見実在性の希薄なものによって構成されている事に注意しなければならない。我々にとって或る種の記号にすぎないもの、意味に過ぎないものに、正当に反応する事によってそれらは実在性を付与される。これが演劇である。検証抜きで単純に云えば、あるがままのものに意味を与え、文明的な論理構造の中に植え込もうとする方法を仮りに「文学的」とするなら、意味あり気に見える閉鎖的な日常性の中から、本来的な実在性を開発するのが「演劇的」と云えるのかもしれない。

（五）

三場によって、いよいよそれらの二つのフォルムは出遇い、融合を始める。

私はかつてアラバールの「戦場のピクニック」の評の中で「戦場たるフォルムと、ピクニックたるフォルムの融合による、ベケット空間を構築する試み」と書いた事がある。実にアラバールは、ベケット空間に関する天文学的解明をする数学者たる作業をしており、その作業を通じて私は、ベケット空間が「形象と形象の相互性による抽象体」ではなく、「フォルムとフォルムの融合による具象体」である事を知ったのである。

従ってここで「戦場のピクニック」に於けるフォルムとフォルムの融合の仕方を、〈友達〉におけるそれと比較して見るのは、問題点を明確にするために有益であろうと思われるのである。

ここでは文字通り「戦場」を「ピクニック」が訪問する。つまり、戦場で最前線を守る兵士ザポの陣地へ、その両親テパン氏とテパン夫人が訪問するのである。「伜や、さあ立って、お母さんの額にキスするんだよ」と云うのがテパン氏の第一声である。この科白のための卜書きに〈勿体ぶって〉とあるように、これはピクニックのルールによる出遇いである。戦場のルールにこの両親が従って出遇うのなら、いきなり駆け寄って抱合うか、「無事だったね」とか云う種類の科白になる筈であるが、その時には戦場とピクニックが夫々にフォルムとして融合するのではなく、戦場のフォルムの中へピクニックが解消される、と云う事になるのである。

一方これを迎える戦場側の反応はどうであろうか。ザポ君は〈吃驚仰天して飛び上がる〉が、すぐ〈母親に近づいて恭々しく接吻する〉のである。「形象演劇」に慣らされ過ぎた役者なら、この〈ビックリ〉から〈恭々しく〉へ至る心理的な径路を論理化するために四苦八苦するところであろうが「状況演劇」に於ては、極く平凡な構造である。「形象演劇」においては、あらゆる行為はその「形象」の論理性のために統禦されるのであるから、当然行為の論理的な連続性が問題にされるのであるが、「状況演劇」においては、その「状況」の構造解明が問題なのであるから、「形象」と云うのは役者の「現れ方」に過ぎない。こちらから見ればこう見え、あちらから見ればこう見えてかまわないのである。つまりここでは、〈ビックリ〉から〈恭々しく〉へ行為が連続しているのではなく、〈ビックリ〉と〈恭々しく〉は並存しているのである。極く機械的に云えば、ザポ君を演ずる役者がそれをあやつって、戦場的に〈ビックリ〉させたり、ピクニック的に〈恭々しく〉させたりしているのだ。

この出遇いの部分を〈友達〉と比較するとこうなる。扉を隔てて男と八人の家族が先ず対立する。男が「どなた」と云う、家族側から「ごめんなさい、すっかり遅くなってしまって」と発言がある。私はここの作り方にやはり、致命的とは云えないまでも、大きな問題がある様に思う。作者としては、対立、突破、侵入と云う、行為のケジメをつけたかったのだろうが、それがかえって侵入を論理化しようとする思考に根拠を与えてしまっているのである。アラバール風にやるとすれば、この八人の家族がいきなりドヤドヤと部屋の中へ入り込み、その辺に持って来た荷物を置きながら「ごめんなさいね、遅くなってしまって」と云わせる事になるのだろう。男に「どなた」と発言させる必然性が強ければ強い程、その発言は遅い方がいい、「寒いから入ったあとはキチンと閉めてくれよ」と云う発言を八人家族の側に一発浴びせておいてから「どなた」と云うか、もう一言云わせるか、そこに作者はたくらむものであると思う。つまり男は「ごめんなさいね、遅くなってしまって」と云う一言で既に演劇的には「侵入」を受け入れてしまっているのだ。この一言は見事である。従って男は、そのまま黙って扉を開けてしまうべきなのであるが作者は「扉を隔てての対立」と云う事で「扉」に図式的な「意味」を与えてしまっているからと、それにメンツをたてようとする。〈男、上眼づかいに首を傾けて見たりするが、けっきょく好奇心に負けて、ドアを開けてしまう。同時に次男がドアの隙間に足をはさむ。父が把手をつかんで、引き開ける〉これはいけない。これは段取り芝居である。〈ビックリ〉から〈恭々しく〉を同時的に信用出来ない「文学」的発想がここに典型化されているのであり、〈どなた〉から〈扉を開ける〉までの行為の連続性を「好奇心に負けて」などと論理化している。「好奇心に負けて」などと云うト書きに、役者がどう反応するか、考えただけでウンザリするではないか。しかも〈足をはさむ〉とか〈引き開ける〉とかの行為に至っては尚更だ。これでは「侵入」と云うモチーフの、演劇性が無惨にもブチ壊されている。まるで油断をしていて泥棒に入られたみたいである。

「侵入」のモチーフを取り扱う場合、それは大きな意味ではあらゆる「状況演劇」において取り扱われていると云ってもいいのであるが、たいていは、既に「侵入されている状態」から始められるか或いは、「招待したものがはからずも侵入者」だったりする。これは勿論、便宜的な、つまり観客に対する戦術的な事なのであるが、「侵入者」と言語化されただけで観客に植えつけられる一種の論理性をあらかじめ拒否するためであり、その論理をはみ出す「侵入」の実態を定着する事こそが演劇的であると考えているからである。

この場での作者にその意識がなかったとは思えないが、「侵入者」と「被侵入者」を扉を中にしてシンメトリカルに対立させた時、その扉と云うものの象徴的な意味に把われてしまったのであろう。道具としての、この扉の機能は一場における電話器の機能と明らかに違っている。電話器の場合は、何処か遠くに居る了解事項としての男の恋人を空間化すべく、その実在性が舞台上に問われると云う機能を有しているのに反して、この扉は、「侵入者」と「被侵入者」を図式的に区別する「意味」としての機能しか有していないのだ。その「意味」に過ぎない扉のメンツをたてようとしたから、「侵入」劇が「泥棒」劇になってしまったのである。

（六）

もう少し「戦場のピクニック」との比較を続けてみよう。出遇いの後、戦場のフォルムとピクニックのフォルムは、相互に拒否し合うのであるが、そのメカニズムである。ザポ君は、ピクニックに対する〈恭々しさ〉を損わない程度にではあるが、そのフォルムの拒否を暫く続ける。「お父さん、お母さん、何だってこんな危いところへやって来たの？　お願いだすぐに帰ってくれよ」「兵隊でもないのに戦場をうろつくなんて非常識だよ」とか云う科白がそれである。それに対するテパン氏とテパン夫人の反応はこうである。「お前は知らんだろうが、わしは昔、走っている地下鉄から何度もとびおりた事があるんだぞ」「心配するな、わしはお前とピクニックするためにやってきたんだから」「……美味しい御馳走を沢山作って来たのよ。…みんなお前の好きなものばっかり。」ここでは、奇妙にその論理がはぐらかされているのに気付く。極く常識的に、ザポ君の科白に論理的に反応するとすれば、「お前が危険な目に遇っているのに、私達が安全であっていい筈がない」とか云う種類の科白になる筈なのだ。

テパン氏に冒険の体験があるかないか、テパン氏が戦場のつもりではなくピクニックのつもりで来ているかどうか、その証拠にテパン夫人が御馳走を沢山持ってきているかどうか、これらの事は

「戦場のルール」にとって云えば、全くナンセンスなのである。こうした一方的なピクニックのルールを押付ければ押付けるほど、それを無力化する戦場のルールが、つまりそのルールによって構築されている戦場のフォルムが、体験化されるのである。〈友達〉における出遇いの「どなた」に対する「ごめんなさい遅くなってしまって」と云うやりとりのすれちがい程切れ味は鋭くないが、同様の効果がたくらまれているのである。

　夫々の科白は、全く一方的に夫々のフォルムのためにのみ奉仕され、夫々は夫々の拠って立つフォルムに於けるルールによってのみ自己正当化をする。従って科白のやりとりは、論理的な発展を遂げず、むしろ、その科白の拠って立つ根拠をうがって、それを無力化しようとするのである。「ここは戦場で危険だから帰れ」と云う科白に対して「心配するな、私は戦場のつもりではなく、ピクニックのつもりできているのだ」と云う科白が連続しなければならないのは、ここでは、「帰れ」と云うザポ君の主意に個別的に対応するテパン氏が問題なのではなく、そう云わざるを得ない事情の中に在るザポ君に、総合的に対応するテパン氏の事情が、問題だからである。つまりテパン氏は、戦場に居ると云う事を絶対的な拠りどころとして発言されているザポ君の意見に対して、意見として反応する事をせずに、絶対的であるかに見える戦場そのものの根拠を否定しようとしているのだ。「状況演劇」に於けるフォルムとフォルムの葛藤はこの様にして成立する。

　ところで、この出遇い以後の、夫々のフォルムの相互拒否の部分が、〈友達〉の方は〈戦場のピクニック〉に比較すると、圧倒的に長い。後者の方は、このすぐ後で、テパン氏「だってお前は戦争をしているんだろう?」ザポ君「大げさだよ、そんな……」となって、ザポ君の意識的なピクニック拒否はしぼんでしまう。そしてザポ君が否応なくピクニックのルールにとらわれていくに従って、戦場のフォルムは、恰も現実の如く、重く沈潜し、舞台空間を総合的に支配し始めるのである。一方〈友達〉の男の方は、執拗に、アの手コノ手をつかって、侵入者を拒否し続ける。そしてそれが戯曲の大部分を占めているのである。従ってこれは、作家の単なる趣向の問題ではなく、戯曲構造の違いなのであるが、それは別のところで問題にしよう。ここでは出遇い以後の部分を、局部的に、「戦場」と対比してみるだけにする。

扉が、かなり強引に開けられると、八人家族は「よかったわ、まだお休みじゃなかったのね」「さあおばあちゃん、上がらせていただきましょうよ、夜風は毒よ」などと云いながら、ドヤドヤと侵入する。この見事な侵入が保証されているのだから尚更、扉に関するくだりが残念でならない。「どなた」から「ごめんなさいね、遅くなってしまって」に至り、いきなりこの侵入に連続する径路に、演劇的ダイナミズムがあるのだ。

更にその後のやりとりの中に、こうした演劇的ダイナミズムを停止させてしまう箇所が、いくつか出てくるのである。男が（狼狽して）「待って下さい、なにか、人違いじゃないですか。」と云う。家族の一人長男が（ゆううつそうな微笑を浮べ）「ぼくは以前、興信所に勤めていたこともありましてね」と云い、男「しかし……」となる。出遇いの後の第一回の相互拒否が、これで済んでしまうのだ。この科白のやりとりはごまかしである。しかもこれは、ここで行われつつある演劇の本質に関わるごまかしなのである。

私はここで行われた作者の戦術をかなり具体的に指摘出来る様な気がする。勿論作者は男の主意をはぐらかしたかったのである。そしてそのはぐらかし方が問題なのだ。「間違いじゃないですか」「いいえ間違っていません」と云うやりとりでは、ここで行われるべき「侵入」と云う事情の演劇性を損うと云う事は明らかである。そこではぐらかさなければならない。はぐらかして「間違いではないですか」と云う質問自体の根拠を否定し、無力化しなければならないのである。ところで「興信所に勤めていた事がある」とはどう云う事であろうか。云うまでもなく「興信所に勤めていた事があるくらい、調査に関してはベテランであり従って間違う事などない」と云う意味である。解読すれば「いいえ、間違っていません」と云う科白と同義なのであるが、作者は、その解読の作業の中に男の質問をはぐらかそうとしたのであり、一つの事情とそれの意味するものとの間にある落差の中に、男の質問のための落とし穴を設けたのである。

私はこれをフェアでないから、と云って非難するのではない。これは間違いなのである。わかりやすくするために、アラバール風の例をあげてみよう。アラバールなら「間違いではありませんよ。だってここにスリッパがあるじゃありませんか。」「スリッパ？」（と相手に質問させて引きずりこんでおいてから）「私達はスリッパの有る家を探してたんです」と、やるだろう。これがはぐらかしの演劇性である。はぐらかしははぐらかすためにのみ必要なのでなく、そうする事によってこの場合なら「侵入」を具体化しなければならない。その後に連続する男の「しかし……」と云う言葉の機能を考えてみれば良くわかる。

原文通りの科白のやりとりの後の男の「しかし……」は「興信所に勤めていたと云う事は…？」と云う、言葉の意味のなかで途惑っているのに反して、アラバール風の科白の後の「しかし……」は、「侵入」の実体を受け入れた男の総合的事情の中で途惑っているのである。

別の面から見てみよう。ここで「侵入」と云う事の「大きさ」が損なわれているのである。何度も例を引く事になるが、「どなた」「ごめんなさいね、遅くなってしまって」と云うやりとりにあっては、「侵入」は全く一方的であり、且つ絶対的であった。この科白は「いいえどういたしましてまだ起きてたんですよ」と云う男の科白を、殆んど誘い出しかねないほど圧倒的である。ここで語られているのは「侵入者」の一方的な善意であり、善意故の自由であり、従って男は、これを阻止すべく何の根拠もない。更に云えば、ここには「侵入」と云う事の本質的な性格が語られている。「侵入」は単なる空間的なスペースの占拠ではない。舞台空間は、観客の現前の物理的な空間であると同時に、観客の意識に支えられた心理的な侵入でなければならない。「どなた」と云う発言は、物理的空間である男の日常生活を防禦するための心理的作戦であり、それによって「侵入者」との何等かの対応関係が成立すれば、あとはその防禦は、物理的空間に於ける技術の問題になるのである。それに対しての「ごめんなさいね、遅くなってしまって」と云う八人家族の側の反応は完全にその対応関係を破壊しており、つまり男の心理作戦の及ばないところへ、物理空間に於ける技術処理では解決出来ないところへ、「侵入」のイメージを飛躍させているのである。

ところで、「間違いではないですか」「興信所に勤めていた事がありましてね」と云うやりとりでは、どうだろうか。若しここで「興信所云々」の科白と、それの意味する「間違いではありません」と云う言葉との落差、それを解読するための時間が保証されてたら、これは心理的空間において対応するのである。「どなた」「ごめんなさいね云々」の言葉のすれ違いは、物理的な安定の上に成立する心理的すれ違いなのであるが、この後の場合は、心理的対応関係の上に成立する物理的すれ違いなのである。

従って当然このやりとりは、男の側から「本当に興信所に勤めていたかどうか」「興信所に勤めていたからと云って間違はないとは云えない」と云う種類の、限りない疑問を封鎖する事は出来ない。「侵入」はここでひとつの足カセをはめられた事になる。「興信所に勤めていた事実」をその長男のウソと判定するにせよ、事実と判定するにせよ、「侵入」に関わる根拠の一つを、その長男が責任をもって背負ってしまったからである。若しこの科白が実は「興信所に調べてもらいましてね」と云うのであったら、似ている様でも、事情は全く変わってくる。アラバール風に私がデッチあげた科白よりも、この方が有効に機能するかもしれない。「興信所の調査」と云う事になれば、その家族の責任範囲ではないのだから、その気になれば「実は困った事に興信所の調べでは、ここしかないと云うんですよ」(私共も間違いではないかって思ったんですけどね)と云う風に、更に「侵入」を促進する事が出来るだろう。

しかし、何よりも問題なのは、この科白が単なる言葉の上のごまかしであると云う点で、「侵入者」の悪意をのぞかせてしまう事にある。「侵入者」の側からも、こうした種類の「侵入」の「悪意」について気付いていて、それを手練手管をもってごまかす、そのごまかしの一端としてこの科目が位置づけられてしまう事である。

（七）

「善意」による侵入と、「悪意」による侵入と云うパターンがある。それはどちらも演劇的に成立する。しかし、その侵入のメカニズムは全く異なるのである。

例えば、脱獄囚がいきなりドヤドヤと侵入して、その日常的な家庭生活を破壊すると云う映画があった。この場合は「侵入者」と「被侵入者」の心理的な対応関係は前提として成立している。「泥棒」と「サラリーマン」、「脱獄囚」と「日常人」と云う対応関係は、虚構構造の中では心理的に全く安定しているのである。従って侵入者たる「脱獄囚」の侵入は、ひとまず物理的な空間へ侵入するための「技術的巧妙さ」を以って語られる。圧倒的な手練手管とごまかしである。

こうした事情に於ける、家庭生活の破壊はどの様にして語られ得るか。勿論それが演劇的に行われなければならない以上日常生活の破壊は同時に舞台空間の変質でなければならない。「侵入者」が異質のものである限りに於て、つまりサラリーマン家庭の中に混入された「脱獄囚」たる事情を失わない限り、舞台空間は、そこでかなり異様な事が行われたにしても、心理的には安定しており日常生活は破壊されない。「脱獄囚」と「日常人」と云う心理的な安定さが失われて、日常生活の深部に潜在する「人間」と「人間」の関係が見えてきた時、その舞台空間は変質し、同時にその日常性も破滅するのである。つまり「脱獄囚」が異様でなく見えてきた時の危機がそこで語られるのである。

「善意」による「侵入」のパターンは、比較的新しいモチーフなのであろうが、この場合は全く逆に、物理的には全く安定し、相互に確認し合えている日常性の中に、心理的な不安定さを見出しそれが「人間」として異様に見えてくる時の危機が語られるのである。従ってこれは、日常人が異様に見えてくる事の危機である。この場合の「侵入」はだから、前述した様に、往々にして「始めからそこに居る者」に侵入者を見出す仕事になる。

〈友達〉の場合は、大ザッパに云って明らかに後述の「善意」による侵入のパターンを保有しているのであるが、それが「悪意」の侵入のパターンと、時折奇妙に混合しているのである。

恐らくこうであろうと思う。作者にとっては一つのモチーフを舞台化すると云う事が、舞台空間においてそれを体験すると云う事でなく、舞台空間に物理的に構図すると云う事で認識されていたのである。

例えばチルチルとミチルが「幸福を探すために」舞台空間を上手から下手へ歩くと云う事は、演劇的には何の意味もないのであるが、そこに約束事としての演劇を見ようとしている点が、恐らくこの作者にはある。「侵入者」と「被侵入者」が扉を隔てて対立すると云う構図を思考させるのはそうした演劇観なのである。従って「侵入者」が舞台空間を歩いて、物理的に「被侵入者」に接近すると云う点に演劇的意味があると考えていたのであり、それが「悪意」による侵入のパターンと、奇妙に合致してしまったのであろう。

私は、こうした考え方こそ、例え作者にその気がなかったにせよ、文学者の演劇に対する傲慢であると思うのである。それは、既に答のわかっている事を、舞台空間に於て「絵」にして見せているに過ぎないからである。

作者に若し、舞台空間と云うものが、物理的な空間であると同時に、観客の意識に支えられた心理的な空間である事が、終始途切れていなかったら、こうにはならなかっただろうと思われる箇所が、随所にあるのである。そして、それらが結局、この戯曲の演劇性を、致命的に破壊してしまうのである。

と云う事でもう一度「興信所云々」のところへ戻ってみよう。この科白は「間違いではないですか」と云う質問を封ずるべく機能するのであるが、先程も述べた様に、これは言葉の論理として「間違いではないですか」に心理的に対応しているから、更にこれに対応して男の側からカラム事が可能であり、それを結果として封じてしまっているとすれば、或る種の「暗黙の圧力」が機能している事を、我々は舞台上に見てしまうのである。しかもその「圧力」は、「興信所の調査」とか「ここにスリッパがあるから」と云う言葉で、相互的なフォルムの不協和に奉仕するのではなく、「侵入者」たる長男にのみ奉仕してしまっている。「被侵入者」たる男に、物理的に機能しているのであり、「どなた」「ごめんなさいね云々」が善意の侵入のパターンをとっているとすれば、ここでそれは全く逆転しているのである。

以後そのパターンは相互に入り乱れて混乱する。すぐその後に男の侵入者に対する「君、土足はひどいじゃないか」と云う科白がある。これは善意の侵入のパターンを忠実になぞっている。善意の侵入者に対する非難の最大限が、そこまでなのだ。この非難に情熱をかければかけるほど、「被侵入者」はその無力感を覚えざるを得ないと云うメカニックを見事に把えているのである。しかし又そのすぐあとで男が「一体何の真似です。気味が悪いな……」と云う。これはいけない。勿論「悪意」による侵入のパターンの中では、この科白は有り得る。それは相互に「気味の悪い」事情から開始されるからである。しかし「善意」の侵入者のパターンにおいては「気味が悪い」と云う心理的な安定をするための相互確認は出来ない筈なのだ。

ここで作者に「悪意」の侵入のパターンへの変更が行われている。しかし、前述した様に、作者としては混乱しているわけではない。恐らく、「侵入者」と「被侵入者」のその場の事情に、総合的な観点から公式見解をのべようとしたのであり、それがたまたま、悪意の侵入のパターンと合致してしまったのである。

男「用があるなら、ちゃんと説明したらどうです?」家族の一人、父「そう開きなおられちゃ、こっちも困ってしまうな……。」これはいい。しかしその科白のためのト書きにある様に同意を求めるように、一同を見まわすのはいけない。困るフリをする事ではなく、本当に「困ってしまう」

事によって「侵入」は成功するのである。「遅く来てしまって申しわけない」と考えている人々がいきなり「何しに来た」などと云われると、実際「困ってしまう」ものだからである。

家族の一人次男（けろっとした調子で）「まるで、おれたち、招かざる客になったみたいだな……」これはいけない。この科白がこのままであると、やはり、ここで行われている事の公式見解として機能し、舞台空間が一種の生活体である事を破壊し、単なる図式的なミザンセーナにしてしまう。若しこれが、この家へ八人家族を誘導してきた父なり長男なりへ向けての非難として「一体どうなっているんだ、我々は招かれていなかったのか」と云う事になれば、事情は全く変わってくるのである。

（『季刊評論』一九七〇年第二号）

前号の拙文を読んでいただいた方から、様々な批評を頂いた。引続き稿を進める前に、それについて触れるのが、問題点をまとめ、整理する上にも適当であろうと考える。先ず第一に「演劇に於ける文学性、演劇的直接性の概念があいまいである」点を指摘された。これは云えば、その概念を整理し明確にするために書き始めた文章であるから、最初それがあいまいであるのは止むを得ないのであるが、しかしこうした問題が出るのは、それを明確にする方法論の点で、うなずけない部分があったせいではないかと思う。その方法論について、私自身の考えを述べる事が、幾分はそれに答える事になるかもしれないと考えるのだ。

例えば私は「不条理劇のパターン」であるとか「イヨネスコ風のパターン」であるとか「侵入劇のパターン」であるとか「善意によるもしくは悪意による侵入のパターン」であるとか、様々な「パターン」をいわばデッチあげて、それによって作品を切った。それ自体どうと云う事もない。そんなパターンなんぞで芝居が書けるわけはないのだ。しかし一つの戯曲作品と云うものを、その効用に基づかずに批評するためには、つまり文体の自立的な法則性のみを問題にするためには、様々なパターンを仮にあるものとして、それとの比較検討をする以外にない。「不条理劇のパターン」と云うものが厳然としてあって、それに抵触するものは全て排除されなければならないのではない。ただ「不条理劇」と呼び慣らされている戯曲の文体には、普遍的な一つの法則性と云うものがあって、それとどこが似かよっていてどこが違うかを見きわめる事が出来るのであり、それによってその戯曲の文体の法則性を可視化する事が出来るのである。

　文体を批判する規準は、或る限界内に基づいて云えば、より善いかより悪いかであってはならない。正しいか誤りかでなければならない。それには、その文体が如何なる法則に基づいて成立しようとしているかと云う事と、事実その法則にもとづいて成立しているか否かと云う事を、同時に探る必要があるのであり、従って当然その正しさ、もしくは誤りも、その相互的な関係の中でのみ測られる。私が様々なパターンを無理やりに利用したのは、云ってみればその相互的な関係を見るための手段であったのだ。

　又、その他の方から「戯曲の文学性もしくは演劇性」と云う事など、考えてみれば極く常識的な事ではないか、と云う御批判を頂いた。云ってみればその通りである。「駈け出しの演劇屋だって」と、その人は云ったが私が前号で指摘した部分について、欠陥は欠陥として理解してしまっているに違いない。ただ私がしたかったのは批判の規準が欲しかったからに他ならない。

例えば前号で私は「善意の、もしくは悪意の侵入のパターン」について説明するため、舞台空間を物理的空間と心理的空間の二重構造として把えてみた。それによってその部分の文体批判は、いささか論理的であり得たとうぬぼれている。実に物理的空間の異様さが心理的空間の異様さに転化し、もしくは心理的空間の異様さが物理的空間の異様さに転化する過程に、「不条理劇」と云うものの演劇的ダイナミズムが潜んでいるのであり、それが一つの文体の法則性に関わる規準になり得る事を、発見出来たのである。

戯曲の文体と云うものは、法則的である事によって対象化出来なければならない。舞台空間に於て役者が、それを全く客観視した時、その肉体が、もしくはそれを含む舞台空間が、言語化されるのである。これが、云ってみれば私の演劇観である。

（八）

さて「友情あふるる」八人家族は、物理空間である男の部屋に、一応侵入した。ここまでの侵入の方法とその径路は混乱はしているが、やはり図式すれば前述した様に、物理的侵入である。つまり作者の意図としては多分に心理的空間への侵入のニュアンスを含ませているが、基本的にそこで行われたのは物理的侵入だったのである。

そこで我々としては、以後の経過についてその混乱の様態をきれいに区分して見なければならない。先ず第一に、八人家族が心理的空間への侵入に成功したのだとすれば、男が物理的にそれを安定させようとすればするほど、舞台空間は心理的に不安定な事情の中に追いこまれる。逆に八人家族が、物理的空間への侵入に成功したのだとすれば、彼が心理的に安定させようとすればするほど舞台空間は物理的に不安定な事情の中に追い込まれる。

つまり、アラバールの「戦場のピクニック」に於ては、ピクニックは「戦場」と云うフォルムに心理的に侵入を果たしたのであり、だからザポ君が「戦場」に居ると云う自覚を無視して舞台上でピクニックごっこに熱中すればするほど、観客の意識に閉ざされた舞台空間は異様な不協和音を奏で始めるのである。

一方脱獄囚が平凡なサラリーマンの家のカギをこじあけて侵入するのは、これは物理的侵入の典型的な例であるが、家族の側が彼等の粗暴さや汚なさを無視して心理的な安定をはかればはかるほど、観客の眼前にある物理的な空間は異様なものに見えてくる。奥さんが編物をしているそばで大男の泥棒が赤んぼをあやしていたりするのである。

次に排除の方法について考えてみよう。侵入者に対してそれを排除しなければならないと考えるのは、極めて正当な行為である。しかし心理的な侵入については（何度も云う様であるが心理的侵入と云うものは、既に受け入れて後に気付くものである。つまり、心理的な侵入は当然彼にその余地がある事を見越して行われ、最初はさり気なく、気付いた時には既に受け入れているのである）彼は感覚的に対応してそれを排除する事をしない。その侵入者について、或る不安は抱くが、それは嫌悪と云うようなハッキリした感覚で理解出来るものではないのだ。従って、それを排除しなければならないと云う事を、極めて論理的に考えようとする。その論理を、論理的にではなく無力化するのが侵入者のやる事であり、それは往々にして彼の心理をくすぐるやり方となって表現される。

物理的な侵入については、彼はその排除する正当性について論理化する必要がない。それは感覚的には明らかな嫌悪の対象になり得るし、それは当然最初から排除されなければならないものなのである。侵入者の側も、彼の心理をくすぐる事で侵入を完成出来るとは考えないから、力と巧妙さが必要となってくる。

以上の図式が全てそのままあてはまるとは考えられないが、一応それはそれとして、以下実際の文体について考えてみたい。

末娘　ねえ、こっちにも部屋があるわよ。
祖母　でも九人にたった二部屋だけぢゃ、部屋の割りふりが容易ぢゃないわねえ。
次女　ぜいたくは言いっこなしよ。遊びに来たわけぢゃないんだから。
男（混乱と不安で）早く出て行け、さもないと家宅侵入罪で訴えてやるぞ。

末娘　こわいわ、この小父ちゃん。

母　こわがらなくてもいいのよ。本当はとてもやさしい小父ちゃん……。

心理的な侵入の法則性を見事にとらえている部分である。家族の方は一方的に家族の日常性を律する法則性にのみ従って行為しており、そうすればそうするだけ、男の側の日常性が侵蝕されてゆく。男の側が不安を覚えれば、当然家族の側だって「こわい」筈である。この「こわいわ、この小父ちゃん」と云う科白ほど、男の心理を混乱させる言葉はない、この少女の恐怖に対して、どんなに精密な自己正当化が必要か、考えるだけでワクワクするほどではないか。何故この時、男に、この少女を恐怖させた事について弁解させなかったのだろうか。或いは、その必要がないなら、自分が何等弁解する必要のない立場に居る、と云う事をまくしたてさせなかったのだろうか。ここに於ける演劇的ダイナミズムは、まさしくその方向を向いているのである。

男は「もう我慢ならん」と云って警察へ電話するため、受話器をとろうとする。ここで一瞬、心理的に形成されつつあった侵入の事情が、その質を転換する。男は一体、何に「我慢」出来なかったのだろうか。若しこの時男に、この少女のみにでも個別的に対応しようと云う姿勢があったら、前述したように、その恐怖に対して、或る具体策を講じていた筈である。それは明らかに「我慢ならん」事情には違いないが、「我慢ならん」と発言する事とは全く違った事なのだ。その具体策が全て無効だと気付いた時、初めて男は、自分自身の無力さかげんに対して「もう我慢ならん」と発言出来るのである。そしてその時のみ、この科白は前述した文体に連続してダイナミックである。侵入者の個別的な真意を全く無視出来る人間のみが、侵入と云う行為総合を対象化して「我慢ならん」と云い得るのであり、ここでもその様に機能しているのであるが、そうした人間は一切、心理的な侵入を受け入れる事はない。「侵入」と云う事実を客観視出来た時にのみ云い得る科白だからであり、それは物理的な侵入者との関係にしか過ぎない。

ここから場面は物理的空間での「侵入」「排除」の関係へ見事すりかわってしまうのである。

（九）

父（受話器を持つ男の手をおさえて）まあ落ち着いて、君はどうもひどい誤解をしておいでのようだ。まるで私どもが、危害を加えでもしたように騒ぎ立てておられるが……。

と云う科白から、舞台空間で行われる事は大ざっぱに云って、警察へ電話をしようとする男と、それをそうさせまいとする家族の葛藤となる。あとで結局男に電話をさせる事に同意をする事になるわけであるから、それ以前のここに於ける葛藤の質と云うものは、極めて意味深長だと云わねばならない。

図式的に正確を期すとすれば、家族の側のそれを止めさせる動機は、男に対する親切、もしくは思いやりでなければならない。「およしなさい、あなたが恥をかくだけの事なんですから」というわけだ。そうした論理で止めさせせようとする限りに於て、心理的侵入の事情を、この空間は保有し続ける事が出来る。男の行為そのものを心理的に無力化するのである。

ところでこの「誤解じゃないかな」と云う科白は、そうした事情をふまえている様に見えて、実はそうではないのである。男の「我慢ならん」と云う科白がそうであったようにこれも、父が男の行為に個別的に対応しようとした科白ではなくて、行為の総合を対象化し、批判し、しかる後に発せられるべき科白だからである。つまり、男が受話器に手を伸ばしたとたんにこの科白が出たとすれば、少なくともその時父は、それが警察へつながると云う事を知っている。知っていてはならないのである。極く常識的かもしれないが、「おや、どちらへ電話を?」という科白となり、「決ってるじゃないか、警察へさ」と云わせてから「まさか」と驚く、それは侵入者たる家族の側にとってみれば、まさに「驚くべき」事柄でなければならないからである。

男もそして侵入者たる家族も、夫々相手を総合的に対象化してはならない。男と家族が夫々に或る狂気の中に俸仕している時、観客の意識の事で舞台全体が総合化されるのである。従ってこの場合父が男の電話する相手を警察と判断していたかいないかは問題ではない。侵入と云うゲームのルールに於て「俺は知ってるぞ」と云う事を発言してはならないのである。そして又、男の行為に対して、「おや、どちらへお電話を?」と云うのは、単なるはぐらかしではない。啞然とするフリをするためにこの科白が必要なのではなく、侵入が完成されるためには、男の行為についてそのように「視点を据える」事が是非とも必要なのである。
八人家族は、云うまでもない事であるが、男をからかいに来たのではない。やはり彼等にとっても侵入出来るか出来ないかと云うことは真剣な試みなのである。それは、男にとって、それを排除出来るか出来ないかが重大な事柄であると同様のことである。従って彼等は「ひとりぼっちの孤独なたましいをなぐさめるために」訪問していると云うことを、心底信じていなければならない。それが単に彼等の侵入のための口実である限り、彼等の侵入は絶対に成功しないのである。ところが、男の「我慢ならん」の科白と、父の「誤解だ」と云う科白で、両者が相互に相手を客観視したとたん、彼等の使命感は、無惨に打ち砕かれてしまう。父の前述した科白に、次の科白が続くのである。

男　危害ぢゃないですか。
父　なぜ？
男　他人の家なんだよ。ここは。
父　（呆れた風で）他人の家？
長男　（冷笑的に）他人の家とはまた、ずいぶん了簡のせまい男だな。
男　だって、現に、他人ぢゃないか。
父　（なだめて）君、そんな小さなことを、いちいち気にすることはないんだよ。兄弟は他人の始まりっていうぢゃないか。つまり他人をさかのぼって行けば兄弟になると云うことでもある。他人でいいんだよ、君、そんなことは、これっぽっちも気にかけることはありはしないんだ。

ここのくだりから演劇的誤りを見出す作業と云うのは極めてむずかしい。問題は勿論、長男の「冷笑的に」云う科白と、それ以下の部分である。ちっとも間違っていないように思える。八人家族が、「孤独な人々をなぐさめる」と云う使命感にもえていればいるほど彼等はゴーマンに見えなければならない。実際、使命感に支えられた人々のゴーマンほど耐えられないものはないからである。この長男の「冷笑」は、それを極めて良く表現している、とも云えるであろう。

しかし、この科白は、この侵入を完成させるための文体からは、明らかにはずれている。それは何故だろうか？　云えば、八人家族がこの男の部屋にドヤドヤと侵入してきて、テンとして恥じない事実が既に充分に彼等のゴーマンを表現しているからだ。つまり、この時観客の心理的なメカニズムは、彼等が図々しくも侵入した上、それに対して苛立つ男を怖がったり、不思議がったりすればするほど、彼等のゴーマンを感じとる、といった風に機能し始めている。

八人家族にとってみれば、男が追い出そうとする事を理解するわけにはいかない。彼等の使命に照らして観察すれば、そんな事はあり得ない筈なのだ。そこで、あくまでも「やさしく」説得する。あらんかぎりの誠意をもって男に対応しようとする。男に対して家族がやさしくしてみせればみせるほど、観客にはそれが彼等のゴーマンに見えてくるのである。そして、その時にのみ、人間のもつゴーマンな質が、舞台上に空間化されるのである。何度も云うようであるが、これは単なる技巧の問題でも、趣向の問題でもない。錯覚をもって真実を構築すると云う、創造作業のための基本的な方法論が、ここにあるからである。我々の云わば「批評性」と云うものが分析的にではなく、まさしく構築的に展開されなければならないとしたら、それは全てパラドクスにならざるを得ないのだ。

そこで、その後の父の科白にある「そんな小さな事」と云う言葉が、全くサカサマであることに気付かなければならない、ここでそんな風に「軽くいなす」ことなど全く必然的でないばかりか、間違いですらある。その事こそ、父の言葉の中に植えこまれるとすれば「重大な事」でなければならない。声をひそめて云ってもいいのではないかと思われるほどだ。「そうです。その事です。その事こそが重大なのです」と父は云うだろう。「我々は他人同志です。血縁関係でないばかりか、友達ですらない。それにいいですか、街ですれ違ったことがあったかどうかさえ、あやしいものです。だからこそ、我々は愛し合わねばならないし、そして現に愛しあっているのです」と……。

このようにして侵入は次第に男と家族夫々の本質的な事情に近づくのであり、観客の意識に閉ざされた心理的空間は、生気を帯びてくるのである。ところが前述の文体の通りだと、侵入者と被侵入者は、夫々お互いに対立的に相手を確かめているに過ぎないのであり、それを観客の眼前に物理的に図式しているに過ぎない。作者の意図はともかく、ここは単に電話をかけさせるかかけさせないかの図式的葛藤を追っているだけの部分である。

（十）

電話をかけるかけないの葛藤の中に、やはりどうしても触れておかなければならない問題がある。つまりこの後、長男がこう云うのである。「じゃあ、奥の手の多数決でいくとするか」この思いつきは悪くはない。勿論ここで、民主主義イクオール多数決と云う紋切型の考え方に対する批判の必要があるのではない。この言葉は、若しかしたら、もっと決定的なところでもう一度使われる可能性があるからであり、「多数決」と云う方式を考え出した長男の思考の中に、男の生活圏を浸蝕する圧倒的な暴力が潜んでいるからである。しかし何故だろう。この見事な思いつきを、作者はこれも又ものの見事にぶち壊している。

長女　多数決だって、弱い者いじめには、変わりないんぢゃない？
長男　馬鹿を云うなよ。そもそも多数決と云うのはだな……。
父　まあ、やめておこう。いずれ、結果の分かった勝負ぢゃ、ゲームのスリルもないからな。

何故「結果がわかっている」などと云えるのだろうか。作者は図らずもここで、手品の種明しをしてしまっている。つまり作者は、あきれたことに、この作業の結果を、既に見通してしまっているのだ。だからだろう、以下、この「ゲーム」には「スリル」がない。しかし、見通しをつけてしまった作者の作品を見る観客の身にもなってもらいたいものだ。

ここでは何はともあれ、挙手にしろ記名にしろ、多数決で決をとってもらわなければならない。「結果」は「絶対にわかってはいない」のだ。作者は勿論ト書きに書くだろう。「警察に電話をする事に反対の方へ、家族の全員が挙手。」恐らく圧倒的であろうと思われる。この時、男の生活圏であった筈の舞台空間は、誰も知らない未知の空間へ導かれてゆくのである。

舞台上で八人の人間が手を挙げると云う行為は、八対一と云う物理的な関係のみを表現して終わるのでは決してない。予想通りのことが全く予想通りに行われるだけでも充分に凄いことなのだ。作者は、何度も未知の空間への手がかりを得ながら、その度に、そこへ突っこむことをせずに引き返してしまっている。侵入者と被侵入者はあくまでもその立場を守りながら、同じことをくり返しているのだ。

更に文句を云うとすれば、「結果のわかった勝負」もしくは「ゲームのスリル」と云う言葉である。既に明らかであろう。この父親は、こう云うことによって、自分等の行為の総体を、極めて客観視している、ということをバクロさせている。父親がこう云ったとたん、観客は、彼等のやり口とものの云い全てが、この男をごまかすための手練手管であり、口実である、と見ざるを得なくなってしまう。

（『季刊評論』一九七〇年第三号）

（十一）

男は警察への電話をかける。長男、次男、長女、がそれぞれ思い入れたっぷりの含み笑いを浮べる。

父（たしなめて）笑ったりしちゃあいけないよ。当人としちゃあ、さぞかし真剣な気持でなさった事なんだろうからな……。

長男　だって笑わずにいられる？　強盗なんだってさ。（男は警察に強盗に入られたと報告している。筆者註）強盗……ネズミがネコに強盗呼ばわりされて笑うなと云われても、そりゃ無理さ。

このやりとりの混乱と云うものも、整理してみないとわからない。この長男の科白について先ず考えてみよう。明らかに舞台上では、八人家族は、自分達のことをネズミと信じてしかるべきである。そして男の方をネコだと信じて行動する。その時にのみ、観客の意識の中では、総合化されてむしろ家族の方がネコで、男の方がネズミに見えてくるのである。したがってこの科白は、舞台空間を総合的に見る視点のもとで発せられた時、はじめてリアルである。しかし、長男がこの場で発言する科白としては全くふさわしくない。ネズミは、こんな風にして開き直るものではないからだ。これは明らかに、自分達をネコだと信じているもののみが云い得る科白である。強盗が「強盗！」とののしられて「ヘン」とせせらわらうていのものだ。

だからこの科白の前にある父親の言葉が、どうしても、ト書きにあるように、たしなめる口調にはならない。それは「……なさった事なんだろうからな……」と、馬鹿丁寧な敬語が挿入されているせいもあって、からかいのための科白にならざるを得ないのである。

（十二）

演劇というものも、一つの文体を持つものなのであるが、それは決して、科白と科白の連続の中にあるのではない。しかし又、登場人物の行為の連続の中にあるのでもないのである。それでは演劇に於ける文体とは何か。

例えば、こう云う事がある。或る長屋のおかみさんが「不条理」と云う言葉を使ったとする。この場合（まあ特殊な場合は別だが）「不条理」と云う言葉の持つ本来の意味よりも、彼女がそう云う言葉を使ったと云う事実の方に、舞台空間に於けるダイナミズムがある。文体はそこにあるのである。ところで、それを云ってしかるべき学者が（これも特殊な場合を除くが）「不条理」と云う言葉を使ったとすれば、その場合はその言葉の意味が重要なのであり、その言葉自体が、舞台空間に於けるダイナミズムを引き受けるのである。

これは「不条理」と云う単語に関する事であり、一つ一つの単語について常にこれだけの分析が必要となると云うのではないが、しかし、この同じ事が文章となり、一つの科白となると、問題が出てくるのである。つまり、一つの科白は、彼女がそれを云った事実が重要であるべく機能し、それに続く科白が、その言葉自体が重要であるべく機能するとすれば、その科白のやりとりに於て、演劇的ダイナミズムは極めて混乱するのである。

もちろん、こうした文体の位相を混乱させそれを逆手にとる事で、漫才的な掛け合いを成功させる場合もある。たとえば「君は不条理についてどう思うね?」「さあ、私、それをまだ食べた事がありませんので。」というたぐいである。ただしこれは単なる意味のとり違えなのではない。「君は不条理についてどう思うね?」「さあ、それは何ですか、食物ですか?」と云うやりとりとくらべてみればわかる。後者の場合は、ひとまず言葉として受け取り、無智なるが故にそれを食物の一種をさす言葉だろうか、と疑問を発しているのである。これは、「不条理」と「食物」が如何にかけ離れた概念であれ、ひっきょう「言葉」と云う平面上の差に過ぎない。ところで前者の場合であるが、この受け手は明らかに「不条理」を「食物の一種」であると、あらかじめ断定してしまっており、その上で、質問者の問いに答えようとしているのである。この場合は既に「不条理」と云う言葉と「食物」と云う言葉の落差ではない。夫々の言葉を律する法則性、もしくは位相が異なっているのであり、これがおかしいのは、その言葉を「食物」と断定してテンとして恥じない、男の事情がおかしいのである。

　しかし、こうした落差を利用する事は出来るが、それは、演劇的ダイナミズムの混乱には違いないのであり、文体形成の上からは、往々にして欠陥部分となりやすいのである。それはつまり、言葉自体が重要であるべく機能する科白と、その人間がそれを云う事自体が重要であるべく機能する科白とが衝突した場合、その落差は、その言葉の正確な意味を規準としてしか測れない。つまり、その場合、言葉が理性を担うのであり、言語的な論理構造のうちに、それに対応した人間の事情は閉ざされてしまうのである。つまり「君は不条理についてどう思うね？」「さあ、それは何ですか、食物ですか？」と云うやりとりは平面をなぞっているに過ぎないとしても、「君は不条理についてどう思うね？」「さあ、私、それをまだ食べた事がありませんので」と云うやりとりも、平面とその一方への奥行があるに過ぎないのである。観客は、自らの理性をその平面に依拠させ、一方的な奥行について、安心して批評出来るのである。

　ところが、双方とも、その人間がそれを云った事自体が重要であるべく機能する科白が衝突した場合は、どうなるだろうか？　前述の科白、そのままでいい。但し、条件が必要である。質問者は無智な男で、これから出遇うべき男に馬鹿にされたくない。そこで識者に、相手を圧倒すべく、高級な科白を一つだけ教えてもらってくる。ところが、出遇うべき男に出遇わずに、更に無智な男に出遇ってしまうのである。「君は不条理についてどう思うね？」「さあ、私、それをまだ食べた事がありませんので」「そうかね、まあ、余りうまいものじゃないさ」

ここには既に規準がない。観客は、自らの理性を依拠させる根拠をもたないのである。もちろん、この場合は単なる「不条理」と云う言葉に関するやりとりであるから、観客も、自分の知っている「不条理」と云う言葉の意味と対照させて、その落差を確かめる事は出来るが、それは二人がその言葉を離れたら、次にどの様な事になるのかわからないのである。もしくは、二人は、言葉についてのトンチンカンなやりとりをしているのである。この二人の男の、別のやりとりが、つまり二人に夫々そうした言葉を吐かせた事情が、真の文体を形成しているのであり、演劇的ダイナミズムは、実はそこに作用しているのである。

この場合、この文体が作用する心理空間と云うものは、極めて奥行が深いのであり、同時に自立的である。双方の誤解にもとづく交流と云う、反理性的な、反自然的なメカニズムが、文体を律しているのであり、これは明らかに一つの虚構構造を成している。フィクションと云うのは、こうした意味に違いないと私は信じているのである。

では、何故、この様なドラマツルギーが今日、方法論化されなければならないのか、と云う問題が、次に出てくるに違いない。文体が、言語の（つまり科白の）意味をもつなぎ合わせたところに成立していた時代も、あるにはあったのである。近代リアリズム演劇と云うのは、ほぼそう考えて間違いない。科白の意味をつなぎ合わせたところから、文体が剝離し始めたのは、我々の生活の実体が、言語の意味構造の内から、次第にはみ出して以来である。

つまり、一つの生活体の中に存在する人間に関して云えば、その中で彼が云う言葉自体よりも、その中で彼がその言葉を吐いた事情自体の方に、より本質的なものが機能していると、考えられ始めたのである。言語に対する不信と一口に云われるが、それは、言語を言語として受け取る事への不信なのであり、言語を、それを生産した状況を含めて更に総合的に受け取ろうとする試みに他ならないのである。

そこでこのドラマツルギーに従えば、或る位相に於て通じ合えている言語活動の中から、夫々の言語が成立している状況の位相差を探る事により、言語化されない人間存在の実体を、あましてゆく事にならざるを得ない。そしてその状況の位相差をなぞるが如くに、文体は流れるのである。

（十二）

では、作品の場面四、男が電話をかけ終わり、警官がやってくるまでの部分について、文体と云うものが、どの様に流れているかみてみたい。

男（挑戦的に）意地を張るなよ。パトカーが来るまでにはまだ数分ある。最後のチャンスを無駄にしないようにおすすめしますがね。

「警察に電話をかける」と云う事は、日常的な秩序恢復を期すための、条件反射的な行為として我々は理解している。押し売りを撃退するためにも、この言葉は、実に護符の如く、効能を発揮する。「電話するぞ」と云うだけで、それは充分、相手に対する脅迫になり得るのである。それは実は、かつてまだ信仰が信仰として生きていた時代の、「神様がお許しにならないだろう」とか「神様は見てらっしゃる」とか云う言葉と、殆ど同じ様に機能するものと錯覚されているのだ。

だから人は、「警察へ電話するぞ」と発言する時、必ずしも法体系に対する理解があり、相手の行為に、それを逸脱するものがあると、はっきり見極めているわけではない。往々にして人は、相手側に当然あって然るべき或るうしろめたさを、そうした呪文めいた言葉を用いる事により、暗に刺激しようとするに過ぎないのである。

従って「警察へ電話するぞ」と脅迫する人間は、相手側にそのうしろめたさがあるものと絶対に確信している。そのうしろめたさについて、電話するまでは「さあ、電話するぞ。電話するぞ」と刺激し、電話をしてしまってからは、「もうすぐ来るぞ。来てしまうぞ」と刺激するのである。警官が実際に来てしまう事なんかは、さほど重要ではない。むしろ来てしまうまで相手に平然としていられると、困るのである。出来得れば、「電話をかけるぞ」と云っただけで、電話を実際にかける前に、相手がふるえて出て行くのが望ましい。それもならなければ、電話をかけ、「さあ、電話をかけたから、もうすぐ来るぞ」と云う事で追い出したい。それもならないとすれば、これはもう追い出す追い出さないの問題ではなく、問題は別になってくる筈なのだ。

つまり、「他人の家に勝手にドカドカ入りこんできていながら、うしろめたさを感じていない」

と云う、グロテスクな状況に直面せざるを得なくなったのであり、唯一それに依拠して交流出来ると信じたうしろめたさに疑問をもたざるを得なくなるのである。

この男の科白の成立する総合的事情とは、ほぼこうしたものであろうと考える。「意地を張るなよ」と云っているのは、実際は警察が来ると困るのに、意地を張っているのだと、彼は観測しているのである。或いは、ここではもうト書きに（挑戦的に）とある様に、それをそう観測したがっているに過ぎないのである。相手側のうしろめたさへの最後の、悪あがきに似た、期待をこめていると云っていいだろう。

ところで、相手側としての八人家族であるが、当然これは、テンからうしろめたさなんぞはもっていない。極めて当たり前の、男にも、周囲の人々にも、喜ばれないと云う仕事をしているつもりなのである。つまり、文体は、そうした事情の上に成立しているべきである。極端に過ぎるかもしれないが図式化して云えば、悪い事をしているんだから当然うしろめたく思っているに違いないと信じ、それを脅迫する男と、良い事をしているんだから、喜ばれない筈はないと信じ、我物顔に振舞う八人家族の、夫々の事情の錯綜であり、それが或る位相に相互的に定着すると、つまり文体化されると、男の考えている「悪い事」、八人家族の考えている「良い事」と云うのが、価値感をはずされて抽象され、逆に男もしくは八人家族の実態と云うのが、具象されると云うしくみである。

さてそこで、男の科白に対する家族側の反応である。当然、直接には反応しない。八人家族は、男の脅迫を言葉通りの意味では無視して、夕食の仕度に忙しい。これは正当な反応である。言葉通りにつじつまを合わせれば、男は「お前達はうしろめたく思ってるぞ」と云ったのであり、家族「うしろめたくありません」と答えたのである。悠々と食事の仕度をする事で、ここに成立すべき文体は所を得るのである。

中で、末娘が男の台所にある品物を点検して、皆に知らせるくだりがある。それをじっと聞いていた次男が、「甘党じゃないか。アルコール分はないのかい?」と云う。これは実はドキリとする程、見事な科白と云っていいのではないだろうか。考えようによっては、実に怖い科白でもある。そしてそれも、男の「意地を張るなよ」と云う科白に、文体の流れる位相にもとづいて、正確に反応しているからに他ならない。

次男は、冷蔵庫に並べられた品物を読みとる事により、男を「甘党」と判断したのである。彼の生活哲学と云うのは実はそこにあるのだ。意地を張るも張らないもない。その男が甘党か辛党か、それが彼にとっての一つの規準になり得るのである。世の中には甘党だの、辛党だの、恐妻家だの、愛妻家だの人間観の一般を分類するわけのわからない規準があって、人は人をその規準にもとづいて「外側から」判断しようとする。明らかに男の方は、「意地を張るなよ」と云う事で、家族達の「内側に」入りこみ、そこにあるべき「うしろめたさ」を刺激しようとしているのだが、この次男を始めとする八人は、自分達同志「内側」と関係していない様に、その男を冷蔵庫の品物から推理して「外側から」甘党と判定する。会話は食い違っており、夫々位相を異にしているのだが男の「こいつらは、意地を張っているな」と云う探りと、次男の「ふん、甘党じゃないか」と云う確認が、相互に別な位相で囁やき交わされているのであり、それがこの場に於ける、演劇的ダイナミズムを背負っているのである。

（十四）

家族が夕食の仕度をしている最中、長男は「それにしても、お粗末なメニューだなあ。ヒッチハイクの簡易食堂だって、もっとましなものにありつけるぜ」と云う。この科白は、もちろん演出処理によってかなりニュアンスが違ってくるが、それだけにつまり不安定な科白なのである。例えば何気なく読めば、この科白のためのト書きには（聞こえよがしに）とあって良さそうであるし、そのト書きがなくても、そうやりたくなる様なニュアンスを、これはもっている。しかし、これが、男への面当ての様に聞こえたら、この場での文体は、乱れざるを得ないであろう。次男の「甘党じゃないか」と云う科白と比較すれば良くわかる。この場合「甘党じゃないか」と云う言葉自体は、男にとって何でもない。甘党も辛党も、人間一般を一般として分類する、たわいない規準に過ぎないからである。しかし、これが男にとって或る意味で更に深く衝激的たり得るのは「なんだ甘党か」と云う事で、次男の男に対する立場——つまり人類一般のうちの一般としてしか見ていないと云う「或る冷たさ」が、そこに構造的に機能しているからである。つまり、次男の云った「甘党か」という言葉自体ではなく、彼がそれを云った事実が、重要であるべく機能しているからに他ならない。

　ところで、長男の科白について考えてみよう。これが男への面当てであっては何故いけないのか。それは、つまり、会話の現象面だけでいがみあってしまいかねないからである。会話の現象面でのいがみあいがここで表現されると云う事は、男のとりあげたうしろめたさに、もろに反応しているが如く、とられてしまうだろう。

　もちろん前述した様に、或る操作を凝らせば、この科白に別な機能を担わせる事は出来るに違いないし、作者も「お粗末なメニュー」もしくは「ヒッチハイクの簡易食堂」などと云っているとこ見ると、前述の次男の科白と、同様の意図をもっているのかもしれないと思わせるのである。つまり、ごく一般的な事象とみなしての感想、にもなり得るのだ。しかし、役者の生理も観客の生理も、一寸した悪意、一寸した善意を極端に誇張する事で、安定を求めようとするし、この場合の「粗末な」或いは「もっとましだ」と云う形容詞は、それにスキを与えるに充分なのである。

男　いよいよ、かけねなしに、強盗の本性を現したじゃないか。もうじき警察が来るんだよ。
　いったい何と云って、申しひらきするつもりなのかねえ。
父（おだやかに）まあ、その時になってみれば、すぐにわかる事です。
男　何がわかるんだ。
長女　べつだん、やましいこともないのに、申しひらきすることなんかないでしょう。

男　こいつは恐れ入りました。まるで、ここに居すわる権利でもあるような云い方だな。一体、何の根拠があって……。

母（トランクの整理の手を休め）だってあなた、一人ぼっちでおいでなんざんしょう。

指摘すれば、ここで文体は乱れている。ここからの科白は、文字通り、平面をなぞっているに過ぎない。科白の論理だけの組みあわせであって、奥行きを見失っているのである。先ず、男はやや戦術転換を余儀なくさせられている。「いよいよ、かけねなしに、強盗の本性を現したじゃないか」と云い出すのである。これは、警察へかけた電話の内容「いいえ、強盗ってわけじゃ……」「その意味では一種の強盗と云ってもいい……」から質的に変化している。つまり、男は彼等のうしろめたさへの脅迫を切り換えざるを得なくなってきており、ここでは現実に警察がやってきた場合の「法的手続」について、考慮し始めている。男のイメージにある警官は、ここで「うしろめたい」人間に対する恐怖の護符としてのそれから、日常的で法体系に抵触した者にしか敏感に反応しない役人のそれに移動している。

従ってこの科白は、既に脅迫と云うよりは、脅迫出来ない不安を一生懸命おさえようとする独白に似ている。せめて強盗であると云う確証を握らない限り、警官はそれの排除に手をかしてくれそうもないのだが、それもただ云ってみるだけに過ぎない。この男は常識世界に生きる人間である。男が常識的であればあるほど、彼等が強盗である事など信じられないに違いない。ただ、この場ではどうしても信じなければならない。信じて、その確証をあげなければ、警官は排除してくれないのである。

　ところで、その男の科白に対して父は「まあ、その時になってみれば、すぐ分かることです」と反応する。この科白で、それまでに形成されたかに見えた心理空間が、いきなりしぼんでしまうのである。ト書きに（おだやかに）とあるのをみれば尚更の事だが、この科白には明らかに、父の或るたくらみを感じさせる何かがある。だからすぐ男はその言葉に反応して「何がわかるんだ」と云っている。ここで構造的に対応してしかるべき、或る事情が、文体を離れて、言葉尻だけで、平面的につじつまをあわせているのである。

　ここは、図式的に云えば「強盗」とは信じきれない者を「強盗」と云わざるを得ない男に対して構造的に対応する科白がしかけられなければならない。「強盗だなんて、およしなさい、大の男がみっともない。それよりも警察に訂正の電話をかけなくてもいいんですか。本当に来てしまいますよ」と、祖母にでも云わせるのがいい。本当に来てしまったら、この男はどうやって云いわけするつもりだろう、と、祖母は、それが心配でならないのである。「そんな事、心配することはないよ。この男が自分で呼んだ事だ。何か考えがあるに違いないさ」と、次男に云わせてもいい。「でもね、お前、警察へ間違い電話をかけると、罰金をとられるそうだよ。」「そんな事はないさ、あやまれば許してくれるよ」「そうかい、それならいいけど」と云う具合である。

　ここでの文体は、その様に連続しなければならない。次いで、長女の「やましいこともないのに……」などと云う科白は、語るに落ちると云う例の典型ではなかろうか。やましくないとかの議論は、何度も云うようであるが、一切してはならない。それは、男の真の意図を、言葉だけで受けてしまっているからである。以下、両者のやりとりは全て、言葉尻をあわせているに過ぎない。

（十五）

男が警察への電話をかけ終わってから、警官がやってくるまでの場面の事について云えば、もう一つ問題がある。家族側の方は既にせっせと夕食の仕度を始めているのだが、男は殆どそれを無視して、行為としては突っ立っているだけである。つまり、男は全く観察者としての立場に追い込まれており、家族の夕食の仕度と云う行動も、男の抗議に対する無視の表現として、対立的な一方の翼をしか担わされていない。文体は、男の心理構造（極めて静的な）から最初のエネルギーを与えられて、二者間を往復しているに過ぎないのである。

例えば、何故男は、抗議をしながら、家族達の行動に対してもチェックしないのだろうか。「おい、そこは開かないよ、カギが壊れてるんだから」とか「それは駄目だ。今度○○が来た時に一緒に食べることになっているんだから」とか「おい、何をするんだ、それは殺虫剤だぜ」「じゃあ、お醬油は何処よ」「その棚の上にあるじゃないか」と云った具合である。

そんな風にして、生活の実質面では刻々と侵略されながら、抗議を続けなければならない。心理的に対応出来る根拠さえあれば、追い出す事が出来る、と云う男の確信は、総合的にその様に裏切られてこそ、文体は、明確に或る磁場を形成し始めるのである。

そして、これはひどく私的な感覚かもしれないが、私なら、警官が実際に現れるまでに、それが全く無効である事、むしろ呼んでしまった事を後悔するように、状況を設定し終わる事が必要ではないかと思うのである。

私は、この種の侵入に対して、警官が登場するのは、余りうなずけない。それは極めて奇抜なのか、或いはひどく陳腐なのである。要するに、これまた図式で云えば、善意の侵入に関して云えば警官を呼ぼうなんて思いもつかない、と云うのが常識であるし、悪意の侵入に関して云えば、既に侵入者の方で、警官が導入出来ない様な手筈を決めてしまってあるのだ。この場合は、混乱しているとは云え、基本的には善意の侵入のパターンをとっているから、前者である。警官を呼ぼうなどと思いも及ばないほど、意外な出来事であって欲しい。もちろん、「電話をかけるぞ」と云うおどしはあってもいいし、追いつめられて実際に電話をかけてしまうのも、しようがない。しかし、出来得ればそれは、追いつめられての行為なのであって、実際に警官がきてしまっては困るのである。それがつまり、自然であると云えよう。

実際には、この男は、警官のやってくる事に対して或る種の期待を抱いている。ならばそれがどの様にして裏切られるか、それはみものでなくてはならない。

（十六）

管理人の小母さんに案内されて、二名の警官が登場する。

男（まごつき、しかし、熱心に）すみません……とにかく、まあ、ごらんの通りの状態なんです。さあ、上がって、ごらんになって下さい。犯人はまだ居すわったままです。間に合ってよかった。あ、お二人ですか。（管理人を認め）小母さんも一緒とは心強いや。さあ、どうぞご遠慮なく。

これがこの場の男の、全状況に関わる公式発言と見ていいだろう。つまり新たに登場した管理人の小母さんと二名の警官は、常識世界に居る人間であると、男は信じている筈だからである。特徴的なのは、男は彼等を既に犯人と断定しており、警官がやってくれば当然文句なく排除してくれるものと、信じている事である。それ自体としては、別に問題はないだろう。しかし、これまでの対八人家族への観察、疑問、途惑いなどが、ここで一気に払拭されてしまっているのは、やはり気になる。つまり、ここで新たに警官二名と管理人を加えているが、再び同じ様なことをくり返すのではないか、と云う予感がするからである。

予感は適中する。管理人の小母さんも、警官も、予想通り、八人家族を追い出してはくれない、しかもそれによって、舞台空間の奥行が増すと云う事もない。本来なら、この様な追い出しの手段が失敗する毎に、八人家族の存在が、新たな面を表現し、男の無力感を質的に増大せしめて然るべきなのであるが、この場合は、量的な、機械的なくり返しをするに過ぎないのである。

例えば特に、管理人の小母さんの非協力ぶりはひどいのであるが、そこを作者はト書きで（もともと管理人は、男と仲たがいの状態にあったのか、さもなければ、すでに家族たちに買収されてしまっていたのか、あるいは単に、かかり合いになるのを恐れて、中立をよそおったのか、その辺のことはまだよくわからない）と云っているが、これは明らかにフェアじゃない。

この管理人の小母さんなり、彼女に（何らかの暗示を与えられた）警官が、特殊な状態であったとするなら、この侵入者達も特殊なのであり、それなら、何等恐れるに足りないからである。三人とも、最も当たり前の管理人と警官でなければならず、それが当たり前に対処して、追い出し得ない時つまり侵入者たる事を認め得ない時、その時こそこの八人家族は無気味に、舞台空間を満たすのである。

（『季刊評論』一九七一年第四号）

（十七）

演劇が演劇として雄弁であるのは、役者が舞台上で思わずトチル瞬間であると、かつて度々云われてきた。これは、あながち馬鹿々々しい意見とは思えない。その時、一瞬、演劇は非演劇的なるものと交叉し、演劇と云う装置そのものが対象化されるからである。

もちろん「演劇」もしくは「お芝居」と云われるものが、非演劇的なるもの、つまり「実生活」と云われているものから、確固たる距離を隔てて一つの緊張状態を保ち得ていた時代に於ては、そんな事はなかった。「演劇」は、「実生活」と呼ばれる安定して不動なる大地からの飛翔力のみが試されたのであり、舞台に於ける役者のトチリは、その失速を物語るものに他ならなかったからである。

しかしその後、「実生活」であるところの「実」と呼ばれるものの根拠が疑われ始めた時、事情は大きく変わったのである。「演劇」の飛翔力を確かめるための前提であった「実生活」が、その安定性を失ったとすれば、当然「演劇」も「実生活」も、それぞれに主であり従であることをやめてこれはあれでなく、あれはこれでないという、単なる関係に過ぎなくなる。「演劇」と「実生活」との間に介在した健康な緊張状態は失われ、それぞれが顔つき合せてそれぞれを疑い始めたのだと云えよう。

近代演劇の写実主義の手法は、「実生活」の確固たる手ざわりに依拠して「演劇」を疑うべく用意されたのだと一般に云われているが、むしろ、我々が「実生活」の確固たる手ざわりを見失ったからこそ、「演劇」を通じてそれを対象化すべく用意された手法でもあったのである。つまり「演劇」に依拠して「実生活」を疑うための手法なのである。もちろん、写実主義と云うそのものに問題があったのではない。そうした手法を導入して、「演劇」が「実生活」を、「実生活」が「演劇」を、それぞれに疑わざるを得なくなった、「演劇」と「実生活」との関係の変化が問題なのである。

恐らく、役者がトチル事によってのみ演劇が演劇として対象化できた時代、と云うのはこの頃の事である。その飛翔力によって演劇が測れないとすれば、我々はその演劇が、非演劇的なるもの（この頃実生活とは、非演劇的なるものに過ぎなかっただろう）と交叉する瞬間に、それを垣間見る他ないからである。無意識的に「演劇」であり「実生活」である時代は終わり「演劇とは何か？」「実生活とは何か？」と云う問いを、「演劇」と「非演劇的なるもの」「実生活」と「非実生活的なるもの」との関わりに於て、それぞれ確かめなければならなくなった。つまり本質的なものは、「演劇」にも「実生活」にもないのであり、強いて云えばそれは、それでもなくこれでもなく、同時にそれでありこれであるものの中、つまりそのそれぞれの「関係」の中に見出さなければならなくなったのである。

舞台上に於て役者がトチルと云う事は、云うまでもなく「演劇」から逸脱する事であるが、「演劇」的緊張感から解放されて白紙に還元されるのではない。つまり「実生活」に戻る事を約束されるのではないのだ。その役者にしてみれば「演劇」でもなく「実生活」でもない奇妙な虚空に立たされるのであり、その緊張感は、「演劇」的緊張感をしのいで余りある。従ってこそ観客はそこに「実生活」でも「演劇」でもないもの、そうした暗黙の了解を超えた或る本質的なものを垣間見るのである。

このトチル事によってはからずも生じた奇妙な緊張感とは一体何だろうか。「実生活」に本質があった時代の「演劇」のための飛翔力がプラスのものであったとするなら、それはマイナスの飛翔力とでも云うのだろうか。ともかくも、この奇妙な緊張感を利用し、そこに「演劇」的虚飾にも「実生活」的虚飾にもまどわされない人間の実存を見出そうとしたのが、俗に云うアンチテアトルの手法であると、私は考えている。

もちろん、役者は目的的にトチル事はできないし、それを持続するわけにもいかない。しかし、それに近づく事はできるのであり、そのトチリへ至る過程の近似値を刻み続ける事はできるのである。例えば、こう云う例がある。

先ず最初に、舞台上に一つのポストがおかれ、役者が一人登場し、ポストを指示《ゆび》し、目は観客に向け、「これはポストです」と云う。この場合は極めて明解である。観客は役者の目に出遇ってそれとの同一地平に立たされ、言葉に導かれ指にさして示されたポストであるものに関心を持つ。ここには、演劇的なるものと非演劇的なるものとの間に、何等屈折がないから、言葉通り、流通する。次に、舞台上にはやはり一つのポストがおいてあり、役者が今度は二人登場する。一人の役者がポストを指示《ゆび》し、もう一人の役者の目を見て、「これはポストです」と云う。この場合の事情は、かなり複雑である。云うまでもなく、観客と役者は同一地平には立っていない。「ポストです」と云った役者と、それを聞いた役者が同一地平にあるのであり、言葉は前者から後者へ流通するのであり、観客はそれを側面から聞き取るのである。ここでの観客の主要な関心は、恐らくポストには向かわない。むしろ、前者をして「ポストです」と云わしめたその場の事情に向かうのであり、「ポストです」と云う言葉は、その事情を解読するための一つの手がかりに過ぎなくなる。演劇的なるものと非演劇的なるものとの間には屈折した空間が存在し、言葉が言葉として、物が物として流通する事はなくなる。「これはポストです」と云う言葉も確固たる物としてのポストも、それ自体としては、演劇的であり非演劇的である事を問わずに浸透力を持っていても、その場では、その場の事情を解読するための一つの手がかりに過ぎないものになってしまうからである。ただ、「これはポストです」と云った時に、ポストがその指のさし示す所になかった時、一瞬、その言葉は宙に迷い、ポストもまた宙に迷う。観客の関心のまとであった「その場の事情」にもうひとつ別の事情が交叉し、言葉は言葉として、ポストはポストとして、或る奇妙な生々しい実体を表すのである。

そこで、第三にしなければいけないことはほぼ決っている。ポストがひとつおかれ、役者が一人現れ、ポストを指示《ゆび》さず、誰をも見る事なく、「これがポストです」と云うのである。この場合の観客の主たる関心は、役者と観客が果して同一地平にいるのかいないのか、地平を違えているのならば、どのようにして違えているのか、と云う点に集中する筈である。その不安が持続されなければならない。その不安の中でこそ、あらゆる地平を通じて侵透力を持つ。「これはポストです」と云う言葉と、ポストである「物」が、確実な手ごたえをもって、せまってくる筈だからである。極くつまらない例にすぎないが、ここに、アンチテアトルと云われるものの演劇性を確かめる最初のものがある、と私は考えるのである。

（十八）

さて、作品の場面五に於て、警官が登場する。


中年の警官（まごついて）うん、ふん、……それで、つまり、被害は？

男（聞き取れず）なんですって？

若い警官　被害……具体的に、どういう被害があったのか……。

男（憤然と）どうも、こうも、ないでしょう。ごらんのとおり現行犯じゃあないですか。


ここで「現行犯」つまり「犯罪」と云う言葉がでてくる。注意して読んでみると、警官は二人とも「被害」と云う言葉を使い、それを男が「現行犯」つまり「犯罪」と云う言葉に置きかえている事に気付く。常識的に考えれば「被害」と云うのは、「犯罪」が行われた事実の痕跡であり、いわば「犯罪」のための結果であり、一方「犯罪」と云うのは、その意味から云えば、被害のための原因と云う事になる。もちろん、こんなに簡単に「犯罪」→「被害」を「原因」→「結果」と割り切るわけにはいかない。つまり、それらはそれぞれかぶさりあっている言葉であろうからだ。

しかし、警官の云う「被害」を、男が「犯罪」と云う言葉に云い換えた、この云い換えは重要である。この云い換えにこそ、この場の演劇的ダイナミズムの本質が機能していると、私は考えるのである。但し、この場合、「被害」と云う言葉のもつ意味と「犯罪」と云う言葉の意味との、意味の差に於て、この云い換えが重要なのではない。

もちろん、こう云う見方もできる。警官と云うものは「犯罪」と云うものを、それが刻々行われつつある時点に於て取締るのではなく、それが一つの「被害」となって完結した時、初めて取締るものであり、一方男の方は、まだ完結した「被害」なるものを指摘できないから、これを、もっとあいまいな言葉「犯罪」におきかえた、とするものだ。こうした見方も誤りとは云えない。しかし、この場合は先に述べた意味の差であり、以後のニュアンスが若干異なってくる。

要するに、日常空間に異物が侵入してくる事の恐怖は、何度も云うようだが、合法的に、にこやかに、「犯罪」も「被害」の痕跡も残さずに行われてこそ、大きい。その不条理をつくのであればそれはあらかじめ常識的な論理をこえて行われるわけだから、それを事改めて警官の合法非合法のワクにあてはめてみる、と云う事になれば、かなり奇妙な事になりかねない。つまり、この場で行われる事は、その奇妙さでなければならないのだ。男と警官は、絶対的に交流し得ない地平に立っているのである。

例えば、こう云うヤリトリが落語などで通常、使われている。

「Aが死んだそうだね」

「何だって、Aが死んだって？」
「違うよ、Aが死んだんだよ」
「そうか俺はまた、Aが死んだのかと思ったよ。」

二人は、相互に納得し合う事によって、全くくい違っている。では次の例はどうであろうか。

「Aが死んだそうだね。」
「まさか、Aが死ぬわけない。」
「本当だよ、Aは死んだんだよ。」
「ウソつけ、死んだのはBさ。」

この二人は、相互にくい違う事に於て、お互いに納得している。

この警官と男とのヤリトリに於て必要なのは、前者のニュアンスでなければならないと私は考えるのである。そして、「被害」と「犯罪」を意味の違いとして理解すると、後者のニュアンスになりかねない。かなり微妙な問題かもしれないが、重要な事ではないかと、私は考えるのだ。

従って、私に云わせれば、ここで云う「被害」と「犯罪」は、意味に於て同一なる言葉の反復と考える。食い違いは何処にあるのか？　つまり二人の警官は、八人家族が部屋の中に上がりこんでいるのを現に見ていながらそう聞いているのである。「被害は？」と……。男にとってみれば、そんな事はあり得ない。見れば、誰にだってすぐわかる事だからである。「だって、これが被害じゃないですか。」というわけだ。

では、何故男は「被害」と云わないで「犯罪」と云い換えたのか？　そしてそれが何故重要なのか？

男も警官も同様に八人家族を見ている。男にとってみればそれで充分の筈なのだ。八人家族の存在こそが「被害」であり「犯罪」なのだから。しかるに、警官は「被害は？」と聞いた。この不条理、この位相差、この恐怖、男はこれを乗りこえなければならない。男の言葉の云いかえは、そのための作業である。「あなた方の云う被害というのは、犯罪のことでしょう？　〇〇のことでしょう？　××のことでしょう？　△△のことでしょう？」と男は、同義語を無数に反復させながら警官との間にある空ゲキを埋め、しかる後「それなら目の前のこれがそうです」と云いたかったのである。

もちろん、八人家族の侵入を「被害」として指摘できないように、警官と男の位相差も言葉の置きかえによって修正する事ができない。この悪あがきが、パラドキシカルに、警官と男の地平の違いを表現する。そして、このそれぞれの地平が、食い違いながら焦点を結んだ所に、八人家族がいると云う事である。八人家族は、警官の立つ地平にも、男の立つ地平にも、それぞれ、にこやかに立っている。「被害」と云う言葉にも、「犯罪」と云う言葉にも吸収されない実体が、その時巨大に広がると云うわけだ。

これが、警官と男との関わりに於ける基本的なものであり、この両者の同一地平に立ち得ない不安の中に八人家族が投影されてこそ、それが生々しい実体として、プロセニアムのワクをこえて、観客を触発するのである。

以下、こうした観点のもとに、ヤリトリを点検してみたい。

中年の警官　つまり、訴えによると、ここにおいて、家宅不法侵入が行われたということになっておるようですが……。
男　そのとおりです。
中年の警官　そのとおりだとすれば、つまり、被害者が加害者に対して、住宅内に立ち入ってほしくないという意志を、明白に示したにもかかわらず……。
男　むろん示しましたとも！
中年の警官　……加害者は、その被害者の意志を、暴力をもって無視、もしくは排除し……
男　まったく、無視もいいとこさ。
中年の警官　何か証拠があるかね？
男　証拠？
若い警官　骨折だとか、外傷だとか、医者に診断書をつくってもらえるような、暴力の証拠だね。
男　そんなものが無くたって、見りゃ分かるでしょう。多勢に無勢、八人に一人なんですよ。
中年の警官　八対一で、骨の一本も折らなかったとなると、暴力の証明は、ちとむつかしくなってしまうなあ。
（傍点筆者）

少し長くなったが、この部分はどうであろうか、若干、ニュアンスが違う事にお気付きの事と思われる。ここで主調となっているのは、警官二人のまるでいやがらせをしているとしか思えない態度に、業をにやしている男の姿である。傍点部分などを見ると、作者はかなり意図的にそれをしていると考えられる。云うまでもなく、この場は、警官の無能ぶりと、事なかれ主義と、非積極性を非難する場であってはならない。この場だけでなく、あらゆる場を通じて、しなければならないのは、八人家族の本質に迫ることである。そして警官が有能であり、積極的であればあるほど、その本質に迫り得るのだ。もちろん警官は遂には失敗するであろう。しかし、最初からやる気がなくて失敗するよりは、やる気充分で失敗した方が、演劇的ダイナミズムは緊張するのである。
では、警官はどのようにして失敗するのであろうか。事はもっと平凡に行われてしかるべきである。ワナは既にしかけられてあるのだから……。

警官　何か、家宅不法侵入が行われたと云うことになっているようですが……。
男　家宅不法侵入……？
警官　あなたじゃないんですか、電話をしたのは……？
男　私です、もちろんですよ、見て下さい、入りこんじゃってるんです。
警官　この人達の事ですか……？
男　そうです。
警官　全部……？
男　全部、そうですよ。
警官　ほう……。で……、つまり……、その……、何処から……？
男　何処からって……、そこですよ、玄関からです。
警官　あいてたんですか？
男　いえ、閉ってました。閉ってましたけれども……。
警官　カギがかけてなかったんですね？
男　いえ、その……。
警官　かかってたんですか？
男　ええ、ただ……。
警官　じゃあ、どうやって入ったんです？

男　つまり……、私があけてやったんです。
警官　何故？
男　何故って……、開けてくれって云うからですよ。
警官　一体……、何が問題なんです……？

拙劣な例ではあるけれども、本文と比較してニュアンスの違いはわかっていただけると思う。両者の会話が表面的に折り合えば折り合うほど、その食い違いが明らかになってゆく。そしてそれに従って、八人家族の実体が生々しく表面に押し出されてくる。つまり会話と云うものは、それ自体としては会話に過ぎないが、それがくい違い始めると、それをそうさせつつあるものを、現出させ始めるのである。

この場合はもちろん、警官と男のくい違いであるが、それによって八人家族の実体と云うものが生々しく押しだされてくるのは、八人家族の侵入が、まさしくそうした日常空間に於ける地平のくい違いに乗じて行われつつあると云う事に他ならない。

但し、本文と例文の文体のニュアンスの違いは、読みわける事は簡単でも、書きわける事は極めて難しい。ややもすると、相手の意図をはぐらかせばいいと考えてしまうからである。話の辻褄をくい違わせるべく意図するのでなく、むしろ、話し手それぞれの次元が、前提としてくい違ってなければならない。それぞれの話し手は、話の辻褄はむしろあわせようと努力するのである。

僭越ながら例文の方の解釈をさせていただく、先ず警官は「家宅不法侵入」と云う言葉を使う。云うまでもなくこれは法律用語である。従って、この言葉に対する男の反応には若干の配慮が必要であろう。何故なら、男にとって重要なのは、指し示す指の先に在る八人家族の実態であり、刻々行われつつある「犯罪」の様相である。当然「家宅不法侵入」と云う耳なれない言葉との間にある落差に、或る不安を覚えなければならない。そうした言葉を使用してこの場を理解しようとしている相手に、疑問を持つのである。

しかしこの疑問は、警官にとってみればかなり啞然とさせられるテイのものである。警官は「家宅不法侵入が行われているから」と云う事で電話を受けているのだ。今更そんな事に疑問をもたれては困る。「若しかしたら……。」そこで「電話をかけたのはあなたじゃなかったんですか?」と聞いてみる。両者それぞれの不安がこのように保証された時、両者はそれぞれ真剣に相手を理解しようと努める事ができるし、真剣に理解しようとすればするほど、その前提となる地平のくい違いをさらけだすことができるのだ。

（十九）

場面五の後半に至って、このいささかのニュアンスの違いが、大きな無理となって傷口をさらけだす。

男（管理人に向かって）小母さんだって知ってますよね。ちゃんちゃんと、家賃を払っているのは、このぼくだ。名前だって、ぼくの名前で登録されているし、郵便物だって、間違いなくぼくの名前で配達されてくる。そうですよね。ここはぼくの部屋なんだ。まぎれもなく、このぼくにだけ権利があるんです。そうですよね。小母さんなら、そのことを、はっきり証明できるはずですよね。

管理人（迷惑そうに）さあ、どうだか……。

男　どうだかって？

管理人　払うものさえ、きちんきちんと、おさめていただけば、あとのことには、とやかく口を出さないのが、私の主義でねえ……。

男　だから、すくなくともぼくが借り主だってことだけは、証明してもらえるんじゃないの。

管理人　あまり、言いたかないけど、こういう所ではね、住んでいる人と、経費を出す人が、いつも同じというわけじゃないんですね。

中年の警官　うん、ありうる事だね。

こうなると、かなりひどい。この管理人には何等説得力がない。作者もさすがに気がとがめたと見えて、幕間にこの管理人の小母さんを登場させて、男にとった態度の不自然であった事をいいわけさせている。それくらいなら、登場させない方がいい。
しかし我々は、何がこの場をこのように不自然なものに仕立てあげたか、それを調べてみなくてはならないだろう。例えばもし、作者の意図が、こうした侵入者に出遇った場合警官の治安能力も管理人の日常的良識も頼みにならないと云う事だとしたら、やる気のない警官や、悪意のある管理人を出したりはしないだろう。やる気のある警官と、善意の管理人が現れてこそ、その治安能力と良識の無能ぶりをさらけ出す事ができるからである。
何故、警官にやる気がなく、管理人に悪意があるのだろうか？ 少しとぶが、場面六を見てみよう。

父（いたわるようにね）ねえ、君、これが世間の良識と云うものなのさ。
長男 良識にして、かつ、既成事実。
次男 こうなった以上は、もはやおれ達を認めないわけにはいくまいさ。
長女 でもよほどショックだったのね、まだぼんやり、つっ立っている。
母 一度は、ああいう目に会ってみるのが、身のためなのさ。

作者はこれを云わせたかったのである。作者にしみれば、場面五では、警官の治安能力や、管理人の良識の本質を、ギリギリまで確かめてみる必要はなかった。ただ、それらの世間一般的な「態度」が重要だったのである。この場で家族のそれぞれが判定を与えているのも、それらの「態度」である。

世間一般と云うのは往々にして他人には干渉したがらない。いざと云う時には、警官だって頼りにならない。自分に実害が及ばない限り、手をつかねて見ていた方が身のためだ。世間一般はそうである。作者はそうした「世間一般」の代表として、警官と管理人を登場させたに違いない。そこでここに問題が出てくる。

つまりここに作者の、警官と管理人を「世間一般」とし、男と家族を「特殊事情」として対比させようとする意図が見えてくる。これは奇妙だ。原則的に云えば、警官も管理人も男も八人の家族も「世間一般」であり、同時にそれぞれ「特殊事情」の中に閉ざされていなければならない。登場人物は、そのようにして一人々々、常に総合的であらねばならない。アンチテアトル的空間に於ては、どのような登場人物も全て、一つの総合なのであり、何かを代表する「一つの例」としては登場し得ないからである。

作者がこの作品を通じて見出そうとしたものは、日常空間の中にある極限的なものであると、私は信じている。八人家族と云う侵入者を登場させたのは、それこそが日常的であり同時に極限的である一つの実体を備えるに足るものと考えたからだ。この設定は見事だと云える。しかしこれが見事なのは、その実体が常に日常的でもあり同時に極限的でもあり、云いかえれば、それをとらえようとする者は全て、その間隙を突かされると云う事である。その間隙を突こうとする限りに於て、その実体はとらえ得ないし、従ってそれは日常的であり極限的であると云う奇妙な様相を、ますますあざやかに押し出してくるのである。

若し、それに対応しようとするものが、どちらか一方に片よっていたら、その二重構造的な実体はたちまち雲散霧消する。作者は恐らく、それをしてしまったのである。思うに作者の分析的知性の所産であろう、作者は、侵入者であるものの実体を、ここに構築しようとしたのではなくて、日常的なものに依拠して「世間一般」の通念に従っても駄目なんだよ、と云う事を、説明しようとしてしまったのだ。

（二十）

さて、場面六になる。この場面は、これまでの中で一番長い。この場面のあとが休憩となるのだし、その後シーンは公園に変わるのであるから、ここに侵入の一つの完成が計画されていると、考えていいのだろう。

前述したヤリトリの中で男が八人家族になぐさめられたあと、次のようになる。

男（ふと、祖母の不審な挙動に気付き）そういうあんたは、何をしているんです？

祖母　あの……タバコ……。

男　よせよ、コソ泥みたいな真似は！
祖母（大げさに）まあ、コソ泥だって？
父　もちろん、コソ泥なんかじゃありませんとも、そういう、品性を疑わしめるような言葉は、お互い、つつしんでいただきたい。
長男　多数決で、穏当でない言葉だと認められたときには、罰金百円といくか。
父　なかなかの名案だ。うん、気に入ったよ。品性に関するかぎり、向上しすぎると云うことはないからな。
祖母（いっそうタバコ探しに熱中しながら）コソ泥なんかであるもんか、タバコってものは、もともと吸うためにあるんだろ。家族のタバコを、家族が吸ったからって、何が悪いのさ。馬鹿にしてるよ。

このあたりから、家族はやや逆襲し始めるのである。それはいい。警官はもう行ってしまった。男の追い出し策の、最も有効と思われていたものが失敗したのだ。そこでこの際、男を完全に家族ペースにまきこんでおく必要がある。
要は、その家族ペースとは如何なるものかと云う点にあるだろう。先ず家族は、男の云った「コソ泥」と云う言葉をとがめる。仲間うちでそう云う言葉はつつしまなければいけないからである。しかしそれならば、そう云われた祖母はその言葉によって深く衝撃を受け、家族全員もまた衝撃を受け、その衝撃を男に理解させる事によって、男にあやまらせなければならない。男は、その事を悔み、あやまる事によって一歩、この家族のペースにはまりこむのであるから。

しかし、長男の云う罰金の案は、その効力をそいでいるし、祖母の最後の言葉も、男をペースにまきこむためには、邪魔になる。長男の罰金の案が、男をそのペースにまきこむためのものであるなら、それは安易に過ぎると云うものだ。男が、自分の云った「コソ泥」と云った言葉を、本心から悔んでいない限り、それは単なるいやがらせにしか聞こえないし、当然説得力がない。

ただし、このあとにひとつ、男を家族のペースにまきこむための見事な場面がある。男が祖母に飛びかかろうとするのを、長男が足払いをかけて倒す。それを次男がとめるのである。次男は男に罰として長男を足払いで倒せと云うが、男は断る。

次男　じゃしょうがない、おれが代理を引き受けよう。

言い終わるのと同時に、次男が立って、長男に見事な足払いをかける。うめき声をあげて倒れたところを、ひきずり起こし、間髪を入れず再び足払い。続けさまに三度繰返し、四度目にかかったところで、さすがに男が音を上げてしまった。

男　もう沢山だよ。

ここは見事だと、私は考える。我々は暴力を見る事に耐えられない。暴力を受けても痛いだけだが、暴力を見ていると自己の存在がそこなわれていくような、奇妙な不安におとし入れられる。こうした侵入と云うのは、そうした奇妙な感覚につけこんで行われるのであり、それを、この場面は見事に定着させている。

（『季刊評論』一九七一年第五号）

（二十一）

場面六の最初にある事件、暴力をふるった長男に、次男が、男の代理として罰を加えると云う構図が、何故見事であるのか、ここでもう少し検討を加えてみたいと思う。

ここには前後して二つの暴力が描かれている。第一は、祖母に飛びかかろうとした男に長男が足払いをかけると云う暴力である。第二は、ここに述べた通り、その長男に、男の代理としての次男が足払いをかけると云う暴力である。そしてこの第一と第二の暴力は、最初は男を次のは長男を直接の被害者にしている如く見えて、その実いずれも男を被害者にするものなのであり、同時にその被害の度を深化させる事に成功しているものなのである。

最初の暴力は男に直接ふりかかる。この暴力のあり方は、ここに於ける演劇的事情から考えて、極めて危険な表現である。何故なら家族が「粗暴な人間」か「悪意のある人間」に見えてきた途端に、男の不安、つまりこの一群は友達だろうか侵入者だろうかと云う疑惑が、見えなくなるからである。この不安と疑惑が観客に見えなくなった時、この演劇のダイナミズムも失われる。

ところで、この場ではこうした危険を巧みに逃れている。足払いをかけられて倒れた男に、家族たちが慌てて駈け寄り、口々にいたわりの言葉をかけながら助け起こすからである。家族たちのこの行為がない限り、最初の暴力を演劇的に位置づける事は出来ないだろう我々は、いきなり向こう面をひっぱたいといて「ごめんよ、痛かったかい」と聞く男に出会ったら途惑う様に、この男も、その途惑いの中に引きずりこまれるのである。もしこの家族達の行為がなければ、観客は男を「痛い人間」としてのみ規定する。この行為があるからこそ観客は男を「不安な人間」と規定出来るのである。従ってここに於ける演劇的ダイナミズムは、男の痛い瞬間に痙攣的に尖鋭化されるのではない。痛さから途惑いへ至る過程を、ゆるやかに流れているのである。従って第二の暴力は、この男の途惑いに作用する。途惑いの上に途惑いを積み重ねるのであり、つまり「痛さ」の上に「痛さ」を積み重ねるのでも、その「痛さ」のウップンをはらすのでもないから、当然この暴力の直接の被害者も加害者も男であってはならない。

例えば、AがBを打ち、カッとしたBがAを打ち返す場合、この暴力の過程は単純に論理的である。しかしAがBを打ち、Bの代わりにCがAを打ち返す場合、この過程は複雑であり、これ自体としては論理的でない。つまり、CがBの保護者であるとか友人であるとか、別の論理が必要となってくるのであり、前述した単純な論理以外のものを含むのである。しかも、AがBを打ち、Bの代わりにCがAを打ち返し、更にBがCをとめると云う事になれば、その過程は更に複雑になり、論理的でなくなる。つまりこの場合は、BがAに打たれる事も当然と考えているとか、或いはこの過程にCを参加させたくないとか、云う、別の論理が必要になってくるからである。

もちろん、この場面に則して云えば、次男は男の保護者でもないし、友人でもない。男が長男に打たれる事を当然と考えているのでもなければ、この関係に次男を参加させたくないわけでもない。つまりここでは、単純な暴力の論理だけを追っているのではない事を明らかに示しながら、その非論理性を補う論理を全く示していないのである。

しかし観客は、この非論理的な過程に途惑うだろうか。そんな事はない。非論理的な過程を追わされる男の反応を、観客は観客の立場から極く自然に納得させられる筈だ。男は、日常空間に於て人々がこうした事情に対面した時、そうするであろう通りの反応を極く自然に示しているからである。と、云う事は、日常空間に於ける人々の感覚的な反応は、暴力の論理とは全く相容れないものをもっている、と云う事だろう。そこで、日常空間に在る男と、暴力の論理が通用する空間に在る家族の夫々のフォルムの違いが、ここで黒々と裂け目を広げるのである。前述した男の途惑いは、この暗い裂け目への怖れである。

観客は、男の日常的に極く自然な反応を追体験しながら、いつの間にか、暴力的な非論理性の中に居る事に気付く。そしてその奇妙さに拠って初めて、男の在る日常空間の不条理性を、対象化するのである。

（二十二）

日常空間は、アンチテーゼとしてしか把え切れない。従ってそれを把える方法は、穴の中に逃げ込んだ狸を煙でいぶり出すやり方に似てくる。ここの場合にもそれが云える。単純な暴力の論理を提示し、それによって日常空間の非論理性をいぶり出すのである。つまり、AがBを打ち、CがBの代わりにAを打つと云う場合、単純な暴力の論理だけではなく、別の補助的な論理が必要だと述べたが、この補助的な論理を積み重ねた涯に日常空間があるのではないと云う事だ。むしろ、この補助的な論理を欠いた過程を、つまりその非論理性を、日常的な感覚で極く自然に追わせる事により逆に、日常的空間が浮かび上がると云うわけである。

ここでの日常空間の把え方には、不条理劇のもつ典型的な技術が、見事に使われていると云っていいだろう。本稿の最初の所で、私はこの戯曲をアラバールの「戦場のピクニック」と比較したが戦場に人々がピクニック的に対応しようとすればするほど、戦場である事の具体性が舞台を支配するように、ここでも、そうした舞台空間のパラドキシカルなメカニズムが、巧みに利用されているのである。

ではここで使われている技術を、更に技術として明らかにするために、ここの演劇的ダイナミズムに、更にメリハリをつける作業をしてみよう。わかりやすい様に、最初に原文を示しておく。

祖母をさえぎろうとして、男が思わず踏み出しかけたところに、長男が巧みな足払いをかけ、男は見事に転倒してしまう。

長男　おっと、失礼！

同時に家族たちがいっせいに倒れた男の周囲に駆けより、抱え起こし、腰をさすってやったり、服の塵を払ってやったり、極端な介抱をしはじめる。

長女　大丈夫かしら？
母　おけがは？
次男　うまく立てる？
祖母　痛まない？
父　どこかこわれなかった？
男（ふりほどいて）やめてくれ！
長男（弁解がましく）すみません。ぼくはただ、君がつい感情に走って、暴力をふるったりするのが心配だったから……。

男　君がやったことだって、けっこう暴力じゃないか。
長男　ちがうよ、暴力の予防だよ。
次男（浮々した調子で）駄目々々。買われた喧嘩は、売った喧嘩さ。兄さん、罰金にする、それとも現物でつぐないをする？
長男（しょんぼりと）知っているだろう、手元不如意なことは。
長女　つぐないの方だって容易じゃないわよ。自分で自分の足が払えるかしら？
次男　人のおせっかいより、いつまでかかって、マニキュア落としをやっているんだい。いまに指先までが融けちゃうぞ。（男に）君、かわりに兄貴に足払いをかけてやってくれませんか。
男（腹立たしげに）馬鹿々々しい！
次男　じゃ、しようがない、おれが代理を引き受けよう。

言い終わるのと同時に、次男が立って、長男に見事な足払いをかける。うめき声をあげて倒れたところを、ひきずり起こし、間髪を入れず再び足払い。続けざまに三度繰返し、四度目にかかったところで、さすがに男が音をあげてしまった。

男　もう沢山だよ。

母（ほっとして）やっと、お許しよ。

少し長くなったが以上である。これにもっとアクセントをつけると以下の通りになるのである。

祖母に飛びかかろうとする男に、長男が足払いをかけて、倒す。

長男　およしなさい、乱暴は……。

同時に家族たちが、いっせいに走り寄って男の介抱をする。

長女　大丈夫？
母　痛かったでしょう？
次男　どこか打った？
祖母　うまく立てる？
父　どう、手をかしますよ。
男（ややムッとして）放っといて下さい。大丈夫ですから。
母　おけがは？

男　本当に、大丈夫です。
父（長男に）あやまんなさい。
長男　すみません。ぼくはただ、君がつい感情に走って乱暴するんじゃないかって思ったもんですから……。大丈夫ですか？
男　ええ、大丈夫です。もういいですよ。
次男　乱暴したのは、兄さんの方じゃないか。
長男　だから今あやまったじゃないか。
次男　駄目々々、当然つぐないをするべきだよ。
父　そうだな。
長男　だって、この人も今、いいって……。
長女　つぐなうべきよ。（男に）そうでしょ、痛かったんでしょ？
男　いいですよ、もう、放っといて下さい。
父　駄目ですよ、あなた。それはいけません。これのつぐないを受けるべきです。
男　しかし……。
次男　兄貴に足払いをかけてやって下さい。
男　足払いを？　何故？
長女　つぐなわせるのよ、そうやって。

男　だって、いいですよ、僕の事なら。
父　いけませんよ。
次男　じゃ、しょうがない、おれが代理を引き受けよう、いいですね。

云い終わると同時に、次男が長男に足払いをかける。立ち上がるのを再び。三度び。男、暫くあっけにとられていたが、長男がうめき始めるので、さすがに止めにはいる。

男　やめて下さい。およしなさい、あなた。
次男　駄目ですよ、まだまだこんなもんじゃ。離れてて下さい。(再び始める)
男　やめなさい。
父　放っとくんですよ。いいんですから。
男　しかし、あなた……。
祖母　じゃ、許すって云ってやってちょうだい。
男　許すって何を?
祖母　あの子をですよ。
男　でも、許すにも何にも、僕はただ……。
祖母　じゃ、許さないんですか。

男　いや……それじゃ何ですよ、許しますよ。
祖母　やっとお許しよ。

次男、やめる。家族の面々は、倒れた長男に駆け寄り、口々にやさしい、いたわりの言葉をかける……。男は、取り残されたように一人立つ。

アクセントを強めるために変わったところは一目瞭然だと思う。第一は、長男の悪意めいたところ、家族の親切のわざとらしさ、をぬぐい去ったのである。第二は、男の内面で、第一の暴力を、それはそれとして一応納めてしまう点。長男に悪意がない以上、男は多少ムッとしたとしてもそれについては寛大さを示さなければいけない。家族は、その寛大さにつけこむのである。その方が、第二の暴力の構造が、より明らかになる。第三は、男の制止に条件をつけた点。男が制止する事によって更に一歩深みにはまるのでなければならないからである。そして第四は、これが最も重要であると思われるのだが、最後に最初と同じ事がくり返される点。この行為によって、第一の暴力から第二の暴力へ至る流れが、一つのものとして対象化出来るのである。
この二つの文章を見較べる事により、ここでの演劇的ダイナミズムを、抽象して理解頂けると思う。

（二十三）

さて、場面六の冒頭の下りはそう云う事であるが、前述した様に、ここの場面は、一番長い。つまり冗漫なのである。一応分割すると次の様になるだろう。

第一は、前述した第一の暴力と、第二の暴力が行われるまで。第二は、男が祖母を泥棒猫と呼び猫問答が始まり、男が百円の罰金を払おうとするまで。第三は、男の金が盗まれ、家族に財産権が移るまで。第四は、男が金でも品物でも持って出てゆけと怒鳴り、家族になぐさめられるまで。第五は、男の恋人からの電話があり、家族に邪魔され、切れてしまうまで。

第一の部分は、説明した通りである。ここの文体は、しっかりとこの場の演劇的ダイナミズムを支えている。私はここに、この演劇の全構造が、凝縮されて表現されていると思う。問題は、第二の部分にある。

今ここで、作者が何故第二の部分を必要としたかを推察してみると、こうだろう。つまり、第一の部分では、長男が男に乱暴を働き、従って長男が、家族の掟に従って罰せられる。第二の部分では、男が祖母を「泥棒猫」とののしり、故に男が、家族の掟に従って罰せられる。要するに第一の部分と第二の部分は、作者の中では相呼応しているのである。

しかし、実際はどうであろうか。一読して我々は、第一の部分には演劇的ダイナミズムを感じるが、第二の部分には、何もないのである。もちろん「泥棒猫」と云った男に、家族が罰金を払えと云い、男が払わないと云う単純な葛藤がくり返されているわけではない。家族の中の長女が「泥棒猫」と云う言葉は必ずしも悪口ではないと主張し、他の家族がそれに対立し、男を無視して「泥棒猫」と云う言葉が果して悪口か否かを延々と議論するのである。一見「泥棒猫」と云う言葉に響き合う家族のフォルムと、男のフォルムが、或る関係をまさぐりあっている構図の様にも思える。

しかし、違うのだ。この猫問答はフォルムを形成し得ていない。例えば、第一の部分の第二の暴力の事を考えてみよう。ここでの暴力のルールは、家族のフォルムを形成していた。そして、そのフォルムが、男を圧倒したのである。暴力について、目には目をと云うルールを保有している集団がある、と云う事自体、我々を恐怖させる一要素となり得る。それは、その家族がこれまで耐えてきた生活条件の厳しさまで、我々に伝えてくれる。しかもそれは、我々の日常感覚からは全く欠落したルールである。

ところで、猫問答の方はどうであろうか。父親の科白《まあ、待ちなさい。問題は、つまり、泥棒に重点があったのか、猫に重点があったのかによって、大いに意味が変わってくる。要するに、泥棒のような猫という意味で言われたのか、それとも、猫のような泥棒と云う意味で言われたのか……》を見てもわかる。この科白からは、家族のルールに対する真剣さが、いささかもうかがわれない。これは単に男を、うるさがらせるだけである。

侵入者たる家族が、男の目から見て全く馬鹿々々しいルールに熱中し、それによって男の存在を根底的にゆるがす、と云うドラマツルギーもないわけではない。しかしその場合、それを「馬鹿々々しい」と見る視点をどこに置くのか、ハッキリさせなければならない。例えば第一の部分に於ける暴力のルールは、この場の家族と男と観客、それぞれ三つの視点に、それぞれどの様に見えるべく配置されているであろうか。原文と、私の示した例文では、この視点の配置の仕方が変わっている。原文では、家族は、この暴力のルールに対して全く真剣であり、男は馬鹿々々しいと考え、観客は、奇妙だと見るよう配置されている。私の例文によれば、家族は同様に真剣であり、男はそれを奇妙だと考え、観客は、馬鹿々々しいと考えられるべく配置されているのである。つまり原文によると、観客は、暴力の論理が欠落している日常空間に居てそれに気付かない男を哀れむに違いない。例文によれば、同じく観客は、暴力の論理が欠落している日常空間に居て、途惑わざるを得ない男を、こっけいだと考えるに違いない。これは、双方とも正しい構図にあると云っていいだろう。そこでの暴力のルールは三つの視点に於てそれぞれ別様に解釈され、真剣であり、馬鹿々々しく、同時に奇妙であると云う様々なニュアンスを帯びて立体化されている。従って、この暴力のルールがもつ「馬鹿々々しさ」は単純ではないと云えるだろう。

一方、猫問答の馬鹿々々しさは単純なのである。それは、観客にとっても、男にとっても、どうかすれば家族にとっても一様に馬鹿々々しい。暴力のルールが第一の部分に於て見事に立体を構成し得たのに比して、この猫問答は平面をなぞっているに過ぎない。この場面に演劇はなく、あるのはただ言葉のられつに過ぎないのである。

第三の場面はどうであろうか。私はここで演劇的構図が最も混乱している、と考える。もっともその混乱のパターンは、前述した部分と殆ど同じである。つまり、家族の無法者ぶりと悪意による脅迫が行われているのである。ただしこの場合の事情はやや複雑である。

粗筋はこうなっている。長男が男のサイフを盗む。家族は長男を「金を一人占めにするのはいけない」と云って責める。長男は、男の財産を管理するための便法であると云って行為の正当化をする。その通り金は母親に渡す。もちろんあとで再び取り返すのだが、それは別の問題である。ここでの演劇性を抽象すると二通りの見方が可能であろう。第一は、前述した第二の部分からの継承として、その家族を律する奇妙なルールが一つのフォルムを形成し、それによって男の存在をおびやかそうとするものである。つまり、家族の云う「盗むのはいいが一人占めにするのはいけない」と云う論理が、構造的に奇妙である限りに於て、男はそうした論理を信ずる集団を限りなく怪しむであろうし、同時にそれを信じ切れない自己を限りなく怪しむであろう。その時、家族を形成するフォルムと男を形成するフォルムは、相互にきしみ合うのである。ここにはフォルムとフォルムの演劇が約束されている。

第二の場合は、男の生活破壊の具体的側面として財産強奪が行われる、と云う、いわば葛藤の演劇である。ストーリーがどう入り組んでいても、結局行われている事の全ては《手くせの悪い》長男が男の金を盗むと云う事だからである。前述した悪意の侵入のパターンそのままであり、強盗が押し入って金を取りあげるのと、何等変わった事はない。

問題はここでこの二つの演劇的要素が、極めて中途半端なまま、混合している、と云う事である。もちろん、これまでの所にも、そうした混合はいくつかあった。しかし、ここの場合は、作者の作業工程を見るに、明らかに第一の演劇的要素に対する関心を示しながら、図らずも第二の演劇的要素を結果的に強めてしまっていると云う事が云えると思う。どこに誤解があったのだろうか。

第二の演劇的要素を強めているのは、長男の《手くせが悪い》と云う事実と、同じく長男の《盗む》と云う行為である。ところで作者はこの二つの要素を、そこに於ける葛藤を必然化たらしめるためではなく（結果的にはそうなっているのだが）家族のフォルムを構成するものとして、取り扱っているのである。つまり、この家族にある暴力のルールが、この家族の生活条件の厳しさを暗示させる如く、長男の《手くせが悪い》のも、それと同様のものを暗示させ、結局一つのフォルムを形成するであろうと、作者は考えたのだ。

しかしここには、フォルムと云うものに対する致命的な誤解がある。暴力のルールが家族のフォルムを形成するために有効だったのは、それが家族のこれまでの生活条件の厳しさを暗に示すのに有効だったからではない。たまたま結果的にそうなっただけの話であり、実際にはそれが家族を律する或る別な法則性を垣間見せたからに他ならない。同様にして長男の《手くせが悪い》事と《盗む》行為は、家族のこれまでの生活条件の厳しさは説明するが、家族特有の行為の法則性を垣間見せるものではない。従ってこれは、家族と云うフォルムを形成する要素とはなり得ないのである。

行為にリアリティーがあるとかないとか云う云い方が一般に使われるのだが、ここの場に則して云えば、これまでの生活が貧しかったからと云う事では、「盗む」と云う行為をリアルにする事は出来ない。同様に、「盗む」と云う行為により、これまでの生活が貧しかったのだ、と説明する事も、演劇的ではない。リアルであるためには、この場では、恰も「盗む」のではないようにして「盗む」のでなければならない。そしてその「盗まないように盗む」ための家族の行為の法則性こそが、フォルムを形造るのである。

（二十四）

第四の部分に入って、男の態度に、二つの新しい兆候が現れる。これは二つとも、家族のフォルムに対応しようとして、的確である。最初のは……

男（とつぜん叫んで）出て行け！　そんな金はやるから、とっとと、行ってしまってくれ！　金でなくても、ほしいものは、なんでもくれてやるよ！

次のは、これからややとんで、

男（うって変わった哀願の調子になり）おねがいです。これ以上、ぼくをいじめないで下さいよ……もちろん、冗談だってことは分かっていますけど……そうでしょう？　ぼくは疲れちゃった……とてもそんな気にはなれないんです……ぼくの言ったことで、気にさわったことがあるかもしれませんけど……おねがいです……おねがいだから、どうか、ぼくを一人にして下さい……。

この場に於ける、男の意識の幅を的確にこの二つの科白が限定している。つまり、男の意識の上限と下限がここにあるのである。しかし、それではなぜここの部分が、演劇的ではないのかと云うと、ここにはいっぱいいっぱいの上限と下限しかないからであり、それが幅として具体化されていないからである。この上限と下限が、二重構造的に把えられ、あれか、これかではなく、あれも、これもを同時に探ると云う構図にならなければならないのである。

男がその意識の上限と下限を分裂して表現するから、対応する家族も、分裂してしまい、結局、フォルムとフォルムの対応はないと云っていいだろう。試みに、この二つの科白を機械的にそれぞれ否定形にして統一してみる事にする。

男　そりゃあ、出て行けとは云いませんよ。今すぐ出て行けと云うわけじゃないんだけれども……。お金だって、どうしてもって云う事なら、困ってる時はお互いさまですし、まあ、いいですけどね……。しかし、その、うらみがましく聞こえるかもしれませんが、それは必要でないお金ではなかったもんですから……。そうなんですよ。つまり、何ていいますかもちろんみなさん、冗談でこんな事をしているんじゃないって事はわかってるんですが……しかし、どうなんですかねえ……。

余りにも機械的であるから、若干の無理は出てくるけれどもしかしニュアンスは理解出来ると思う。この科白は、全く論理的ではないし、男の主張としても、何を云っているのかさっぱりわからない。しかし、自己の意識の上限と下限を、それなりにまさぐってはいるのである。従って男の意識の位置が空間化されているし、同時にその流れを具体化している。前述した二つの科白と、言語機能が全く違っている事に気付かれるであろう。前述の二つの科白が「線」であるとすれば、後の科白は「フォルム」になっているのである。もちろん、この機械的な操作が「線」を「フォルム」にするための全ての方法ではない。しかし、ひとつの手がかりになるだろう事は云えるのである。一つの科白が二重構造的な響きを保有する場合、それはフォルムとして空間化出来るからである。

誤解のないよう敢えて云うが、「金をやるから出て行け」と云う科白も、「冗談だってことはわかってますけど」と云う科白も、或る意味では二重性をもっている。つまり「金はやるから」と云うのは「金なんか絶対にやらないぞ」と云う気持の極限的表現であるし、「冗談だろう」と云うのは、そうでない事をわかっていながら自己を納得させるための方便として云う言葉である、と云えない事もない。しかし、この二重性は、意味の二重性に過ぎない。意味の表と裏である。意味の二重性はそこにエネルギーを充塡させるためには有効であるが「線」を「フォルム」に変える事はしないのである。

（二十五）

第五の部分に入って、恋人から電話がかかってくる。当然男は、恋人に、その場の状況を説明しなければならない。この設定は見事である。その恋人は、場面二に於て「雨かもしれないし、足音かもしれない」ものが近付いてくる段階で電話を切られ、そのままそこに息をひそめて待っていたのである。

もちろん、男にその説明は出来ないし、家族がかわりに説明してやると云うのを必死に押しとどめている間に、電話は切れる。恋人への不安が、家族への不安と重なり合って、男の中に重く残ると云うわけである。

しかし、ここでも、多くの別ものが入りこんできていて、状況をややこしくしているのである。

男　参ったよ。もう降参だ。彼女のことは、ぼくに委せておいてくれないか。そのかわり、とりあえず今夜だけは、うちに泊って行ってもらいますから。いいでしょう……部屋中、どこでも、自由に使って下さい。食事も絶対に邪魔しない……だから、この電話のあいだだけは、たのむから口出ししないでほしいんだ。
父（一同をみまわし）とくに、呑めない条件ってわけでも、ないんじゃないかな。

云うまでもなく、恋人にその場の状況を説明してやろうと云う家族の申し出を、男が断るくだりである。この取引は、例のパターンであるが、ここでの演劇性を台無しにしている。

この場で可能なドラマツルギーは二通り考えられる。第一は、男が恋人に、誠心誠意その場の状況を説明すると云う奴である。男は当然、その場を正当化するために、家族を弁護せざるを得なくなるし、説明不足の点について家族の協力を得なくてはならなくなる。その虚しい努力が熱狂的であればあるほど、男の中の恋人への不安と、家族への不安が増大してゆく。

第二の方法は、この場と同様、彼女にその場の状況を説明する事は最初からあきらめ、あたりさわりのない事を、恰もあたりさわりのないように必死にくり返す、と云う形である。家族の中の一人がクシャミをしたり、物音をたてたりすれば、それについてひとつひとつ丁寧に風の音だとか、雨の音だとか説明してやらなくてはならない。家族も当然それを取引の条件にしたりする事はやめ、必死になってそれに協力する。この場合、観客の視点は、恋人の視点へ移る事に気がつかれるであろう。恋人の意識を通じて、観客はその場を体験し直すのである。従って当然、男は、その恋人の疑問と恐怖を、すくい取る役目を果たさなければならない。

男　気配……？　人の居る気配……？　馬鹿な、そんなこと……。だって、誰も居ないんだよ。ほら……、もちろん、どうやって説明していいかわからないけど……。えっ、そうさ、いつもとちっとも変わらないよ。うん。怖い？　一体どうしたんだよ、何でもないさ、本当に何でもないんだよ……。

観客は、その背後に息をひそめてうずくまる八人家族を、その恋人の意識を通じて、次第に大きなものに感じ始めるだろう。

大ざっぱに云ってこの場は、第二のパターンを取るべく計算されている。間に入った、取引のくだりが、それを無惨に打ちこわしているのである。恐らく作者は「今夜は泊っていってもいい」と云う言質を男から取りたかったのであろう。

振り返ってみると作者は、この侵入劇に、いくつかの段どりをつけている。扉を隔てての対立から、扉を開けさせ、侵入し、警察が無能だと云う事を理解させ、家族にあるルールをのみこませ、金を取りあげ、「何でもいいから持ってけ」と云わせ、あやまらせ、最後に、今夜だけは泊っていってもいいと云う、言質をとる、と云う具合である。それは構わない。それが侵入の深化を刻々と説明するものなら、これがそのまま演劇的ダイナミズムを背負うであろうからだ。

しかし、この段どりは、前述した言葉を使って云えば、物理空間への侵入を図式する段どりであり、この戯曲が表現する真の侵入、つまり男の心理空間への侵入の段どりと、明らかに分裂しているのである。

（二十六）

場面六が終わると、幕間になる。幕間に管理人が廊下に現れ、観客にビラを配って歩く。前述した様に、男に示した態度についていいわけをするのである。つまり「家族に買収されていたわけではない」と、ビラには書いてある。

だから作者は、管理人が家族に買収されているのかもしれないと云う印象を、観客に与えてしまった、と考えたのだ。そして、それではこの演劇の、演劇性が損なわれる、と判断したのだ。従って訂正したのである。しかし、訂正すればその演劇性が恢復されると云うものではない。管理人が登場した場面では、「家族に買収されているのかもしれない」と云う印象に裏打ちされた「悪意」が、有効に機能して、一つの行為を完結させたのである。それを今更打消されたのでは、ミもフタもない。

従ってここは、単なるアトラクションとして無視出来る部分ではない。明らかに、これまでの場面の、構造上の欠陥が無理を生じたのであり、それに作者自身、気付いた事を示している。

幕が上がると、場面八である。（幕間が場面七）実は、この場面八と九と、十の前半は、全く違う芝居が挿入された、と云う感じの場所である。

翌朝の公園のベンチに男の恋人が坐っており、そこに長男が現れ、極めておもわせぶりに昨夜の事を話し、恋人を混乱させる。これが場面八である。

そこへ待ち合せ時間にやや遅れた男が現れ、長男を追い払い、恋人に昨夜のいいわけをするが、当然通じあえない。これが場面九。

恋人の依頼で、男の部屋へ調査に来た週刊誌の元記者が、家族の生活にすっかり感動する。これが場面十の前半。

この展開の仕方は、一見妥当であるが、やはりおかしい。家族の侵入は男の生活の全てに対して行われるわけであるから、その婚約者との関係にも作用して当然である。しかしその作用の仕方は当然その侵入を促進する過程で結果的に行われるのでなければならない。わざわざ婚約者を登場させ、そこへ長男が出掛けて行って、いやがらせとしか思えない事をやる必然性はないのである。

更に、これはこまかい事かもしれないが、男と恋人が、電話を通じて虚しく通じ合おうとしていた前半の見事な構図が、この恋人の登場によって、もろくも崩壊してしまう。場面九に於て、男が恋人に、家族の事を説明するのだが、それが如何に味気ない場面になっているかを見れば、その点が明確にわかるのである。

例えば、二つのフォルムが相互にきしみあうドラマの構造に於ては、一方のフォルムがプラス、他方のフォルムがマイナスと云う関係を持ってはならない。双方のフォルムがそれぞれ、プラスとマイナスを、併せ持っていなければならないのである。従って、それぞれのフォルムは、それぞれに独立した全体である。ところで、こうした構図に於ける演劇では、ストーリーの論理的展開と、言語活動が全く分裂する。つまり、言語は、場面々々に於けるフォルムを構築すべく閉鎖的に機能するから、ストーリーの論理性とは、全く関係がなくなるのである。フォルムとフォルムのきしみあいによる演劇がこれまで往々にして一幕物にならざるを得なかったのは、そのせいだろう。

もちろん、フォルムとフォルムのきしみあいに演劇的ダイナミズムを背負わせようと云う演劇が多幕物を作れないと云うのは間違いである。多幕物と云う云い方は極めてあいまいだが、つまり、ストーリーの論理的展開が最初にあって、それをフォルムの芝居でつなぐ手法も、可能だと云う事だ。極めてデリケートな仕事になると思うのだが、ストーリーの要所々々に概当する一幕物をいくつか作って、その重層化の過程に、論理を見出せる事をすればいい。

ここでも、それが不可能ではなかった。しかし、実際にここで行われているのは、そうではない。ストーリーの論理性のために、フォルムを犠牲にしたのである。ここでは「家族」のフォルムが見失われている。云うまでもない事だが、長男だけしか出て来ないから、と云うわけではない。ここでの「家族」は、男のフォルムのための、「邪魔物」と云う「意味」にしか過ぎなくなっている。男のフォルムのための影にすぎない。つまりプラスに対するマイナスなのである。

家族が、男と恋人との関係に作用を及ぼし、その反作用として、恋人が元週刊誌の記者を送りこむのも、その元週刊誌の記者が、逆効果で、むしろ家族の側に同調してしまうのも、余りにもストーリーテラーでありすぎる作者のフォルム無視による結果である。ストーリーは確かに華やかに、そして論理的に展開するが、前半で混乱は多少あっても確立された「家族」の持つ奇妙なフォルムの手触りは、全くかき消えてしまうのである。

（二十七）

場面十の後半、長女が、ハンモックの上の男に呼びかける。

長女　ねえ、降りていらっしゃいよ。
男　はいはい、親切な寄生虫さん。
長女　私が、いままで独身でいる理由、おわかりになって？
男　今日は、とんだヘマをやらかしちまったのさ。設計課に送る文書を、こともあろうに、配車係にまわしちゃってね……。

このくだりは正確であると思う。新たな、そして奇妙な日常性が恢復しつつある。場面六から、いきなりここにつながっていいのではないだろうか。我々は、男がその恋人と遂に結ばれ、彼女と話し合っているのではないかと云う錯覚にとらわれる。侵入と云う事の一つの頂点が、ここに示されている。

従って、ストーリーの論理性を重要視すれば、場面六で幕間をとるのであろうが、演劇的ダイナミズムに焦点を合わせれば、ここが折り返し点である。もちろん、ここで一つの芝居を完結させると云う事も、不可能ではないだろう。しかし、この戯曲の場合にしてみれば、この後の展開が骨子であり、ここから後半へ至る過程が、最も演劇的にダイナミックなのである。

但し、これに続く場面十一は、さほど重要ではない。長女と男が逃げようとしていた。と次女が主張し、父親の判断で、男を檻に閉じこめるくだりである。もちろん、男を檻に閉じこめるに至る過程は、かなり荒っぽいし、演劇的ダイナミズムの経過からみても、ストーリーの論理的な展開から云っても、矛盾に充ちている。

演劇的ダイナミズムの点から云えば、場面十の後半で、既に男は侵入に順応しており、従って、それ以上男を強制する必要がない。ストーリーの論理性の面から云えば、男を檻に入れてしまうと男が会社へも行けなくなり、従って給料がもらえなくなるから、家族の日常性も損なわれる事になる。

男（あえいで）しかし、ぼくが会社に出なければ、損をするのは、けっきょくそっちなんだぞ。その辺のことを、どう考えているか、おうかがいしたいもんですねえ。

父　べつに、入れっぱなしってわけじゃありませんよ。むろん、君の気持がおさまり次第、自由にしてあげます。

と逃げてはいるが、やはり、この強引さには問題が残るだろう。ただ、男を檻に入れる事により場面十二と十三の演劇的ダイナミズムが可能になるのであり、ここではどうしても、そうしなければならなかったのである。

（二十八）

男が檻に入る事によって、状況が逆転するのだ。場面十二と十三の、この展開は見事である。つまり、檻に入れられた男は、場面十二で《胎児の姿勢で横になる》とある様に、日常空間から脱落してしまうのである。家族にとって制裁であるものが、男にとってそうであるとは限らない。場面十三の、次女と檻の中の男との会話が、的確にその関係を明らかにしてゆく。

次女　じっと耳をすませていると聞えてくるの。どんどん、どんどん、あなたの心が遠くに飛んで行ってしまうのが。
男　まるで、鳥だな。
次女　そして、通勤電車も、タイムカードも、名札のついた自分のデスクも、会社があった街角もだんだん氷細工みたいに、融けはじめているんじゃない？

男　よく分かるね。
次女（調子を変え）あ、そうそう、大変な忘れものをしていたわ。これ……（と、ポケットから小さな紙包みを取出し）あなたに渡してくれって、兄から、ことづかっていたの。
男（包みを開けてみて）ふうん、君の兄さんからねえ……なるほどねえ……
次女　それ婚約指輪でしょう？
男　まあ、むかし婚約指輪だったこともある、一種の金属製品さ。
次女（深刻に男を見つめなおして）心配だわ私……。

この様にして侵入は失敗するのであり、従って男は死なければならないし、家族はそれを殺さなければならない。檻へ閉じこめた事から起こる、思いがけない状況の逆転と、侵入の失敗は、前半にくらべて、極めて短い時間に行われているのだが、充分に対応して重々しい。そしてこの対応が、この戯曲の構造が基本的にはストーリーの論理性に拠るものではなく、フォルムの相互性に拠るものである事を、明らかにしている。最後に父親は、云う。

父　故人は常に、われらが良き友でありました。しかし友よ、君がなぜこのような運命にみまわれなければならなかったか。おそくは君には分からないでしょう。むろん、私たちにも、分からない。

ここで、それぞれに孤独なる侵入者と、被侵入者が、正確に対応している。

（二十九）

以上、場面を追って、その場その場で、様々な検討の基準を持出し、極めて雑然とはしているが大意は、読みとっていただけるのではないかと思う。

今ここで全体を大ざっぱに振り返ってみると、前半では、物理空間への侵入と心理空間への侵入のパターン、云い変えれば、悪意の侵入と善意の侵入のパターンが、混合している事。しかし、基本的には、心理空間への侵入つまり善意の侵入のパターンを追っている事、を明らかにし得たのではないかと思う。

後半に至って、前半の部分の構造的な無理もあり、ストーリーの論理的展開と、フォルムの演劇たらんとするものが分裂をしている事、を指摘出来たのではないかと思う。

もちろん、この作品の総合的評価と云う事になれば、問題はやや違ってくるであろうが、それはここでの目的ではない。最初の目的であった演劇に於ける演劇性と文学性を、どれだけ区分け出来たか、今になってみると、かなり覚つかない気がする。しかし、一つの文体に於ける演劇性を、純粋に造形論的に、つかみとる手がかりは、見つけ出し得たのでないかと考えているのだ。

（『季刊評論』一九七二年第六号）

前衛劇は奇形にすぎぬか

イヨネスコやベケットの戯曲が〈前衛的〉として紹介され、各所で上演され話題にされてすでに久しい。しかし一体、それらの出現によってわが国の演劇理念が、どのような構造変化を余儀なくされたかというと、はなはだおぼつかない気がしないでもない。

私がかつて「堕天使」という芝居を上演した時だったと思う。ある劇評家がそれを批評して、大げさにいえば、と一応は断わっていたが「神の深淵をのぞき見た者のみに許されるいわゆる前衛劇的手法を、あまり安易にまねるのはどうかと思う」という意味のことを書いたことがあった。私の作品の出来不出来はともかくとして〈前衛劇〉に対して、神の深淵うんぬんの見方には少なからず閉口したのだがこれほど極端でなくとも、大方の〈前衛劇〉に対する見方には、この種の神秘主義が常につきまとってはなれない。

もちろん上演する側も、その神秘を神秘とし、奇形を奇形として見せ物にしたきらいがなかったとはいえないし、事実〈前衛劇〉が人口に膾炙されたのは、その手法の有効性が評価されてというよりは、その手法の異様さが珍しがられての結果に違いないのである。

そうした中で〈前衛劇〉は、演劇理念の根底にかかわる新しい決定として語られるよりも、それの過渡的な混乱期における一種の奇形として取り扱われすぎたようだ。

しかし、もうひとつ皮肉な見方をすれば、それら〈前衛劇〉の出現によって、当然演劇理念の再検証をしなければならなかったにもかかわらず、それを怠った劇界が自己保存的な才能から、それらを奇形というワクの中にみずから閉じ込め「それもまた一つの芝居である」と容認することにより、その毒に対する免疫をかちとろうとした、ともいえないだろうか。意識的であるかないかは別として、リアリズム演劇の伝統をひく大劇団が、その伝統にささえられた名作ものとあわせて〈前衛劇〉を上演するやり方には、思いすごしかもしれないが、そうしたニュアンスを感じざるを得ない。

もちろん、それが互いに相排除しあう演劇理念にささえられた作品でも、コレをやったらアレをやってはいけないというものではないだろう。しかし少なくともその場合は、コレの肯定はアレの否定につながるというきびしい選択の条件が明示されていなければならないのであり、その相互の角逐が約束された場所においてのみ、それは可能なのである。

ともかく一劇団内部の問題だけではなく、わが国の劇界全般にわたって、これら異物〈前衛劇〉に対しての奇妙な寛容さは、いささか異様ですらある。

私は、イヨネスコやベケットの選択した〈前衛劇〉こそが、現在考えられる最も具体的な芝居である、と考えるものの一人として、当然それが排除されることよりも容認されることを望んできたのだが、この種の寛容さには、そのまま素直に身を委ねられないぞという、ある種の警戒心をどうしても捨て切れない。これは同時に、私の創造の作業を、支点の所在も構造も不明のまま作用点に思いをこらし、力点にたよる盲目の職工の作業のような、限りない虚しさに追い込みかねないのである。

おそらく、と私は考えてみるのだが、わが国には、一つの文芸作品をめぐって、その表現に対する鑑賞という関係は成立したかもしれないが、それを一個の独立した存在と見て、それを共有し、もしくは排除する関係は、かつてなかったのではないだろうか。もしかしたら、俳人がある感興に触れて寓意（ぐうい）的に表出した言語を、人々がその感興に同調することによって、それを享受したような、俳句芸術をめぐって長い間つちかわれた関係が、伝統的にまだ残っているのかもしれない。

わが国には、一つの文芸作品に対する基準のない印象批評は数多くあった。その作品の表現する内容について、社会機能的な有効無効の概念で論理するやり方もなかったとはいえない。しかし、何を書こうとしていたかではなく、なぜ書かれなければならなかったかという、その作品の存在の根拠を、その作品の構造を社会科学的でなく文芸科学的に分析する中で明らかにしようとした作業は、ほとんどなかったのである。つまり、あらゆる文芸作品は、俳句芸術に対するような暗黙の了解の中で、もしくは、社会科学的な観点によって一つの機能と見られる中で、分離的に成立し、それを統合し前提としてささえる〈文芸のための科学〉が、われわれになかったのに違いないし、だから当然、一つの作品が独立して一つの構造として存在することはかつてなかったのだ。

一個の芸術作品が存在することによって生ずる利益も害毒も、われわれの存在を左右するほどには大きくないと考えられている一般の風潮は、もしかしたら、そんな所に由来するのかもしれない。

しかし現在では、一つの作品が成立した場合、最初に問われねばならないのは、その存在の根拠である。芸術家と呼ばれる創造主体は、それをそう呼ぶ人々と同様に一つの状況に植え込まれているのであり、限りなくその存在の根拠を問われているからであり、芸術家の人々に対する誠意の一半は、まずそのために支払わなければならないからである。

イヨネスコやベケットの作業が、演劇の他のあらゆるもののためであることを捨てて演劇界自体の中にとじこもり、その根拠を問う者に対する永遠の解答である構造を構築することにあったのはそのためであり、もしそうであるならば、それら〈前衛劇〉は、従来の演劇理念にささえられて成立するあらゆる演劇の、存在の根拠を問うものであり、われわれに今、その選択を迫っているものと考えなくてはいけないのではないだろうか。それに対する基準のない寛容さは、劇界を豊かにしないばかりでなく、われわれの作業を、きわめて不明確なものにしかねないのである。


（『読売新聞』一九六九年三月）

ストリップショーから演劇へ

ストリップショーの観客がおおむね男であるのは、舞台の上で裸になるのが女だからと云うわけではない。例えばそこで男が裸になったとしても、女がストリップショーの良いお客になるとは思えないのである。つまり、ストリップショーを楽しむと云う事は、かなり高度に文明的な事なのであり、どちらかと云えばセックスに対して原始的な反応しかしない女には、やや荷が勝ちすぎるのである。

勿論ストリップショーに於けるドラマツルギーは、そんなものがあったらの話ではあるが、云えば極めて単純である。洋服だの着物を着た女が現れ（男でもいいのだが）それをいやみったらしくゆっくりと脱いでゆくだけであり、最後のモノがパラリと落ちた瞬間、オワリなのである。しかしその脱いでゆく過程を持続し、出来得ればそこに成立した一つの事情を動作の進行に従って高めてゆくものがなければならないのであり、それがストリップショーの本質なのであるが、往々にしてそこに誤解があるのである。例えば我々が、女が裸になったり陰部を露出したりする事に好奇心を抱くのは、その裸なり陰部なりを「見る」事に絶対的な価値があるからなのではない。ストリップショーの良い観客は「女の裸が美しい」などと云うウジャケた精神の持主ではないのである。

我々がそれに好奇心を抱き、従って当然女たちがそれに張り合って挑戦的になり得るのは、そこに「女が（男でも同じだが）裸になり、もしくは陰部を露出するのは恥ずかしい事である」と云う感覚が我々を、単に道徳的にだけでなく殆ど生理的に支配している風土があるからである。その風土なしには、ストリップショーは絶対に成立しない。だから、いわば我々は、ストリップ小屋へ、女たちの裸もしくは陰部を見に行くのではなく、そうした「恥ずかしい事」を敢えてしようとする女の「決意」を見に行くのである。もしくはその「堕落ぶり」であり、その「傷ましさ」を見に行くのである。ストリップガールは、それが正当に成立しているかぎり、堕落した傷ましい女たちでなければならない。それこそが我々の彼女達に対する最大の尊敬でなければならないのである。「どこそこの令嬢」であるとか、「何とか女子大卒の女性」とかが「裸になる！」事が、しばしばうたわれるのは、そうした事情が、ストリップショーを、より良いものにするために如何に有効であるか興業主達が良く知っているからである。

ストリップショーの良い観客達が、単に女の裸を見るつもりでいながら、如何に多くのものを見てきたか、想像に余りある。それは女達の「裸になる決意」と云うものが、如何に多くのものをくぐり抜けなければならなかったか、と云うのと同様である。私と同年に早稲田を中退した男が浅草のフランス座に入りこみ、「お前も来いよ」と私を勧誘に来た。私が断るとその友人は何を感違いしたか、「お前はストリップと云うものを誤解しているぞ」といきまいた。そいつに云わせると、女が裸になると云う事は実に健康的な事であり、これまでのストリプショーは卑しいのぞき見趣味的なものだったが、これからのストリップショーは明るい健康な家族一緒に見て楽しむものになる、と云うのだ。私は唖然として反論も出せなかったが、若し彼が今でもそう考えているとしたら、それこそ誤解である。ストリップショーが卑しいのぞき見趣味でなくなったら、それはストリップショーの堕落と云うものだ。「ストリップショーって、何て健康的なものなんでしょう」と云いながら家族揃って見にくる客の前でラジオ体操をやらされるストリップガールこそいい面の皮である。「裸になる事が健康的な事であり」それに対して女達が何の決意も必要としないとなったら、一体ストリップショーの客達は、何を見たらいいのだろう。女の裸や、陰部を見ながら、生物学的な好奇心を満足させろとでも云うのだろうか。私はフランス座の専属にこそならなかったが、ストリップ小屋は数多く通いつめた。私は現在、新劇の仕事をしているが、恐らく新劇の舞台よりも、ストリップショーの舞台に接した度数の方が、はるかに多い筈である。勿論、前述した様に、そこで繰返し行われる事は極めて単純であり、新しい趣向が凝らされていると云っても、基本線は変わりないのである。しかし、飽く事なく我々をそこへ駆り立てるものは、出てくる踊り子達の、歴史であり生活感であり、それが支えてきた夫々の「恥ずかしさ」の種類である。彼女達は単に「脱ぐ」と云う行為だけで、恐らく新劇の役者が巧妙なテクニックをろうして何時間か熱演する以上のものを、我々に語りかける。

この脱ぐ事の雄弁は一体何処からくるのであろうか。御存知の通りストリップショーには、演劇の、それも近代リアリズム演劇が良くそうする様な、シチュエイションの設定も登場人物の性格規定もない。いきなり出てきて「脱ぐ」だけである。そこに何等かの迫力があるとすれば、ストリップショーには近代リアリズム演劇のシチュエイションの設定と登場人物の性格規定にかわる何ものかがなくてはならない。それは何であろうか。近代リアリズム演劇がシチュエイションの設定と、登場人物の性格規定に厳格であるのは、そこに一種の限界状況と云うものを創り出すためである。演劇的体験と云うものを、そうした限界状況と云うものに封じ込める事により、より強烈にしようとたくらむのである。近代リアリズム演劇のまだるっこしさもまたそこにある。観客は先ず、そこに成立してしかるべき限界状況と云うものを生理のうちにとりこみ、しかる後に、演劇的体験を開始しなければならないからである。

ストリップショーではそんな事はない。とすれば、そこに居る観客はあらかじめ限界状況にあるのである。つまりストリップ小屋では、観客の「卑しいのぞき見」的うしろめたさと踊り子の「脱ぐ」行為のうしろめたさが、前提として夫々に生理化され、それが強烈な磁場を形成しているのである。「あんなものを見て何が面白いの?」と、一般の馬鹿な女達は良く云う。それは、そうした事に超然としようとする意識から出ているのでもあるが、恐らくは事実理解出来ないに違いないのである。その、夫々の「見る」側と「見られる側」とが持つうしろめたさが形成した強烈な磁場の中では、「見る」事と「見られる」事が、単にそれだけの事ではない事を。

その磁場の上に成立した視線と皮膚は恐らく、物質と物質がきしみ合う様に衝突する。我々が女の裸や陰部を「見る」だけで性的な興奮を覚えるのは、想像力のせいだけではないのであり、その磁場の内で「見る」行為がもっと直接的な、例えば「触れる」行為にまで転化されるからである。しかも、近代リアリズム演劇が形成する限界状況は、そこに於ける演劇的体験を強烈にしようとすればするほど極端なものにしなければならなくなり、状況設定を極端なものにすればするほど、演劇的体験は強烈になっても、その場かぎりのものになってしまいかねない。つまり、ここに於けるドラマツルギーは、相互矛盾に満ちているのである。しかし、ストリップショーに於けるドラマツルギーはどうであろうか？「性器露出＝恥」と云う生理的感覚は、その濃淡はともかく、ストリップ小屋をはみ出て日常生活の全構造をおおっているのである。この磁場を利用する限り、そこで表現されたものは、思考のパターンを通じて抽象する事によって初めて日常生活に連続させるのではなく、直接、日常生活を構成する深層構造に侵入する事が出来るのである。

前置きが長くなったのはいかんであるが、演劇に於けるセックスの問題と云うのは、実のところ全てここにある。その社会、その風土が夫々独自に培ってきた性感覚と云うものを、如何にして演劇的磁場として利用するか、と云う点である。

こうした意味から云うと、アンチテアトルと云うのはストリップショーに似ている。日本に導入されたアンチテアトルが、小劇場運動と称せられて興業形態に関わる運動になっていったのは、その意味から云って極めて必然的だったのである。云うまでもなく従来の新劇は、ストリップショー的ではなかった。ストリップショーでは、どんな踊り子が出演するか、脱ぎっぷりがいいか悪いかと云う事が客を呼ぶための条件になる。或る地域に、ストリップショーのための小屋が存在すると云う事自体のうちに、既にドラマがあるのであり、観客にとっては、それを見に行くという行為が既にドラマたり得ているからである。新劇ではそうでなかった。かなり積極的な執念深いねばり強い観客だけがかろうじて芝居小屋でドラマを楽しむ事が出来るのであり、新劇通と云うものは、おおむねその道の専門家の風があった。良く云われる言葉であるが、ストリップショーの観客がストリップショーに感動するのは、ショー自体に感動しながら同時にショーを見ている自分に感動するのであるが、新劇の観客は、演劇自体には感動しても、演劇を見ている自分には一切感動しない。

近代リアリズム演劇に対するアンチテアトルの方法と云うものが、社会に於ける演劇そのものの構造総体に関わるものであるとすれば、ここ近年の小劇場運動は極めて重要な功績を残したと云えよう。芝居小屋がストリップ劇場と同様、「うさんくさい」ものである事を、見事立証したからである。演劇に関わらず芸術一般は常に社会的にはうさんくさいものでなければならない。不道徳でみだらで女々しいものでなければならない。頑固な武士道を重んずる親父が、絵描きや俳諧師になろうとする女々しい息子を軽蔑したのはまさしく正当なものであったのだ。芸術一般と云うものはストリップ小屋の中で露出された女の陰部の如く、そうしたうさんくささの中にこそ、唯一にして正当な場を持つのである。ストリップショーも、演劇も、ひいては芸術一般も、そうした弱者の悪がきであり、陰うつな呪いであり、ひねくれ者のちょっかいであり、ひきょうものの裏切りでなければならない。そこにこそ芸術と云うものの本当の強さがあるのである。

ストリップショーが強くて、新劇一般が弱かったのはそのせいだ。ストリップショーはうしろめたい芸としての条件を捨てようとはしなかったからであり、新劇はそれを捨ててしまったからである。うしろめたい芸としての権利を主張する小劇場一般が、ストリップ小屋を支配する磁場「性露出=恥」と云う要素を先ず利用しようとしたのは、そのためであろう。小劇場運動の最も純粋な興業形態としてテント小屋を選び出した唐十郎は、かつての演劇人をおとしめて云いならされた「河原者」と云う名で、自分自身を規定する。舞台空間への登場は、その様にしてどぎついのである。云ってみれば、ストリップガールが最後のモノを落とす決意をする様に、彼も自ら役者である事を、そのように決意してみせたのである。

アンチテアトルの時代に至り、演劇空間の支配する範囲は広大となった。リアリズム演劇に於ては、そのシチュエイションなり、その登場人物の形象規定を前提として受け入れたものだけが、その演劇の享受者だったのであるが、アンチテアトルの時代にあっては、例えばストリップがそうである様に、一つの性感覚に対して同様の生理的反応をする地域全体に、その支配範囲が広がったのである。どこそこの令嬢が「脱ぐ」事自体が、そのショーの内容を超えてスキャンダラスな事件となり得た様に、唐十郎一座がテントをたずさえて行くところ、そのテントが張られる事自体が事件となったのである。江戸時代にあっては、有能な政治家が出現する度に、風俗取締りにはげんだが、芝居興業そのものを全面的に廃止する事が多かった。演劇と云うものは本来そうあるべきである。

科白の中で時の権力者の悪口を云う事など、演劇そのものが持つ反社会性にくらべれば、ものの数ではないのである。

性器を露出する事自体が事件である如く、演劇は、それが如何なるものであれ、興業される事自体がスキャンダラスな事件なのであり、又、そうでなければならない。小劇場運動、もしくはその何等かの変型であるアンダーグラウンドシアターが、ストリップショーまがいのショーになっていったのは、現在、日常感覚の深層構造を縦断するものとして、「性器露出＝恥」と云うパターンを利用するのが、最も安易であり、最も正確であったからに他ならない。

日本に於ては、近代リアリズム演劇に対するアンチテアトルの運動が、主として興業形態に関わるものとして受け取られ、社会に於ける知的合理的精神を磁場とするものから性感覚を磁場とするものへ、その支配地域を移行させたのであるが、ヨーロッパに於ける、例えばベケットやイヨネスコの、アンチテアトルの概念は、いささか違っている。恐らく、ヨーロッパに於ては、演劇興業そのものに対する概念は安定しており、文明に於ける演劇と云う装置に関わる、つまりどちらかと云えば形而上学的な意味での改変として、アンチテアトルの意味を考えなくてはならないのであろう。しかし勿論、そこでも性感覚と云うものが、特殊に利用されている。セックスが、例えばベケットやイヨネスコの芝居の中で、主たるモチーフとして扱われているのではないが、その文体を形成する法則性が、性感覚に依拠している、と云う様な事は云えそうである。近代リアリズム演劇の舞台空間が、余りにも作られ過ぎ、整えられ過ぎた小宇宙としての総合性を持っているとすれば、それに対するアンチテアトルの舞台空間は、片輪であり、部分でありながら、生々しい実在である事を目指したとも云えよう。例えば舞台空間そのものが一個の性器であるかの様に創られる時、それに対応して問われる観客夫々の実在性が生々しく実感され得る筈だからである。ベケットの『ゴドーを待ちながら』と云うあまりにも有名な作品は、むしろセックスをモチーフとして取り扱っているどの作品よりも或る意味でセクシーであり、我々の言語感覚よりも、性感覚により強く訴えかけてくるのである。

例えばベケットの舞台空間に於ける暗さと閉鎖性は、それが子宮内空間として設定されているからである、と云う説がある。つまり我々の、性感覚を通じての暗黙の了解と云うものを人間関係の最後のよりどころとすると云う法則性がそこを支配しているのであり、それをもって超日常的な空間のリアリティーを保とうしているのである。従ってベケット空間が我々に語りかけてくるものは性感覚を通じる事により、演劇自体の奇妙さでなく、人間が演劇をすると云う事自体の内にある奇妙さ、になり得ている。性感覚と云うものは、我々が意識出来る最も基本的な、最も深層に位する感覚であり、そこを磁場として物事を観察する事により、全てを構造的に対象化する事が出来る。演劇が演劇であり、音楽が音楽であり、絵画が絵画であり、文学が文学である事を疑われ始めたのは、全てそのためである。更にはこの感覚と云うものを我々の利器にする事により、我々は新しい言語体系を新しい文明の体系を創る事になるであろう、と私は考えているのである。

(『えろちか』一九七〇年十二月号)

現代演劇にあらわれた性の思想

一　はじめに

「現代演劇にあらわれた性の思想」というばあい、まずたいていは、「文学の変型としての戯曲に取り扱われた性」をごく文学的にとりあげるか、あるいは「社会現象としての演劇活動にかかわる性」を文明批評的にとりあげるか、そのいずれかである。

もちろん、ほんらいならこうしたことはありえない。すべては「演劇」という名のもとに統一的に語られてしかるべきなのである。しかし奇妙なことに、これまで「演劇」という形式とそこに盛られた内容について語られたことばは、ほとんどすべて、これらのどちらかの部分を代表したにすぎないのである。

このことは、たんに「演劇」を小状況的に見るか、大状況的に見るかという便宜的なことではなく、現代の日本のもつ「演劇」というものの構造的な脆弱さを示しているとしか思えないのである。

つまりわれわれは、演劇というものの意味を、「文学の変型としての戯曲」としてか、あるいは「文明批評たるべき社会現象としての演劇活動」としてしか理解させてもらえず、しかも、この「演劇」の原因と結果ともいうべき二つの要素を目まぐるしく変転させることで、「演劇」の本体から目をそらされてきたのだ。

いま、われわれがしなければいけないのは、だからこの原因が結果し、結果が原因するところに「演劇」という虚像を写し、すべてをそれにかかわって問題にすることである。つまり、原因が結果し、結果が原因するところに、構造としての「演劇」があり、「性の思想」はその構造にかかわるものとして問題にされなければいけないのである。

わかりやすくするために「現代演劇にあらわれた性の思想」という標題は、「現代演劇の構造にかかわる性の思想」というふうに、書き直したほうがいいかもしれない。もし「演劇」が構造であるとしたら、わたくしはそれを信じてやまないが、「性の思想」はテーマとしてでなくその構造を成立せしめている条件の一つとして理解されてしかるべきだからだ。

こうしたことをふまえて、これからするわたくしの作業は、いわば二兎を追う仕事に似てくる。あらねばならない「演劇」というものの構造を、「性の思想」にかかわらせ、その関係のなかから、逆に「演劇」と「性の思想」をつかみださなければならないからだ。

作業の最初にあたって、「性の思想」と「演劇」について、わたくしは、つぎのように独断する。

二 「性の思想」は暗黙の了解であり、「演劇」はそのパラドクスである

かつて、あらゆる儀式と、あらゆる構築の作業が、神の名のもとにおこなわれていたころ、「性の思想」は、そこに虚栄と虚構を見いだし、そのニセモノの構造をバクロするために有効であった。「性の思想」は、生命を「死」という絶対との関係から解放し、精神に合理主義を植えつけ、社会の機能化に手段をあたえた。

しかし現在、「性の思想」は、暗黙裡に人間の、自然科学的因果律への屈服を強制し、あらゆる意味での儀式と、あらゆる意味での構築の作業に、生理的な機能的な根拠を要求することで、儀式が儀式であることの意味と、構築が構築であることの意味を奪おうとしている。

儀式が儀式であり、構築が構築である意味においてのみ存在を許される「演劇」という仮空のイトナミが、現在、この「性の思想」に屈服した状況におけるパラドキシカルな位置を確かめようとしているのは、しごく当然といわなければならない。

しかし「性の思想」は、それ自体として存在し、体系化され実体化されたものではない。われわれの意識を内蔵する構造は単純ではなく、その輪郭は、つねに二重もしくは三重にふるえている。われわれの意識がわれわれであるためには、われわれは「目をこらす」とか「精神を統一する」とかいう方法での「ある錯覚」を決意するか、それとも、構造のもつ二重もしくは三重のふ

るえに、意識を同調させてみるしかない。その、同調させるべく意識を律するルールのひとつとして「性の思想」は生まれたのである。いわば「性の思想」は、構造が意識に反映し逆探知される方向に投影された「幻のルール」にすぎないのである。したがって「性の思想」とは意識が決意をしないとき、必然的に委ねられるある状態であり、その方向である。

ところですべての「行為」は「ある錯覚」への決意によってうながされ、「行為」のもっとも純粋な形式である儀式と構築の作業は、その決意がもっとも純粋な形で要求される。

もっとも純粋な決意によって支えられた儀式と構築の作業は、「性の思想」のもとに、それが儀式であり構築であることの意味を奪われずにすむ。なぜなら、その儀式と構築の作業は、それ自体の意味と、それ自体の重さを、その決意によってつねにくつがえされているからである。

つまり、わたくしは「ある錯覚」への決意、といったが、意識は決意という緊張状態の無限の拡大を恐れてつねにこうした限界をもうけるのであり、それは逆方向への緊張、「性的自覚」によって支えられている。すなわち「性」のルールは決意に「ある錯覚への」という方向をあたえることにより、それによってうながされた「行為」をそれ自体として閉ざされたものにしてしまうのだ。したがって「行為」が、つまり儀式と構築の作業が、決意に支えられているとき、「性の思想」は無害であるばかりか、その決意を逆に支えさえするのである。

しかしいったん「行為」が「行為」として独立し、儀式と構築の作業が決意の手をはなれるや、それによって意識は抑圧され、「性の思想」の名のもとに「非合理」もしくは「反自然」ということで、その根拠を奪い、それを破壊することをためらわない。いいかえれば、意識が緊張を失い弛緩した状態のとき、「性の思想」はその破壊の意志に根拠をあたえるのである。

「性の思想」は、われわれに「死との緊張関係にある生命」を失わせ、同時に「神」を失わせたが、つまりは、われわれが「死」と「神」への決意を失い、それらが単なる形骸としてわれわれの意識に重くなったとき、「性の思想」がそれに決着をつけたにすぎないのだ。

時代が構築の途上においては「性の思想」について寛容であり、構築を決意において支えきれなくなったとき初めてそれに苛酷になったのは、その間の事情をよく説明している。逆にいえば、われわれがわれわれの権利について「性の思想」の名のもとに権力者たちに抗議する時代は、そしてそれが有効である時代は、権力者たちがその衰弱を自覚し、われわれもまたその衰弱を自覚した時代ということになる。

「性の思想」が権力者たちによって危険視され、それゆえにわれわれがそれを武器にしてたたかう戦いは不毛な消耗戦に終わらざるをえないだろう。「性の思想」は最後の防御であり、最後の拒否である。

しかし、決意が行為をうながし、行為が行為をうながし、行為が行為として自立し、つい形骸化され、それが破壊されるという限りない循環のはての現代では、あらゆるものが「性の思想」に順応的である。われわれは決意のためでなく、最後の防禦のために逃避を開始したのだ。あらゆるものが「性の思想」によって正当化されることを望み、あらゆることが「性の思想」に恭順の意をあらわしている。

あらゆる建築物とそれを総合する都市は、その決意を失うなかで、合理化され機能化され、水平線に平行する道路とそれに交叉する階段のなかにかつて屹立したわれわれの意識は、カーブし渦行して上昇する道路のなかに平面化された。

かつて成立したあらゆる言語は、その機能のみを残骸として残され、ただ意識のケイレン状態が発する間投詞のみが、わずかに暗黙の交流を支えている。

「演劇」もまた例外ではない。かつて幾度となく問われた「演劇とはなにか?」ということばは「演劇」のまさに「演劇」であるための決意をうながす方向には決して発せられなかった。それは機能がすべてである社会の、異物にたいする抗議の声としてしか響かなかった。「演劇」もまた、「性」的な不毛の砂漠に順応し、社会の機能の中にその役わりを見いだそうと努力し、結局見いだすことに成功した。もう「演劇」は「演劇とはなにか?」という問いを発しないだろう。すでに「演劇」は、異物ではなく、非合理でも、反自然的存在でもなく、社会の機能の一端として、忘れられてしまっている。

われわれが「演劇」について、その原因と結果という形で分裂的にしか語れなくなったのはそのせいだろう。

では、儀式が儀式であり構築である意味においてのみその存在を許される構造としての「演劇」は、こうした状況のなかでどのようにしていったい、その構造を保持しようとしているのか。つまり、機能化され、原因と結果によって分裂的にしか理解できなくなってしまった「演劇」の構造は、どのようにしてこうした「性」の砂漠に、パラドキシカルな位置を確かめることができるのか。反機能化への試みか？　もちろん、それはそうにちがいないが、問題がわれわれの決意にかかわることでなく、構造としての「演劇」にかかわるとき、その方向は逆転する。

「演劇」は、決定された機能を甘受し、その機能を自覚し、絶対化するところに、儀式が儀式であり構築が構築である条件を見いだしたのだ。いわゆる前衛劇作家と呼ばれるベケットやイヨネスコが、「演劇」のための「演劇」もしくは「反演劇」のための作業を開始したのは、こうした事情にもとづいている。ベケットが「芝居」という名の戯曲を書いたのは「演劇とはなにか？」という問いのためではない。むしろ「演劇」とは、まさに「演劇」であることを自覚するために書かれたのである。「性の思想」は暗黙の了解であり、「演劇」はそのパラドクスである、というとき、わたしには若干「絶対演劇」の可能性の想定があった。

もちろん「絶対演劇」などということばはないし、これは「絶対音楽」ということばから仮につけたものであるが、「反演劇」というものが、背後から「絶対演劇」の可能性を探る作業であることは、ほぼまちがいない。

絶対音楽が「文学的内容の絵画的描写など音楽以外の要素をすべて排除し、音の純粋な芸術性だけを目標に作曲されたもの」とすれば、絶対演劇もまた、純粋演劇的要素だけで構築されねばならない。機能として決定された「演劇」における純粋な演劇的要素とは、言語と空間である。つまり

「演劇」とは、いってみれば言語と空間によって構成された、アルモノである。もちろん、言語が言語化されるのは、すべて役者の意識および肉体をつうじてであるし、たとえばその条件をまったく考慮にいれないにしても、言語も空間も、ほんらい相対的なものであり、音楽における「音」と同等には扱えない。

しかし言語と空間は、「演劇」という条件のなかで「言語の空間的解明」もしくは「空間の言語的解明」というシステムをとるのであり、そのシステムこそは純粋な演劇的要素になりうるにちがいないと思うのだ。

そしてイヨネスコもベケットも、このシステムの演劇的な純粋性を信じそれをもって「反演劇」としての「絶対演劇」をめざしているとしか思えないのである。つまり、すべてが「性の思想」の名のもとに正当化される状況にあって、「演劇」は、儀式が儀式であり、構築である条件を、「機能としての演劇」を絶対化する方法に見いだしたのだ。

さてここで、「性の思想」というものと、「演劇」との相関関係を大ざっぱに確かめたように思える。そこで、これからは、こうした状況を踏まえたうえで、演劇の構造に介在する「性の思想」を、実際の作品のなかに探ることが至当と思われるのだ。

アラバールは「これからの演劇では、そしてそこにこそわれわれのチャンスがあるわけだが、近代数学によってもっとも荘重にして精細な戯曲を構築することができるだろう」といっている。もしそうなら、そしてイヨネスコやベケットにいくらかでもその気があるのなら、われわれはその作品を図式やグラフにあらわし、その不明確な部分、不連続な部分を見いだし、これが「性」だといってのけるだろう。おそらく、演劇の構造に介在する「性の思想」とはそうしたものにちがいない。

三　イヨネスコ「授業」に介在する「性」

イヨネスコに「授業」という一幕物がある。一九五〇年「禿の女歌手」につづく二作めとして書かれ、「喜劇的ドラマ一幕」とされている。

中年の女中のいる老教授のもとへ女学生が「授業」を受けにきて殺されるという、オハナシとすればそんなものだが、ここではあきらかに「性」が、「演劇」の構造に介在するものとして扱われている。

イヨネスコの一幕物の戯曲では、「椅子」という戯曲でもっともあきらかにされたように、ここでも外的な構造と内的な構造の交叉という、従来の「戯曲の文学性」といったものにたいする完全なアンチテーゼとしてのドラマツルギーが展開されている。つまり、最後に女学生が殺されるという事件が、論理の力学によって必然化されるのでなく、その構造がすでに決定しているのだ。戯曲は、女学生が殺されるという事件を必然化する構造を、まず見せ、そしてそれをもっと良く見せるために逆転して見せる、それだけのことなのである。そして、論理の力学を必然化した事件は、逆転してその論理を必然化することはしない。すべての論理は事件のために捧げられてしまい、事件の終了とともにそれは消滅する。しかし、構造が必然化した事件は、逆転してその構造を必然化することができる。当然イヨネスコのもくろみは、女学生が殺されるという事件をその構造によって必然化することでなく、むしろその構造を事件によって必然化したかったのだろう。

女学生を、少し長くなるが作者のト書きによって登場させよう。「育ちのいい、礼儀正しい、いきいきとした、明るい、活気のある娘。芝居の経過に従って彼女は次第にいきいきとしたリズムを失い、悲し気に、不機嫌になり、疲れ、ものうくなる。舌が回らなくなり、言葉が思い出せなくなり、生気のない物体のようになる。最後に目だけが名状しがたい驚きと恐れをあらわす」。

老教授は「極端にていねいで、非常にオズオズした態度、内気なため、その声は蚊のなく様に小さく、非常に正確で教師的。時折、その目にみだらな光が、それもすぐにかくれる。芝居の進行に従って、内気な様子は失われ、目のみだらな光は、絶え間なく燃えさかる炎と化し、か細い声はカン高い声に、そして朗々と響く」。

このふたつの形象の説明によって、われわれはこの芝居の構造をほぼうかがい知ることができるだろう。これを、ことばを変えて説明するとこういうことになる。

つまり女学生は、その実体はわれわれの日常生活において暗黙に了解されている「性」的状況の一部であり、その「育ちのいい明るい」という表現は、それへのアンチテーゼとして発せられている。イヨネスコのしつらえるすべての形象が、そのアルモノと、アラワサレルモノとの相互関係のなかにとらえられるとすれば、この女学生という形象の構造も、アルモノとしての「性」と、アラワレルモノとしての「言語」との、相互関係のことにほかならない。そして、「性」にたいするアンチテーゼとしての「言語」が、老教授との授業の過程で「言語」としての独自性を要求されればされるほど、逆に「性」に順応し始め、ついには「歯が痛い」というごく発作的なケイレン的な言語しか発しない状態に追いこまれる。「生気のない物体のようになり、最後に目だけが名状しがたい驚きと恐れをあらわす」という状態は、意識が意識であることを弛緩したままボンヤリ自覚するだけのつまり意識が決意を失い、完全に性に順応した姿になってしまったことをあらわす。

一方老教授のほうは、女学生という形象の構造との関係のなかでパラドキシカルにとらえられるわけであるが、そのアルモノとアラワサレルモノとの関係が逆転したところに形象化されている。じっさい、人間が「教授」であれ「サラリーマン」であれ「職業人」であるということは、それ自体パラドキシカルな構造を秘めているのだが、ここではそれをむしろ「職業人もまた人間である」というぐあいに逆転しているわけである。

つまり老教授にあっては、職業としての教授たるその表現こそがすべてなのであり、肉体はその反映として、つまり表現のアンチテーゼとして、わずかにわれわれの目にうつるにすぎない。

当然老教授は、女学生の視線のなかで、それが肉体でなく「教授」としての機能であることを承認されるまで内気にオズオズとふるまわざるをえない。しかし、暗黙の了解が成立し、目くばせをし終わり、女学生の前にすわっているのが、たんなる「教授」であり、「機能」であり、何の不思議も感じなくなるにしたがって、かれのアンチテーゼとしての肉体がうずきはじめる。「時折、その目にみだらな光がさす」のはそのためだ。

ところで女学生としての形象の構造にあっては肉体にたいするアンチテーゼとしての表現が、その独自性を要求されればされるほど、かえって肉体に順応し、ついには失語症に陥るわけであるが老教授にあっても、そのアンチテーゼとしての肉体は表現の内にしだいに統合され、同時にその表現は、女学生の肉体において、つまりその「性」において実証されるべく方向づけられる。

しかしそれを受け入れるべき彼女のアンテナとしての論理と言語は、「性」のアンチテーゼとして、つまり実でないもの、反語としてしか発せられず、かれの表現は、彼女の体に至る直前で、ことごとく裏返えされてしまう。ここで事態は狂燥的になる。

老教授の「目のみだらな光は、絶え間なく燃えさかる炎と化し、か細いカン高い声になり、朗々と響く」のだが、それと直接的にかかわるべき女学生の「性」は、「性」によって正当化された唯一のことば、「歯が痛い」をくりかえし訴えるのみなのだ。

老教授の吐くつぎの科白は暗示的である。「たとえばある人々は、スペイン語のつもりで、その実ラテン語で、スペイン語を一言も知らないフランス人にこう話しかける。《私は腎臓が二つとも一度に痛むのです》。ところがフランス人はあたかも自国語であるかの様にそれを理解する、何の事はない、彼はそれを自国語だと思い込んでいるんだ。だからフランス人はフランス語で答えるんだ。《私もヤッパリそうなんです》そしてそれがまたスペイン語だとハッキリ分かるんだ。ところがその実、そりゃスペイン語でもフランス語でもない。新スペイン語式のラテン語なんだ」。誤解をさけるために説明すると、スペイン人とフランス人は、ラテン語で腎臓がふたつ一度に痛むことについて話し合い、それを理解し合ったのだが、老教授は、それがいかに不当であるかということを、きわめて論理的に説明してみせたのだ。

ここにいたって初めてわれわれは、女学生を代表する広大な不毛の「性」的状況と、そこに挑戦し、構築を試みる老教授の絶望的な決意を、宇宙的な構造のなかに垣間見ることができるのである。最後に老教授は、その女学生を殺すわけであるが、それは、その方法が「ナイフ」という言語を彼女の肉体において、その「性」において実証するための唯一のものであったからにほかならない。教授は、「大きく芝居がかった動作でナイフを一振りして、云う《ええい、わかったか》」。それから「あえぎながら早口で《淫売め、ざまあみやがれ》」。

女学生が死ぬと、戯曲はもう一つの構造を浮び上がらせる。つまり、女学生という形象の構造と老教授という形象の構造が有機的に結合した瞬間、すなわちその構築の作業は老教授のナイフの一振りを決意することによって完成したわけであるが、その瞬間、女学生の死体が残され、女学生と老教授の関係は虚像となり、仮空のイトナミとなり、構造は大きく逆転し裏返えされるのである。あきらかに、老教授の決意は残されたた死体にまでおよんでいない。かれはただ、ナイフということばを、彼女の「性」において理解させたかっただけだ。

だから結果として死体が残ったとき、老教授は「愕然として《何をしでかしたんだ、一体どうしたんだ》と叫びをあげる」。

死体は別な構造のなかにあるのである。ここで、女学生と老教授の間に構築された「授業」という構造は虚像となり、中年の女中と老教授という関係に構築されるべき実像としての構造が浮びあがるのである。

女中は「丈夫そうな四五才から五〇才位の赤ら顔の女」であり、実体としての「性」と、機能としての「言語」によって武装されている。つまり彼女は、関係のなかに垣間見なければならないような相対的な存在でなく、「性」そのものなのだ。

だから老教授の表現「よくわからなかったんだ。災難っていうのは町の名前で、言語学を学べば災難町へ行けるってことかと思ったんだよ」にたいして「ウソツキ、古ギツネ、あんたのようなインテリが言葉の意味を取り違えるわけがありません。だまそうったって駄目ですよ」と、機能としての言語で断固決めつける。

老教授の、表現のアンチテーゼとしての肉体にたいしては、「激しい平手打ちを音をたてて二度加え、それをして床に尻もちをつかせしめ、すすり泣かしめる」のである。

残された死体の世界とはこのようなものであり、ここではすでにあらゆる関係が絶たれ、構築の手がかりすらもない。

「性」の不毛な砂漠に挑戦を試みた老教授の決意は、必然的に構造を逆転させ、逆転された構造の中で、再び不毛の「性」的砂漠のなかに還元されるのである。

しかし、それでもまだ老教授は、死体をすべての関係が絶たれた「性」的砂漠における機能として見ることはできない。かれにとっての死体は依然として「かれが殺した」という意識とのかかわりのなかにある。

ただ女中だけが、平然として事務的にことをはこぶ。「心臓病に悪いから」もう今後殺してはいけないと、老教授をいましめ、「わたくしにほれているオーギュスト神父」を呼んで、死体を処理させようと考える。彼女の「行為」と「言語」はあきらかに、裏返された実像として構造の中から選択されている。そして、まだ実像としての構造に植え込まれていない老教授のために、ナチスのハーケンクロイツを記した喪章をその腕につけてやる。

「ありがとうよ、マリー、これで安心していられるよ」と老教授はいう。このへんはきわめて意味深長である。いってみればナチスの時代こそ、決意として定着され、それが機能化されることを極端にこばんだ時代であった。そしてそれが、裏世界にでなく、仮のイトナミとしてでなく、実世界に現実のイトナミとして構築されたのだ。あの時代をこそわれわれは「性の思想」をもって恐怖する。つまりあの時代ほど、「性」が無能であり、「性」が弱者であり、「性」が零であった時代はない。あの時代には、「性」に手がかりをあたえる、いささかのゴマカシもない。すべてが、合理精神によって正当化されることをこばみ、機能において、意味によって説明されることを拒否している。

そうした時代を象徴するハーケンクロイツが護符として、老教授の腕につけられ、それによって初めて、老教授は、その構造のなかに安定するのである。

われわれはよく、タクシーの運転手のポケットに、またはタクシーのフロントグラスに、成田山の交通安全の護符がぶら下っているのを見かける。タクシーの運転手というものは、機能として死に直面している。ところで死だけは絶対に機能化することはできない。「性の思想」が生命を「死」という絶対との関係から解放したのは、意識の水平運動に根拠をあたえたからであり、つまり「死」への意識である垂直運動から意識を解放したのだ。

タクシー運転手は四六時中死を決意しているわけにはいかない。死を決意したら、タクシーの運転なんかする必要がないのだ。そこで、意識の死への方向を暗示するものとして護符を貼る。つまり護符とは、死ではなく死への方向を機能化する道具であり、いったんさし迫った事情のために、意識の水平運動が停止したとき、すばやく垂直運動に切り換えるためのスイッチなのである。

老教授と女中は女学生の死体を隣の部屋に運びこみ、だれもいなくなった部屋に、新しい女学生の訪問を告げるベルがなる。構造は再び逆転することを予想させながら、この戯曲は終わるのである。

この構造の逆転・再逆転という手のこんだ作業は、この「演劇」の文学的な、もしくは社会的な機能化を拒否し、「演劇」としての独自の機能を絶対化しようとする、イヨネスコの苦心の試みに違いない。

当然、その構造に介在する「性の思想」は文学的な意味でモチーフにすぎない。モチーフにすぎない「性の思想」を、わたくしはかなり無理をして、構造に介入させた。たとえば、わたくしは「実体としての性」などということばを平気で使った。もちろんこれは、「性の思想」について暗黙の了解をし終わった観客の視線のなかで理解される意味である。

イヨネスコにあっては、このとおりであるが、ベケットの「反演劇＝絶対演劇」の構造のなかに「性の思想」がどのように介在しているか探るのは、至難のワザである。

絶対演劇のために、イヨネスコが設定した純粋な演劇的要素が「言語の空間的解明」のシステムだとすれば、ベケットの設定した純粋な演劇的要素は「空間の言語的解明」のシステムといっていいだろう。

つまりイヨネスコのばあいは、それぞれに相対的な言語が、意味が、関係を正され、構造のためにすべて奉仕し終わる過程に「演劇」が成立し、ベケットのばあいは、構造がすでに内包している言語が、ある絶対的な意味として定着される過程にその「演劇」が成立する。

イヨネスコの「授業」は最後に「構造」を残し、ベケットの「ゴドーを待ちながら」は最後に「待つ」という「意味」を残した。ベケットに無言劇や、それに近い戯曲が多いのも、そのことを実証している。もちろん、いうまでもないことだが、イヨネスコにあっては、その「構造」が、ベケットにあってはその「意味」が絶対であるというのではない。両者にあってたいせつなのは、それぞれに、それからそれにいたる機能であり、てつづきなのだ。両者とも、その機能、そのてつづきに、ある演劇的絶対性を見ているにすぎない。

ところでイヨネスコがその「演劇」のために選択する状況は、つねに「全体」と地続きであるかもしれないがその「縮図」ではないある「部分」であるのにたいして、ベケットが選ぶのは「全体」とは断絶しているかもしれないがつねにその「縮図」であることを企図した「部分」である。

イヨネスコの幕が上がったとき、われわれの目に映るのは、われわれの日常的な感覚の延長上にあってしかるべき情景であるが、ベケットのばあいは、砂漠の一隅であったり、廃墟の一室であったり、あるいは裸舞台であったりする。イヨネスコの舞台を飾るさまざまな道具は、日常的な相対的な意味、つまり「性の思想」によって根拠をあたえられた水平価値をもっているのにたいして、ベケットの舞台に出現するもの、たとえば砂漠の一隅に立つ木、天井からブラ下った水差しなどは、天上的な絶対的な意味、つまり垂直価値をもっているよう計画されている。

いってみれば、イヨネスコのばあいの「演劇」的作業は、現実のすべてを水平価値の中に消化しつくす不毛の状況に、仮空の垂直価値を構築するものであり、ベケットのばあいは、仮空の垂直価値的状況を、水平価値としての意味において定着せしめる作業である。

当然イヨネスコにあっては、水平価値に根拠をあたえている「性の恩恵」が直接的なモチーフとなり、垂直価値を構築する作業は、もしそれが可能なら（ヨーロッパ流にいえば、神が存在するならということになるだろう）、その「性の思想」との関係を正すことにより、結果として背後に浮び上がるだろうという、パラドキシカルな決意に支えられている。

一方ベケットは、「神」と「死」との緊張関係において成立する垂直価値を仮に設定し、もしそれが可能なら、それを、「性の思想」がそれに根拠をあたえた水平価値的な「意味」において、理解されないはずがないという信念に支えられている。

もちろん、何度もくりかえすが、双方とも、「演劇」を、その機能の独自性において絶対化するための、戦術にすぎない。

しかしわれわれが、イヨネスコの「演劇」の構造からそこに介在する「性の思想」を読みとったような方法では、われわれはベケットからは「神と死の思想」をしか読みとれないにちがいない。そこには、モチーフとしての「性の思想」はなんら介在していないのだ。

ただわれわれは、ベケットの戯曲を読むとき、そこに描写されている事物、あるいは科白に、ある「性」的なものを、感覚的にだが、強く感ずる。たとえば「神」ということばにさえ、それがベケットの戯曲に植えこまれたのを見るとき、「性」の匂いを嗅ぐのである。それは、その構造がすべて、水平価値に置きかえられるための動機を内包しているからであり、われわれの意識の、暗黙の了解としての「性の思想」にせつせつと訴えかけるべく設定されているからである。

とすれば、ほんらいの「演劇」観賞者は、イヨネスコについてはその「構造」を「神の思想」において理解し、ベケットについてはその「意味」を「性の思想」において理解すべきなのかもしれない。

ともかくも、「性の思想」によってその根拠を問われた「演劇」は、現在、そのみずからの条件のなかに閉じこもり、閉じこもることによってある「演劇」としての絶対性を確立すべく摸索しているのである。問題は「演劇にあらわれた性の思想」でなく「演劇の構造に介在する性の思想」だと考えるのは、そのためである。

（注）文中のイヨネスコの「授業」の引用は、『現代フランス戯曲集』第三巻　白水社　安堂信也訳によった。

（太平出版社刊『性の思想』一九六九年より）

「演技論」のパラドクス

我々にとっての「自由」は「闘い取るものである」と言われている。「自由」が「束縛」に対応する相対的価値である時代にあっては、つまり「束縛」が目に見え我々の合理精神がそれを「不合理」と見る事が出来る時代にあっては、それは正しかった。

現代、我々にとっての「自由」は「闘い取るもの」ではなく「構築すべきもの」でなければならない。かつて我々の「自由」を「闘い取る」ために武器であった「合理精神」が、目に見えないかたちで我々を個別的に閉鎖し始めた時、「自由」に絶対的価値を認めない限り、我々はそうした状況を突破出来なくなったからである。

かつての我々の「自由」は、我々の内なる未分化な衝動にのみ安易に委ねられていた。「自由」は、我々がそれを意識するとせざるとにかかわらず、本来そこに存在し、我々の自己防衛のための最後のトリデとして、束縛に対応する最後のアンチテーゼとして、自動的に機能したのである。しかし「自由」が「束縛」のアンチテーゼとして自覚されるのではなく、限りなく自己を解放するために自覚されなければならないとしたら、我々は我々の内なる「自由」を、本来そこに在ると言う事情に委ねておくのではなく、意識的に開発し、構築しなければならないのである。「踊り」もそして「演劇」も、舞台空間に装置された肉体の可能性を限りなく開発する事を第一の命題としている。それはその肉体の「見えない構造」として自覚されている「自由」を、舞台空間に視覚化する事に他ならない。そして「演技論」とは、その役者の意識を通じその肉体を開発する手段を方法論化したものの事なのである。

しかし実際の「演技論」は、極めて複雑な体系を持っている。とても一朝一夕には理解出来ないものなのだ。恐らくこれは「踊り」と「演劇」に対する誤解にもとづいているのである。我々の文明は言語体系的に構造化されており、その中で「踊り」も「演劇」も「音楽」も、その「踊り」的直接性、「演劇」的直接性、「音楽」的直接性を見失い、どちらかと言うと言語体系に深く依拠する文学の「踊り」的展開、「演劇」的展開に、すりかわってしまったのだ。従って当然現在では「演技論」は「踊り」的直接性もしくは「演劇」的直接性のみを対象として語られる事ができず、文学（言語体系的認識構造）の「踊り」的展開もしくは「演劇」的展開として語られねばならず、複雑となったわけである。

「映画」がそのドキュメンタルな映像をもって、言語体系を通じる事なく観客の未分化な存在そのものを触発する時、この発明で「映画」が「映画」たり得た様に、現在「踊り」も「演劇」も、それが「踊り」であり「演劇」であり得る事情を夫々探っているのである。「演劇」に於けるアンチテアトルとは、そうした事情の中で説明されなければいけない種類のものなのである。

勿論、我々の認識の構造自体が言語体系的に整えられている現在、表現の「踊り」的直接性を見出す作業は、素朴ではあり得ない。我々の肉体の偶発的衝動は時として言語体系を離脱するものであるが、それが持続的に体系そのものを破壊する事は出来ないのである。我々の肉体はデタラメを持続的に行為する事が出来ない。我々の肉体にとっての第一の閉鎖性はここにあるわけであるが、同時にその可能性もまたそこにあるわけである。

土方巽氏の教室に入学した生徒は先ず第一に一定時間、デタラメを演ずる事を要求されるそうである。「演ずる」事自体が既に「デタラメ」ではないのであるから、このシステムは前提として矛盾しているわけであるが、夫々の肉体がそうした事情の中で検証されなければならない事を、生徒達は教えられるわけである。「デタラメ」への衝動を発動させる事は幾分か、たやすい。それは夫々の肉体に内在する「自由」への衝動に一瞬依拠すれば良いからである。しかしそれを持続させる事は難しい。それが「デタラメ」であり続けるためにその「デタラメ」の意味を言語体系的に意識せざるを得なくなり、当然その行為は「デタラメと言う意味」の解釈もしくは分析になってゆくだろうからである。「デタラメ」を行為すると言う事は、「それが如何にデタラメであるか」を説明する事とは全く別のことなのであり、ここに「踊り」的直接性への方向と、文学の言語体系的認識構造の「踊り」的展開への方向の決定的な分岐点があるのである。

恐らく生徒達は、一瞬「デタラメ」への未分化な衝動に駆られて「手足をバタバタさせ」、次の瞬間にはそれを客観視してそれに解釈を与えると言う二元的事情の断続的な行為をくりかえす事になるだろう。このくり返しを続けながら生徒達は「デタラメ」への絶えざる挑戦を続けるわけである。そしてそれこそが、我々によって言語体系的に束縛された肉体の、限りなき解放を約束するものなのである。

我々は大野一雄氏の「演技論」に接するにあたって、先ずこれだけの事を知っておかなければならない。これはかなりシンドイ事である。そしてこうしたシンドサは、この映画「O氏の肖像」をとりまく状況によっても説明されなければならない。私と私の友人は、この映画を見るにあたって厚生年金会館に出掛けたのであるが、大ホールでは「コント55号」のショーをやっていて、大観衆がそちらの方へ流れていた。我々はそれに別れを告げて地下の小ホールへ入ったのであるが、そのロビーでは十三頁で一万円と言う「O氏」に関する本が売られていた。幾人かの詩人達が夫々一頁を受持って「O氏」讃美をしていたのである。私も映画が始まる前、その頁を拾い読みしていたのであるが、誰かの何かの一節にこうあった。「何たる諧謔!」と。我々はそうした夫々のものに解釈を与え、なるべくそれに対して無害なものの様に装い、更にその上「映像」をくぐりぬけ、はじめてその「演技論」に触れ得たのである。

我々より大野一雄氏の「演技論」へ至る径路はこの様にして隘路なのだ。若しその時誰かが私の耳元で「大野氏の演技論ではなく、何故コント55号の演技論ではないのだ」とささやいたとしたら私はたちまち混乱したであろう。そうした屈折の事情を明解にするためには、当然我々は大野氏の「演技論」ではなく、大野氏の「演技論の在り方」を問題にしなければならないのであり、それは今のところ我々にとって複雑怪奇でしかないのである。従って私のここで言う大野氏の「演技論」とは、正確に言えば大野氏の「演技論の在り方」の中に閉ざされた「演技論」の事である。

大野氏は一見ひどくつつましく登場する。鎧を着けた人間が鎧を自在に扱うためには、先ずその鎧の重量と機能を身体の各部に知覚させねばならない。同様に、肉体が「デタラメ」に挑戦するためには「デタラメ」をさせまいとして束縛するものの重量と機能を肉体に知覚させなければならないからである。ヒヨコがそのカラを破るように、カイコがそのマユを破るように、大野氏は先ずオズオズと行為する。そして、ヒヨコにとってのカラの名残り、カイコにとってのマユの名残りの様に、その肉体は衣裳にまとわりつかれている。更に良く見ると、その肉体は石膏の乾いてボロボロになったシックイにおおわれている。

我々が泥田の中に落ちこみ、それを水洗いする事が出来ないままに固まらせてしまった時、我々は先ずそのゴワゴワした表皮にさからわない様硬直し、それからオズオズとゆっくりと動いてみる。大野氏は恐らく、そうした記憶の中に、我々にとっての原初的な「動き」と言うものの感覚を探っているのである。大野氏がオートバイにまたがり、空地を一周し二周してみせる時、我々の内に或る大きな不安が増大する。我々の内なる何ものかがひどくおびやかされるのである。それは大野氏がオートバイの上で静止してみせているからに他ならない。我々自身がオートバイにまたがって走る時、或る限度までは速度を上げても不安を感じる事はない。我々は我々の肉体を超えてその速度に意志的になり得るからである。勿論これは一種の錯覚なのであるが、我々はその錯覚によってスピードに慣らされてきているのであり、無意識的に肉体を損なってきているのだ。しかし若しその肉体が、その肉体を超えて意志的になる事を拒否したらどうなるだろうか？　我々は我々の走る事で可能な速度を超えた瞬間、速度に対する正当な不安を知覚出来る筈である。そしてそれを、錯覚によって無害なものとするのではなく、我々の肉体に課せられた正当な感覚として受け取り、それに順応させるべく肉体の開発の作業を持続させなければならないとしたら、我々が我々の肉体を正当に「ジェット機」にのせるために、どれ程の作業が必要となるか、考えるだけで圧倒されるではないか。

大野氏がオートバイの上で静止してみせたと言う事は、氏がその肉体を超えてオートバイの速度に意志的になる事を拒否したと言う事に他ならない。氏はその時錯覚された「意志」であったのではなく正当なる「肉体」であったのであり、従ってこそそのたかだか二十キロのスピードにも敏感に感応出来たのである。我々はオートバイの上の氏が、殆ど石膏細工の肉体であるかの様に見え、一寸した事でバラバラと崩れ落ちるのではないかと考え、おびえるのである。我々が我々の意識を自己催眠の手段でその肉体から切り離す事を発明して以来、我々の肉体は我々の知らぬ間に衰弱の一途をたどっていたのであり、今やオートバイのスピードにも耐えられなくなっているのである。

顔の二倍はある仮面を被った男が登場する。ナイロン靴下（?）をかぶって、鼻や耳を歪ませた男が登場する。勿論これらは、固くなった石膏におおわれた肉体と或る意味では同様の機能をもっている。それらは「あらかじめ不自由」なのである。そこで当然こうした疑問が発せられなければならない。若し我々の肉体と言うものが本来既に「不自由」なものの中に閉ざされているとしたら何故その上更に、仮面とかナイロン靴下の様な「不自由」を積み重ねねばならないのかと。この答は或る意味では簡単である。彼等は「不自由」から「自由」へ至る径路を視覚化しなければいけなかったからだ。仮面とナイロン靴下と石膏は、視覚化された「不自由」なのであり、当然それに関わって「自由」へ至る径路が開発されれば、それも視覚化されるからである。大切なのは「不自由」が外的なものであれソレからソレへ至る径路だけなのだと、大野氏はそう言いたいに違いない。我々も又そうした意味で氏の「演技論」を理解する事が出来る。

しかし、疑問は残るのである。視覚化されたのは「演技」ではなく「演技論」ではなかったのか？　恐らくそうなのだ。大野氏は、肉体に於ける束縛の事情を、それに課す様々な機能を通じて解明し、そこから解放される径路をくり返し見せたのだが、我々の前にオブジェとして屹立したのは、遂にその解放された肉体ではなく、その径路を保障する透明な構造だったのである。「演技論」もまた、我々の肉体に対するパラドクスである事を、我々は知らされなければいけなかったのだろうか？　これは勿論、それが「映像化」されたものであると言う事情を抜きにするわけにはいかないだろう。若しそれが「映像」でさえなかったら、大野氏が大きな鯉をその胸に抱きかかえる時、我々はその肉体の猛々しさに圧倒されたかもしれないのである。

（『眼』一九六九年十一月号）

アラバールについて⑴「戦場のピクニック」

現在前衛劇は、分からないと云う云い方でしか分からない、と云う奇妙な途惑いの中に在る。勿論、途惑いは途惑いのまま、ベケットもイヨネスコもそしてアラバールも、次第に読まれているのであるが、依然としてあるそうした「分かる」「分からない」の風変りな同居について、私はこう考えてみる。

つまり前衛劇と呼ばれるそれらの作品が、一つの新しい決定であり、我々にとって如何にも奇妙ながら具体的である事、は「分かる」のだが、さて一体創造主体の如何なる精神構造がそれを決定したのか、そしてそれがどのようにして必然的なのか、はまるで「分からない」のである。

前衛劇についてこの点を明確にするためには、当然ヨーロッパと日本の文明の構造の差を問題にしなければいけないし、そうすれば当然、創造主体の概念、創造の概念の差が問題になってくる筈であるが、私の知る限りでは、これまで、そうした仕事には接した事がない。若しかしたら前衛劇は、そうした点をぬきにして、むしろ「分かられ」すぎたきらいがあるのかもしれない。

だから巻末の種村季弘氏による「悲喜劇の出生──アラバールと迷宮演劇」と云う一文は、アラバールの作業をヨーロッパの文明の流れの中で正確に位置づけ、その点では極めて明解であるが、それが明解であればある程、その意味で前衛劇についての「分からない」部分が拡大されてゆくもどかしさを、私は感じた。現在私達にとって必要なのは、ヨーロッパの文明の中にアラバールを理解する事でなく、それが日本の文明の構造にどう交叉するかを理解する事でなければいけない筈なのである。

往々にして人々は、その作業工程が少しばかり複雑な作品に出合うと、そのメカニズムを自分自身の感性で直接作品の中に探ろうとせず、その作品を生んだ風土の特異性や、作者の経歴の特異性などを説明する事により、結局、それが私達にとっては一つの偶然以上のものではないようにしつらえる。つまりその作品を、私達にとって無害な一つの奇型として、葬り去ってしまうのだ。

アラバール戯曲集は、そうした意味で私達にとって重要な本である。と、云うのは、一つの作品から、その作業工程を探り出し、ひいてはそれを必然化した作者の精神構造をうかがうために、アラバールこそ格好の対象だからである。ベケットから探り得なかったものを、私達はアラバールからは探り出す事が出来るのだ。勿論アラバールの全ての作品がそうだと云うのではない。戯曲集には、全部で八編が（恐らく製作年代順に）並んでいるのだが、巻頭の「戦場のピクニック」と巻末の「卵の中のコンサート」では、明らかに、作品の構造だけでなく、作品の存在する次元が異なっている。勿論、私達の嗅覚が鋭ければその変遷の軌跡をたどる事も決して不可能ではないのだが当然それは巻末の種村氏の迷宮舞踊の異様さから暗示を受けて納得してしまう事では済まされない。若しその気になれば私達は、主体的に地球の自転を感得し、それを含む公転を感得し、更に銀河系に於ける太陽系のメカニズムを感得し、更にまた銀河系と他の星雲とのメカニズムを、夫々が夫々を含むかたちで感得出来るように、純粋に数学的に、そしてその精妙さをもってのみ、アラバールの軌跡はたどり得るのである。

しかし、私達がその作業を始めるに当たっての、最初の手がかりは巻頭の「戦場のピクニック」にある。この作品から私達は、ベケットの世界を、もしくは文体を、成立せしめている二つの要素をもしくは面を、きれいにはぎ分けてみせ、それを又正確にはぎ合せてみせると云う作業の、明らかな痕跡を読みとる事が出来る。

話は、テパン氏とテパン夫人が、前線で戦闘中の息子ザポ君の所へ、ピクニックにやってきた(!)と云う所から始まる。最初にザポ君は、陽気でほがらかなテパン夫妻にこう云う。「何だってこんな危い所にやってきたの? お願いだ、すぐ帰ってくれよ。」次にはこんな事まで云う。「兵隊でもないのに戦場をうろつくなんて、非常識だよ。」

これじゃまるで「古い芝居」だ。ベケットなら決してこんな「分かりやすい」始めかたなんかしない。御存知の通り、ベケットにあっては、「戦場」を「ピクニック」が訪ねたりはしない。むしろ「戦場」は、始めから「ピクニック」を含んでいるのだ。

ところで暫くするとテパン氏がこう云う。「だってお前は戦争をしているんだろう?」ザポ君は答える。「そんな、大ゲサな……。」ここへきて私達は「おや？」と思う。「戦場」と「ピクニック」が、ベケット風に融合し始めたのである。次いでゼポ君と云う敵兵が現れ、ザポ君につかまって捕虜になり、それを踏ん捕まえてザポ君が記念写真をとるくだりになると、全くその融合は完結する。正にベケット風に装い終えるのである。「戦場」は「ピクニック」となり、「ピクニック」は「戦場」となり、夫々の有機体は、夫々の有機性を全くそこなわないまま、一つの統合体となって、独立する。

これよりも数年前、アーサーミラーは「セールスマンの死」に於て、ウィリーローマンと云う一つの統合体を、「記憶」と「現実」の二つに、はぎ分ける作業をしていた。その作業から私達は、ウィリーローマン以外のものは全て理解したが、ウィリーローマンそのものは遂に空間化されなかったのである。アラバールは、これと全く逆の作業を通じて、「戦場」でもなく、「ピクニック」でもない、アーサーミラーにとってのウィリーローマンとも云える、或るそのものを空間化、もしくは時間化する事に成功したのである。勿論、もっと正確に云えば、ベケットが或る天才的な方法によってこれに成功し、アラバールはそれを、純粋数学的に、若しかしたら天文学的に実証してみせたのかもしれない。ベケットの作品は一つの奇跡のように私達に手がかりを残さないが、アラバールの作品は冷静な学術論文の如く、「実証」のための往復作業があって、そのすき間から思いがけなく内部構造をのぞかせてくる。

例えば「戦場のピクニック」にこんなやりとりがある。テパン氏「田舎にピクニックに出かけたんだよ、ところが一寸よそ見をしている隙に牛が一匹やってきて、毛布の上に拡げた弁当は空っぽナプキンまで食べられちゃった。」ゼポ君「がめつい牛ですね。」テパン氏「そうなんだよ君、癪にさわったから二人でその牛食べちゃった！」（笑い）。

少し鋭い嗅覚なら、これがベケット風の統合体から、はみ出す科白である事に気付く。要するにこの科白は、作品の構造そのものに関わっているのである。

アラバールの作品が、ベケットの作品より、その緊密度に於て劣るとしても、その事で非難されるべきではない。むしろその事によって私達は、現在前衛劇作家の抱えている問題点を、身近なものにする事が出来るのだ。アラバールの天体は、時代を追って複雑になり、それを解明する作業も、それに従って楽しい。

（『現代詩手帖』一九六八年十一月号）

アラバールについて(2)「建築家とアッシリアの皇帝」

現代の物理学に於ける最も大きな神秘は、アンチプロトン(反陽子)の存在に関するものだろう。これは自然界には安定したかたちでは一切存在せず、陽子と対をなして生成消滅するものであり、いわば反存在とも云えるものに違いないのである。一九二八年、理論的にその存在が予想され一九五五年、人工的に創造されたアンチプロトンは、その場でたちまち原子核にとらえられ、その中の陽子と共に消滅したと云われる。

ヴァレリーのテスト氏や、ムシルの特性のない男の例をあげるまでもなく、ヨーロッパの作家の作品構築の作業の中に、結局構築しなければならないのは一個のアンチプロトンだけなのだ、と云う究極的な決意と、同時にそれへのおののきと、それ故の執拗さを発見するのは、さほど難しい事ではない。

例えばカフカの、グロテスクなまでにリアリスティックなディテールと、それを支える極めて透明な構造との奇妙な交錯も、こうした、ヨーロッパに特徴的な創造の精神をぬきにしては考えられない。

だから私は、本書の後記にある様にアラバールが、アポロンのではなく、ディオニソスの系譜をひくものである事に反対ではないのだが、それはアラバールの作品の、ディテールの生々しさと、グロテスクな肌触りと、血の匂いのする悪夢によって説明されてはならないのであり、むしろそれらによって彩色された作品の静謐なフォルムを見抜き、それが一途に一個のアンチプロトンのためのものである事を知った時、説明出来るのであると確信するのである。つまり科学者がアンチプロトンを創造した様に、芸術家がその作品を、対宇宙的な視野の中で人工的に構築しようとする時、その試みこそ、ディオニソスのものなのだ。

勿論その構造の拠って立つ基盤は仮空のものである。つまり一個のアンチプロトンたらんとする作品は、往々にして異様なディテールを装うものであるが、それはむしろ、その構造を支える虚空に耐えかねて自家中毒を起こした創造主体の、意図せざる結果にすぎないのではないだろうか。

その意味で私は、アラバールを、彼が我々の感性に訴えてくるもので、例えばそれの深奥の声である我々の性感覚に訴えてくるもので、読みとろうとしても、それだけで理解するには充分ではないと考える。

本書にある彼の最新作《建築家とアッシリアの皇帝》は特に、感覚的にでも論理的にでもなく、正に構造的に読みとらなければ、彼の本意に反するばかりでなく、作品が作品である意味をも見失う事になるだろう。つまり我々は、この作品の序幕から終幕に至る事情の中で、我々の知覚の領域をそれに従って広めかつ深める事は出来ないし、同時にその事情を、論理によって追う事も出来ないのである。

ただ我々は次元を隔てる様々な構造が精妙に組み立てられ積みあげられてゆくのを見るばかりであり、最後に、二人の登場人物が立場を変えて、再び序幕が展開されようとした時、はじめて構造はとざされて総体を現し、一瞬アンチプロトンが生成されたかに見え、我々の内の何物かを奪って消滅するのを見るばかりなのである。

我々の前に在るこの作品の登場人物の全ての行為は、大ざっぱに見て三重の構造が必然化している。第一の構造は、立場を変えながら執拗にある芝居をくり返している二人の役者によるものであり、第二の構造は、アッシリアの皇帝と建築家によるものであり、第三の構造は、文明とのあらゆる関係を断ち切られて墜落した文明人と無人島に住む野蛮人によるものである。

第一の構造はこの作品の大前提として総体をえぐるものであり、その根拠を問う事で《ひとつのお芝居》として機能化し、陽子と融合させて消滅させようとするあらゆる試みを、拒否するための防壁となっている。つまりこの構造は《演劇とは何か?》と云うあらゆる問いを拒否する事でそれに答えようと云う、アラバールの決意によって支えられているのである。

第二の構造は第一の構造に包含された中で、二つの形象の化学方程式となるものであり、記憶の中に存在し儀式化されるアッシリアの皇帝と、現存し儀式を技術と見る建築家との力学的な関係によって支えられるものである。

第三の構造は、第一の構造とは次元を違えてやはり第二の構造を包含するものであるが、これはいわば状況設定のための構造であり、アンチプロトンの生成を肉眼で確かめるためのキリバコの上部に作られたのぞき窓であり、我々はこの構造を通じなくては、肉眼では、他のどの構造にも近付けないのである。当然出来得れば、我々の日常生活の延長上にこの状況は設定されてしかるべきなのであるが、飛躍して無人島となっているのは、アラバールには、第一の構造が一挙にその骨格を明らかにする終幕の、衝撃的なリアリティーに期するところがあったに違いないのである。云って見れば、第一の構造は、それが第二の構造を包含するとは違った処で、第三の構造をも包含しており、だから第三の構造は第一の構造を成立させている二人の役者と云う現実感を鮮明ならしめるための、状況設定でもあったのである。つまり、無人島の落ちた文明人と野蛮人は、アッシリアの皇帝と建築家よりも現実感が鮮明であり、二人の役者よりもより仮空でなければならなかったのだ。

芝居は、酸素と水素を化合させて水を創る場合に使われる電気火花の様な、激しい爆発音と閃光をもって開始される。我々は先ず第三の構造に侵入し、順次第二、第一の構造のワク内にとらえられてゆくわけであるが、これを、極く分裂的にオハナシとすればこんな事になるのだろう。

無人島に文明人が墜落して野蛮人に言葉を教える。野蛮人の口に移しかえられた言葉は、その空疎さをもって文明人に逆襲し、文明人の現実感は次第に失われてゆく。

一方アッシリアの皇帝は、建築家に、その存在の根拠を問われる中で、次第に記憶の中に閉鎖され、母胎に回帰し、現実を恢復するために母親を殺すが、同時に建築家によって、母親殺しの刑で死刑を宣告され、殺される。

他方二人の役者は、焦躁的に、いつまでも同じ芝居をくり返しているのである。中で、建築家の不在に耐えかねた皇帝が、焦躁的に一人芝居をくり返し、医者を演じ産婦を演じながら、遂に一人の子供を生む。《よし生まれた。立派な地球人タイプだ。人類の新品種誕生。ほらごらん、人類の文明擁護のかどで表彰されますよ。人類一名増加だ》皇帝の演ずる医者のつぶやきではあるが、そのつぶやきは皇帝の孤独につながり、ひいては、アラバールの、虚空にある意識のつぶやきでもあるのだろう。

アラバールは、その戯曲集Iの、日本語版への序文の中で《これからの演劇では、近代数学によって最も荘重にして精細な戯曲を構築する事が出来るだろう》と、述べている。

文学の、最も魔術的な要素を結晶させた推理小説が独自の領域を開拓しつつあると同様に、アラバールは、構造としての演劇の、最も魔術的な結晶体を、精妙な近代数学的発想によって構成する可能性を、この作品で示してくれたのだ。

（『現代詩手帖』一九六九年三月号）

小劇場運動を振り返って

現在「演劇」は、それが「結局演劇に過ぎない」と言う点に、構造上の致命的な脆弱さを内包している。勿論これは「演劇」だけの問題ではない。詩も小説も音楽も絵画も、結局それが、詩であり小説であり音楽であり絵画である点に根源的な危機を見出し、それ自体のワク内でむしろ崩壊しつつあるのだ。

しかし「演劇」が「演劇」である事の危機と言う事情は単純ではない。状況は、「演劇」が「演劇」と言うワク内に納まり、その限度を踏みはずさない限りに於てそれを許容し、それとの対話を可能と見るのであり、一方「演劇」は、その許容されたワク内での対話をディレッタントなものとみなし、その閉鎖状況を突破しようとするのであるが、同時にそれは状況との対話を可能にするあらゆる手がかりを見失う事にもなるのだ。「演劇」が「演劇」であることの危機はこうした二律背反的な事情の中にあるのである。

我々の「演劇」と、詩と小説と音楽と絵画は、総称して「芸術」と呼ばれているのであるが、夫々はその「芸術」の名のもとに発生し、以後夫々の機能に応じて分化したものではない。本来は、夫々が夫々の事情のもとに発生し、以後「芸術」の名のもとに総括されるに至ったのである。ところで「芸術的ジャンル」と「芸術」との関係は、前者が集合して後者を形成するのではなくて、我々の内なる未分化な「芸術」志向が、夫々の「芸術的諸ジャンル」を形成するのでなければならない。つまり両者の関係は、部分が全体に先立つ機械的構成関係ではなくて、全体が部分を規定する有機的構成関係でなくてはならないのである。しかるに、或る未分化な志向にもとづいて夫々が夫々の事情のもとに発生した「芸術的諸ジャンル」を、一旦「芸術」の名のもとに総括した途端こうした事情は逆転し始めたのである。「芸術とは何か」と言う言葉がささやかれ始められると同時に、演劇も詩も小説も絵画も音楽も、それが機械的に集合して構成する「芸術」の、機械的部分になり果ててしまったのだ。

かつて我々は「芸術とは何か」と言う事は知らなくても、演劇について、詩や小説や音楽や絵画については良く知っていた。いや恐らく、演劇を通じて、詩や小説や音楽や絵画を通じて、今問われている「芸術とは何か」と言う「芸術」よりも、もっと良く「芸術」について知っていたに違いないのである。若し、演劇であり詩であり小説であり音楽であり絵画であるものが、有機的に「芸術」と言う名で呼ばれるものを構成しているのなら、我々はそうした方法でなくては「芸術」を知り得ない筈だからだ。しかし、何度も言う様に、それら「諸ジャンル」に「芸術」と言う総括的な名前がつけられた途端、我々は演劇も、詩も小説も音楽も絵画も、「芸術」という輪カクのみを残して見失ってしまったのである。勿論、これは、演劇等「芸術的諸ジャンル」に総括的な「芸術」

と言う名を付した事情に問題があるのであり、明らかにそれは、「人間の行為」と言うものを、政治活動、経済活動、社会活動、芸術活動という名で機械的に分類し、更にそれを機械的に集合させた中にその「人間」を見ようとする事から促された考え方に違いないのである。

現在の、「演劇」が「演劇」である事の危機は、更に総合的に見ると、この様なものである。つまり状況は「演劇」を「芸術」に於ける機械的部分とみなす事でそれを許容しようとし、一方「演劇」が「芸術」に於ける有機的部分となるため、その機械的部分化を拒否する時、それは状況との手がかりを全て失い、つまりその有機的部分たる事をも失うのである。勿論我々は、こうした事情を現代に於ける静的な構図としてでなく、主体的に、そしてダイナミックに把え直さなくてはならない。恐らくこれは「演劇」を通じて我々の未分化な志向を構築し、その彼方に「芸術」と呼ばれる或るものを見出そうとする力と、「芸術」と言う単なる言葉で概括され得る種々のパターンを、分析し尽くす事によって「芸術」たらしめようとする力との、せめぎあいである。もしくは、人間を、その本来的な未分化な行為を通じてのみ見出そうとする力と、既に明らかにされた様々な行為のパターンの集合の中にそれを見出そうとする力との、せめぎあいである。

小劇場運動の出発について考える時、私はこうした事情をぬきにする訳にはいかない。現在までに明らかにされた事実によると、小劇場運動は、二つの点で特色をもっている。第一は、アンチテアトルの影響を色濃く受けていたと言う点であり、第二は未組織の観客に依拠したと言う点である。

そしてこのどちらも、こうした事情に深くかかわって必然化されたものと考えざるを得ないのである。

先ず第一に我々がアンチテアトルの影響を強く受けたのは何故であろうか？　勿論ここでいうアンチテアトルとは、ヨーロッパでそう呼ばれていた一連の戯曲の事だけではない。それが一種の刺激剤になった事は事実だが、実際の小劇場では圧倒的に創作劇が多かったのである。従ってここでは、ヨーロッパのアンチテアトルから我々は何を学び、それを日本的風土に如何に定着しようとし、そして、それは何故かと言う事になる。

数年前、我々の間でベケットの『ゴドーを待ちながら』という一冊の薄っぺらな本がもてはやされていた。我々はそれを、まさしくむさぼり読んだのである。しかし、私は今考えてみるのだが、我々にそれをむさぼり読ませたのは、その戯曲の特異な構造と言うよりも、その本に挿入されていた一枚の写真であったかもしれないのだ。そこには、うらぶれた街の紳士ウラジミールとエストラゴンが、寄席芝居の甲羅を経た芸人よろしく、ぼんやり坐っていた。我々はそこに「演劇」がまだ「芝居」と呼ばれていた時代の懐かしい匂いと、同時に、それをそのままえぐり出して白日の現代にさらすと言う無惨さを見たのである。若しその一枚の写真がなかったら、我々は「ゴドー」と言う戯曲の特異な構造を、あれほど容易には理解出来なかったであろうし、アンチテアトルが我々の「演劇」にとって如何に有効な手法になるかと言う事も、決して理解はしなかっただろうと思われる。

それまで我々の抱いていたアンチテアトルの概念と言うものは、およそ複雑怪奇であり、我々の日常的な感覚を通じて舞台化するには、余りにも広漠としていた。写真はそれが具体化された時の表情について我々に教えてくれたのである。つまり「反演劇」は、我々の記憶の底でそれがまだ「芝居」と呼ばれていた頃の懐かしい「演劇」の表情をもって、我々の前に登場したのだ。だから我々はまず、荒涼たる砂漠に一本の木があり、二人のうらぶれた道化役者が坐り、お月様が上る……と言う、ペシミスティックな情景に感覚を同調させて、その世界に近接しようとしたのだが、そのやり方は、あながち間違っていたとは思えない。我々が、我々の中に記憶する未分化な「芝居」と言うものに一方で同調していない限り、この「ゴドー」と言う戯曲の構造の持つ、「芝居に対する裏切り」が定着され得る筈はないからだ。つまり我々は「ゴドー」を、最も演劇的な「表情」をたたえた、「構造」としての反演劇と見たのであり、アンチテアトルの秘密を、二元的に把えた「表情」と「構造」との相互的な機能の中に見たのだ。

我々が「演劇が演劇である事の危機」と言う事情の中で、意識的か無意識的かはともかく、アンチテアトルにひかれたのは、先に記述した二律背反的な事情を、この「演劇」みずからが分裂して支えると言う方法で突破出来ると見たからかもしれない。要するに、概念的に説明すれば、その「表情」はあくまで「演劇」的事情の中に閉鎖させ、その「構造」をもってひそかにそれを裏切ると言う方法が、そこに暗示されていたのだ。「構造が表情を決定する」と言うリアリズム演劇の神話の中で育てられてきた我々にとって、それは如何にも衝撃的な事ではあった。しかし同時に我々は、そのリアリズム演劇こそが、演劇を、全く演劇的な事情のもとに閉鎖し、芸術と言う言葉で総括される様々なジャンルに於ける機械的部分にしてしまったのだと言う事を悟ったのである。

ある時、状況劇場の主宰者である唐十郎が私にこう言う話をしてくれた。浅草で、二人のみすぼらしく年老いた男が露天の喰い物屋に坐り、一皿のアジの干物を注文し、一方の男がそれをハシで丁寧にほぐし、もう一方の男に食べさせていた、と言うのである。「これがあんた、ゴドーだよ」と、彼は言った。

又、或る時、自由劇場の作家である佐藤信が私にこう言った。つまり、横綱の巨体が異様であるのは、我々の矮小化された肉体の次元を超えているからではなくて、むしろ我々の肉体の連続の果てにそれを見るからであると……。「これがゴドーだ」とは彼は言わなかったが、私はそれを「ゴドー」に於て理解する事が出来た。つまり、唐十郎は「構造のための表情」について語ったのであり、佐藤信は「表情のための構造」について語ったのである。そして私は、明らかなニュアンスの相違はあれ、二人共その意味での「ゴドー」の落とし子である事を理解したのである。

唐十郎は「ゴドー」の「表情」から「浅草」を発見した。つまり、我々の記憶の底にある「浅草の見世物」と言う器にこそ、「ゴドー」の構造は容れられるべきだとしたのである。彼が、浅草のストリップ劇場「カヂノ座」専従の喜劇役者ミトキンに「役者」を感じ、又、我々の中に「浅草」を持ち込むために新宿に天幕小屋を張ったのは、言うまでもない事だが決して郷愁の中におぼれ込むためではなく、むしろ我々の郷愁の彼方にある確実な「芝居」というものをそこから的確に選びとり、それをもって彼の「演劇」の構造を包み込むためであった。御存知の通り我々は、リンゴと言うものの可能性を、芳潤な果汁の無限の広がりの中に見るのであるが、それがそうであるのは結局、その広がりがツヤのある赤い表皮によってさえぎられ、「リンゴ」と呼ばれる個別的な、そして我々の日常性を構成する物質の機械的部分になっているからに他ならない。同様に彼は「演劇」をその「表情」と「構造」の相互的なせめぎあいの中に見、その「表情」のために、つまりリンゴにとっての赤いツヤのある表皮のために、「浅草」をもってきたのである。だから彼のその試みは「演劇」を浅草的見世物と言う表情の中に閉鎖しながら、一方では、リンゴをその赤いツヤのある表皮によって包み込む事でその芳潤な果汁の無限の広がりを可能にした様に、その「演劇」性の無限の広がりについて企図していたのである。唐十郎のアンチテアトルの構造を、私はそう見る。

一方自由演劇の作家佐藤信の作業は、唐十郎のそれが「表情」的であるとすれば「構造」的なのであり、一方が「感覚的」であるとすれば、彼は「理知的」なのである。佐藤信は、その「横綱の巨体」への発想がそうであった様に、彼にとっては「ゴドー」に於ける反演劇的構造の演劇的表情へ至る、経路が問題であったのだ。つまり彼は、その反演劇的構造と演劇的表情を、相互的なせめぎあいと見たのではなく、例え屈曲しているにしろ連続してソレからソレへ至る経路と見たのである。従って彼は、その屈曲した経路さえ定着出来れば、その「表情」は現在の「演劇的事情」の中に閉ざされたままにしておいても、そこに反演劇を構築出来ると考えたに違いない。彼の初期の作品「イスメネ・地下鉄」にしろ、「私のビートルズ」にしろ、最新作の「おんな殺し油地獄」にしろ、一見したところその表情は一応「現代的な日常的なたたずまい」の中にある。しかし、そこで常に明らかにされてくるのは、その「現代的日常的なたたずまい」を構成する要素が、ギリシャ悲劇であったり、近松であったりしてくると言う事である。勿論それは、「現代」と言う表情を、ギリシャ悲劇のもつ構造の、もしくは近松の持つ構造の、運命的な因果律の中に封じ込めんがためではない。彼にとっての問題は、あくまでソレからソレへ至る経路なのであり、その屈折する過程を定着し、その距離を見切る事に他ならないからである。我々がリンゴを、「赤い」とか「丸い」とか云うのは、我々がリンゴを、赤いと思ったり丸いと思ったりしているためではない。つまりリンゴが、赤くもない丸くもないアルモノである事を既に我々は知っているのだ。しかし、そのアルモノを表現するために、我々の記憶する何者かが、それを「赤い」とか「丸い」とか言わせるのである。勿論、そうした習慣の中で現在我々はリンゴを、「赤い」とか「丸い」とか言う事情の中に次第に封じ込めようとしている。そうなのだ。リンゴを見た事もない小学生も、リンゴの絵を描く事は出来るのである。それならばそれでもいい、先ずともかくその描かれたリンゴを信ずる事にしよう。そして、「その小学生をそそのかしてそれをそう描かせた何者か」と「彼によって描かれたリンゴの絵」とを結ぶ経路の中に、我々が知り、信じているアルモノとしてのリンゴがあるのである。その経路の中にのみ集中して、アルモノを探り出そうとするのが、彼、佐藤信の作業だったのである。佐藤信の、アンチテアトルの構造とは、そうしたものであると、私は考えている。

私はこの二人の作業が、典型的なそして正当な、我々のアンチテアトルであったと思う。そして彼等がそうしたのは、演劇を、まさしく演劇的な事情の中に閉鎖されている現状から、解放するためであった。唐十郎も佐藤信も、「演劇」をその「表情」と「構造」とに分割して二元的に把え、その相互的な二重構造をもって、この二律背反的事情に耐えようとしたのである。

勿論ここで我々は、この二つの正当な作業以外の、様々な亜流について考えなければならないのだし、又この正当な作業が、次第にその正当性を失っていった事情についても考えなければならないだろう。しかし、今はその時期ではない。我々は少なくとも、この二つの作業にその典型を見る様に、正当な出発はしたのである。

第二に我々は、小劇場運動が未組織の観客に依拠する事で出発した事情について考えなければならない。そしてこれも、それがアンチテアトルの影響を色濃く受けていたと言う事情と、無縁ではないのである。アンチテアトルと言うのは、これまで述べられた事情によっても分かる通り「演劇」を社会的機能の一部とみなしてきたリアリズム演劇の土壌よりの、いわば純粋演劇的な独立だったのである。つまり「社会に於ける演劇」の再検証なのではなく、「演劇に於ける演劇」の（それ故にこそ社会に於ける演劇なのだが）再検証の試みだったのである。

既に明らかな通り、それまでの「演劇」は「労演」「〇〇後援会」「××鑑賞会」と言う組織体に全く依拠していた。そしてその結果、「演劇」はその構造自体に対する懐疑を全く失ってしまったのだ。つまり「演劇を見るべく手なずけられてしまった観客」は、「それが演劇であるかどうか」と言う疑問を全く抱く事なく、その演劇に参加してしまうのであり、劇場に入った時既に「これは演劇である」と無意識的に信じ込んでしまっているのだ。当然その観客は「現実」の中ではなく、正に「演劇」の中に閉鎖されているのであり、従ってそこで喚起される批評性も「演劇」的構造を決して超える事は出来ない。そこにあるのはひっきょうディレッタントな感想に過ぎないのである。「芸術作品」と言うものは、常に流動する状況と流動的に関わっていなければならないのでありそしてその関わりを持続的に約束するのは、組織されない通行人の足を止めさせ観客として引きずり込むバイタリティでなければならない。そのためには「演劇」は、意識的に「演劇を見ようとする行為」に連続されてはならないのであり、我々の散文的な日常生活との連続の途上におかれなくてはならないのである。アンチテアトルの発想は、実はここからも出ている。唐十郎も佐藤信も、こうした散文的な日常生活の連続の途上に、「演劇」と言うワナを仕掛けたのである。観客は、左へ折れて帰途につくと同じ様に、右へ曲って入場券を買ったのだ。彼等は決して「演劇の門」をくぐったのではなく、彼等の平常の帰宅時間を少しばかりむこうへのばしたに過ぎない。ただその時間の中に、一寸カラクリが仕掛けられたのだ。観客に抱かせる疑問はたった一つだけでいい。「その時間とは何だったのか?」と……。その「演劇」によって奪われた時間について考える時の観客の意識こそ、「演劇」を構造として考えられる意識なのであり、閉鎖される事なく広がる批評性なのだ。「演劇」を構造として考えねばならなくなった時、それへの疑問は、自己の日常性に対する疑問になり、ひいては自己の存在に関わる疑問にもなるのだろうからだ。

小劇場運動の最初の出発が、未組織の観客に依拠する事から始められたのはそのためである。我々は新宿に、そして渋谷に劇場をしつらえた。それは簡単な理由による。そこは他よりも人通りが多いからだ。我々はしかし、活字にされた言葉やその他の方法によってあらかじめ観客を説得し、彼らにバスや電車を乗りついで来させる労苦を惜しんだのではない、小屋のたたずまいと、舞台の成果のみによって観客を引きずり込んでみせると単に決意したのである。

小劇場はその様にして出発した。そして様々な事情を経た現在は、新たな再編成期を迎えていると言っていいだろう。既にその中から多くの問題点が出され始めているのである。パリのユシット座がそうなった様に、寺山修司の主宰する天井桟敷は、観光ルートのひとつになってしまったと言うし、他の小劇場も夫々ファングループにとりまかれ始めた。当然「表情」と「構造」の二重性もその緊張関係を失い「表情」過多の芝居は全くの見世物になってしまいそうだし、「構造」過多の芝居は全く陰語に満ち満ちてしまいそうだ。

勿論私は「初心に帰ろう」などとは言わない。「芸術」と言うものがそうである様に、「演劇」も又、状況に対して永遠に過渡的なものであるし、それならば我々は、先ず「演劇」が「演劇」である事に疑問を持った様に、それが「反演劇」である事に改めて疑問を積み重ねていかなくてはいけないのではないだろうか。

（『国際文化』一九六九年夏号）

Ⅲ　創作雑感

盲が象を見る

盲が象を見るという、示唆に富んだ偶話がある。かつて、私達は、盲が象を「太い柱」と見たことで、あるいは「大きなうちわ」と見たことで笑ってすませた。しかし盲は「柱」であり「うちわ」であることと同時に、もっと別の「大きなもの」に気付いたに違いない。

象は、当時、われわれ「目明き」にとってハッキリしていた以上に、現在、ますますハッキリしてきたかに見える。ほとんど理解し尽くしたかに……。

しかし、どんな「目明き」が、象を「太い柱である」とか、「大きなうちわ」であるとか、「厚い壁」であるとか断言出来るだろうか……？　また「太い柱」である、と断言することによって、それにつながって広がる量と、それに対する不安を、誰が、それ以上に感じ取れるであろうか……？

ある漠然とした空間がある。その空間については、盲が象を見るようにしてしか、見ることが出来ないという奇妙なメカニズムが存在する。陰湿なマイナスの世界である。

私は、ある時フトわれに返るようにして、その世界の方へ裏返される。そしてそこから恢復されようとする方向へ文体が流れ出る。例えば、盲が「柱である」と断定したい方向へ……。

もちろん、もしかしたら、私はある一つの文体を生むことにより、ある漠然とした、陰湿なマイナスの世界を予定しているのかも知れない。「柱である」と断言することによって柱でないことをより強く示唆する巧妙なテクニックについて私が知らないわけはないから……。しかし、これはどうでもいい。

現実は、はっきりしているか、あるいは何も分からないかのどちらかである。そして芸術家にとっては、そのどちらでもいい。出来ればその双方であるべきだ。

職業芸術家にとってのごく原始的な使命は、文体を持続させることである。さまざまな条件はあらかじめ負わされている。

例えば、既存の概念を打破しなければいけないというのも、既存のものであるとすれば、その方法について必要なのは、巧妙さ、だけである。

あらゆる世界に対して誠実であるためには沈黙するのみである、という鉄則を前提にして、如何に職業芸術家は文体を持続させ得るか？　という点から私の計算がはじまる。

例えば、文体を逆説的に利用して、自分をおおいかくす、という技術については、誰でも知っている。しかし、それが永遠に持続されるという方法については知らない。それは単なる裏返しであり、往々にしてかえっていやらしい。目明きが象を「太い柱」であると断言することは出来ないからである。

しかし、目明きにとって、象を「太い柱」といいたい方向はあるに違いない。盲にとっての象であるような、われわれにとっての象の前に立つべきであり、もし、なんなら、それに価いする漠然とした一つの空間を想定することも出来る。その空間のひろがりの程度にしたがって、われわれは「柱」であり「壁」であり、「うちわ」であり、それから次であるというように、絶え間なく、緊密な文体を構成し続けることが出来るのである。もちろん、前述したように、文体を構成することによって空間がひろがるのでもある。

文体のよって成る根拠というものはかなり薄弱であるが、文体そのものは具体的であるというような、つまり、カフカのいう、空中にハシゴをかけて登るような作業が必要である。

イプセンが舞台の三方に壁を築いたのは、無限の空間から必要な空間を選び出したのではなく、一つの閉鎖的な状況が、閉鎖的であろうとするほど、広大な空間へ裏返されてゆくものを知っていたからである。

以来、舞台空間というものは単純ではなくなってきた。ひきずり込み、裏返され、つまずかせる。われわれは計算する必要がある。

盲は何故象に手を触れたか？ 漠然とした巨大なものに対して、一つの関係を築きたかったからである。目明きが笑うか笑わないかは、盲の知るところではないし、象が果して、柱であるかないかも問題ではない。盲は、むしろ、象と自己との何かを探ったのである。盲にとってこそ象は理解されるべきだというのは、知るということがこういうことだと思うからである。

（早稲田小劇場『「象」上演パンフレット』）

赤い鳥の居る風景

――「ヒロシマ」との関係を探るために――

私は、昭和四十一年の秋、初めて広島を訪れた。そして同時に、長崎へも行った。長崎には何もなかったが、広島には、例のドームがあった。

その日は、雨が降ったり止んだりしていた為か、ドームの周囲には誰も居なかった。私はそこから公園を横切って、原爆記念館に入り、原子野の中のドームの写真を見た。雨の降りつづく広島の街を、あちらこちら歩いてみた。例の基町一番地、いわゆる相生通りは、陰湿な感じでなく、むしろ洗われて白ちゃけていた。舗装された道路の幅が、処々で奇妙に広過ぎる様に思われ、私は傘を上げて暫く途惑った。幾度か、これも広がりすぎた様な川を渡った。コンクリートの大きな固りが崩れ落ちてそのままになっていたり、廃船が巨体を半分、沈めたままになっていたりした。

自然の条件や、その都市の性格によるのかもしれない。長崎は常に内に豊かさを秘め、広島は荒涼としている。目をつむると、それが私を奇妙にいらだたせるのであるが、荒んだものが木枯しの様に吹き抜けるのである。そして、広島の荒涼の中心には、いつもあのドームが立ち、そのドームが私を原子野に導いてくれるのである。

ドームが失われない限り、広島は、被爆地たる事を失わないであろう。私にはそれが良く分かった。しかし、私はそれによって、ドームを保存しようとする運動を理解したのでなく、むしろ、ドームを崩してしまいたいと言う気持の中に或種の真実を見出したのである。

私は既に「ヒロシマ」には耐えられなくなってしまっている。私はくたびれてしまったのかもしれない。広島の広すぎる舗装道路の真中で途惑った様に、私はひなたくさい原爆記念館に陳列されたゆがんだ弁当箱や、ケロイドの写真の前でどうしていいのか分からなかった。それらは、奇妙に生々しいのだが、ちっとも具体的ではなかった。その時なのだろう。私の中で構築されていたかに見えた「ヒロシマ」のガラガラと崩れ去っていったのは。そして、ドームを中心に広がる、荒涼としたものだけが残ったのだ。

ドームを保存し続けたいと言う気持は、それはそれ自体として別の事なのだ。それによって「ヒロシマ」を再構築し、それに耐える事を期待するのでなければいい。しかし若し、「ドームを崩してしまって下さい」と言う事が、何処かでささやかれているとしたら、その言葉が今の今まで、本当の意味で「ヒロシマ」を耐え抜いてきた人の口からでないとは言い切れまい。それは充分考えられるのだ。そして、そのささやきをたぐって行く事によって、新しいドームの具体性、そこからのめり込んで、新しい原子野に到達するかもしれないのだ。

いつか、「ヒロシマ」シンポジウムへの招請状が私の所へ舞い込んできた事があった。「我々にとってヒロシマとは何を意味するか」と言う様な内容だったと思う。私は行かなかったが、どんな事が話合いされたか、凡その見当はつくのである。恐らく、話され過ぎるほど話された「ヒロシマ」についての言葉は、全て「ヒロシマ」に奉仕したのではなくて、「ヒロシマ」に関係して、他の事のために使われたに違いない。残ったのは「ヒロシマ」と言う言葉それ自体であり、確かなのは未だに、「ヒロシマ」そのものだけである。「ヒロシマ」は我々にとって、更に問題にされるべきであると思うが、そのためには我々は「ヒロシマ」を探るのでなく、「ヒロシマ」との関係を探るのでなくてはならない。或る意味では、「ヒロシマ」は我々にとって分かりすぎるほど分かってしまっているのだ。

（企画66『「象」上演パンフレット』一九六七年六月）

ヒロシマについての方法

原民喜のエッセイの中に、かなり前に読んで今手元に資料がないのではっきりしないが、こんなのがあった。彼が学生の頃（つまり被爆する以前）友達と或るレストランに坐っていると、その丸天井がいきなりガラガラと崩れ落ちる幻覚に襲われるのである。勿論この種の幻覚に襲われると云う事自体は、それほど特殊な事ではない。問題は彼が、その様に書く事によって、「私は原爆を既にその当時から予感していた」と、暗にほのめかしている事である。

人間はしばしば無意識に奇妙な事を考え出すものである。若しかしたら彼は、「被爆の体験」を確実に「我物」とするために、記憶を修正し始めていたのかもしれない。つまり、「ヒロシマの悲劇」を背負うべくして背負うために、自分自身の中にその「悲劇」を呼び込んだ要素を、見つけ出そうとしているのかもしれないのである。彼は、恰もそれが宿命であったかの様に、被爆したかったのだ。その時にこそ彼は、かつて「運命」に抗して立ちはだかった「英雄」の様に、全人間的なものとしてその「悲劇」を体得出来ると信じたからである。

その日原子爆弾がヒロシマに落とされた事実を、政治的な経済的なカラクリをもって説明する事など何でもない。それは被爆者の悲劇を、被爆当時の苦しみや、その後の病状や、生活の困窮や、社会的な差別の実情で説明するのと同様である。それら結果として表現された様々なものを究極に於て決定するものを無限の彼方に据え、それを究極に於て拒否するものを自らの内に確かめる行為こそ、先ずもってなさなければならない。そこにしか、ヒロシマに対する方法はないのである。

ささやかな試みではあったかもしれないが、この原民喜の方法こそ、ヒロシマに対してなされた最初の意識的な方法ではなかったかと、私は考えるのである。

（青年座『「象」上演パンフレット』一九七〇年八月）

「門」について

（一）カフカ「掟の門」

カフカに「掟の門」と云う短編がある。「掟の門」の前に門番が立っていた。そこへ田舎から一人の男がやってきて、掟への入門を許可して欲しいと頼んだ。門番は「今はいけない」と云った。「後になれば、入れるかもしれない」と……。男は待つ事にした。何年も何年も待った。入門を許可してもらうためにあらゆる手段をつくし、門番を買収するためにどんな高価なものも手離した。門番は何でも受け取ったが、それは、男が自分のやり方に手抜かりがあったのじゃないかと後にいってクヨクヨしないため、であった。

遂に男は年をとり、死期に近づいた。そして彼の頭のなかでは、これまで待ちつづけてきた経験の全てが凝集して、彼がいままでこの門番にたずねた事のない一つの問いになってあらわれた。「それにしても、この長年のあいだ、私の他は誰も、入門を望んでやってこなかったのは、一体、何故でしょう?」門番は、その男の死期がさし迫っている事を見てとり、うすれゆく聴覚に届く様、大声で叫んだ。「ここでは誰も入門の許可を得る事が出来ない。これは、ただおまえだけのための門だったのだ。」

男は死に、門は閉ざされる。

ここにカフカの云う「救済」の意味の原形がある。つまり「今は入れない門」の前に生涯をかけて待ちつづける男は、「その門に入る事」によってでなく、「その門が正にその男のためだけの門である」事を知る事によってのみ「救われる」のである。しかもこれは、若しかしたら、カフカ自身が「救済」の意味の絶望を教えるためでなく、むしろ「救済」の積極性について教えているのかもしれないのである。

我々は既に「門」について、そして「救済」の現れ方について知っている。我々について云えば「門」の前に於て如何にはにかまずにいられるかと云う点にのみ問題がある。出来得れば、何か別の用事があるフリをして、さり気なく「門」の前にありたいのだ。

例えば我々にしてみれば、カフカの「門」自体が一つの「救い」である。我々は先ず、「何故他の人達はここへ入門を願いに来ないのでしょう?」と云う恐怖に始まって、未だ門番の解答を得ていない段階にある。

「何故他の人達はここへ入門を願いに来ないのでしょう?」と云う問いで一つの関係が壊される。つまりそれまでは、男は入門を請い、門番はそれを拒絶すると云う単なる力学的な葛藤であった。「何故他の人達は……」と云う問の中には、神の前にある人間としての不遜な意識が目覚め、総体に至る手がかりを得ようとするあがきがある。ここで男の存在する次元が飛躍する。そして同時に逆転して、「これこそお前のためだけの門だ」と云う、部分と部分の関係へ引きもどされる。その時一瞬、全ての関係は静止して、正確なのである。

我々が門の前に在って入門を請わないのは我々が神を失ったからではない、入門による「救済」をあきらめたからではない。「救済」への意志と、「救済」の現れ方との間にある奇妙な法則性について、法則的であろうと願うからである。

戯曲「門」の構造は、カフカの短編「掟の門」より借りている。しかし、時間の推移に従って常に正確な関係を築く事が如何に困難な事であるのかつくづく知らされた。ややもすれば負の方向へ正の方向へ大きく振り分けられ、裏返えされる。「掟の門」の破壊力は絶大だった。

（二）時間について

芝居は、具体的で緊密な時間の帯でなければならない。それは、歴史劇の様に芝居の背後を、その芝居のテンポとは別に流れる、マヤカシの納得ずくの時間であってはならない。また同時に、芝居が始まって終わるまでの、つまり、観客の意識を上手から下手へ流れる、地球の自転と関係のある時間であってもならない。芝居が時間であるとすれば、それは新しい具体性を持っていなければいけないし、恐らくそれは観客の意識の中を下から上へ流れる。それには、一つの静止した関係が持続しなければならない。我々が新しい時間の帯を作ると云う事は、舞台上に一つの空間、ある関係の緊張度を高める事であり、物理的な具体的な場所である舞台をいっぱいにする事である。

　舞台が緊密で具体的な空間であるためには芝居には障害となるべき要素があまりにも多い。第一芝居には基幹となるべき具体的なマチエールをどこに据えるかさえ判然としない。つまり芝居とは、科白、身体行動、音、照明その他が混然となって一つの実体を形造るべく予定されているのだが、かなりアイマイである。

　若しかしたら、連続する科白と、音の流れだけで、或る空間を埋め、緊張度を高め、具体的な時間の帯を作る事も出来る。その事を考えたら、しくまれたストーリーとか、そこでの葛藤などチャチなものだ。つまり、芝居のダイナミズムとは、舞台上で激しくぶつかり合う事で果たされるものではない。

戯曲「門」を具体的な「新しい時間」のための一つの試みである事を読んで頂けたら幸いである。

（早稲田小劇場『「門」上演パンフレット』一九六六年五月）

八木重吉氏について

雨が降っている。
いろいろなものをぬらしてゆくらしい
こうしてうつむいてすわっていると
雨というものがめのまへへあらわれて
おまえはさう悪いものではないといってくれさう
なきがしてくる（八木重吉）

六場の最初に使った女の科白は、この詩そのままである。この場にこんな風におさまるべきものではないかもしれないが、私は、この一節を、どうにかして、どこかへさり気なく入れてみたかった。勿論、八木重吉氏に対する失礼は、重々お詫びしなければならないのだが……。

わたしでもなく

わたしをうごかすものでもなく
ふしぎなる両生のせかいの
いちばんやはらかないちばんはじめの
こころをどるいづみからものを云ひたい

と云う、八木重吉氏のたましいとその方法について、私は時々考えてみる。勿論、氏に関して云えば、たましひとその方法であるべきわけはなく、たましひの方法と云ってしかるべきかもしれない。更に云えば、たましひそのものなのであり、だから方法なのだと云うべきであろう。

雨のおとがきこえる
雨がふってゐるのだ
あのおとのやうにそっと世のためにはたらいてゐよう
雨があがるやうにしづかに死んでゆかう

と云う時、それはそれ自体として重く、氏としても、その重さをこそ大切にしたのだろうが、私にしてみれば、同時にそれを裏にしてはねかえってくる無限の情念を感じてやまないのだ。ここには確かに「たましひそのものであり、同時に方法である」ものがある。そしてその「方法」について意識すればする程、氏について私は無気味になってくる。

もくもくと
雲のように
ふるえてゐたい

と云う一節にさえ、単純な心情吐露以上のものを読んでしまうのである。
八木重吉氏は無気味である。この無気味さには氏自身も気付いておられる。

ただまっすぐに街のほとりがつっぱしっているのもかなしいが
ふとしたまがりかどへきたとき
そこになにかしら
ひとだまのように
ぬらりとさびしいものが
ふらついているのをかんずることがある

この「ぬらりとさびしいもの」とは何であろうか。カフカの『家長の心配』という短編の中にオドラデクと云うのが出てくる。氏の「ぬらりとさびしいもの」は、カフカの「オドラデク」であり作家にとっての、或る永遠性、或る絶対性、或る関係である。カフカの「オドラデク」がチ密であり科学的であるのに対して、氏の「ぬらりとさびしいもの」は、余りに感覚的であるが、カフカが自己と「オドラデク」との関係の上に、或る空間を構築した如く、氏も自己と「ぬらりとさびしいもの」との関係の上に、たましいのすまいを探ったのである。云えば、これが氏の方法なのであろう。

冒頭の詩にある「おまえはさう悪いものではないといってくれさうなきがしてくる」と云う言葉が、氏のどんな危険なスレスレの気持であるのか、私には良くわかる。私の芝居の前後が、この言葉を台なしにしているとすれば、私にとっても極めて残念である。

（企画66『「赤い鳥の居る風景」上演パンフレット』一九六七年九月）

イーハトーブ伝説について

私は暫く以前から、宮沢賢治のいくつかの作品を通して見え隠れする「イーハトーブの街」について目をこらしてきた。

日本の精神構造に、「家」の概念はあっても「街」の概念はない事、つまり「自然村」の概念があって「自由都市」の概念のない事、これはこれまで多くの社会科学者が指摘してきた。本来あるべきものの無意識的な持続はあったのだが、それが意識的に構築された事はなかったのである。生産過程の変動にともない村落共同体から都市共同体へ再編成させられる過程を、一体如何なる「自我」が体験的に通過してきただろうか、と考える時、我々は不安にならざるを得ない。日本の精神風土を村落共同体から都市共同体へ移行させたものは「国家」の理念であって如何なる「自我」の自発的な衝動でもなかったのである。ただ「自我」は、既に無理やりに都市化されてしまった状況下で、被害者的に目覚めたに過ぎなかったのだ。そしてこうしたゲマインシャフトからゲゼルシャフトへ移行する事情の未熟さが、今日、青天白日の民主主義下にあって、我々の「共同体を新たに創り上げる」作業を、極めて混乱させているのである。

私がイーハトーブに固執するのは、そこに唯一、「自我」のゲゼルシャフトを志向する自発性を見るからであり、更にその志向を自らの「意識」に問う作業をしているのを見るからである。私は宮沢賢治のイーハトーブが「一つの幻想にすぎない」とか「甘い」とか言う意見には加担しない。何故ならその時彼にとって大切だったのはイーハトーブを、如何にも現実的な形でそこに定着することでなく、その作業を通じてそれを志向する「自我」の様態を検証する事だったに違いないからだ。

宮沢賢治の作品の中で、イーハトーブがかなり具体的な形をしているのは「グスコーブドリの伝記」なのであるが、端的に言って、この作品の中に暗示されているイーハトーブは、グスコーブドリ自身の「自己犠牲」によって支えられている。これが常に問題にされるのだ。「一体我々の創り上げなければならない共同体は、そこに参加する夫々の、自己消去と自己犠牲によってしか支えられないのか」と……。そんな事はない。そして賢治も恐らく、そんな事を言っているのではない。彼はここで、自ら自己消去と自己犠牲を強いてまでもイーハトーブを肯定しようとしたのではなくイーハトーブを志向する「自我」が消極的には自己消去に、積極的には自己犠牲に、常に振り分けられてしまう悲劇について物語ったのであり、それをそうさせた状況を問うているのである。

夫々の「自我」が自由を求めてイッパイイッパイに張り合い、夫々に全ての空間を埋めつくした時、そこに政治が生れ法律が施行される。共同体の公式とはそんなものであろう。そしてその時、政治と法律は個々の自由の最大限の表現であり、同時に「わたくし」はそのまま「おおやけ」になるのである。ところで被害者的にしか目覚め得なかった日本の「自我」は、「おおやけ」に背を向けた時にしか「わたくし」を信じられない。従って、如何なる共同体に参加していても、そこにある「おおやけ」と「わたくし」は、常に分離し、対立しているのである。そしてその分離的にとらえられた「おおやけ」と「わたくし」が相互に入り組む事情の中にある「空洞」が、共同体を志向する「自我」を屈折させ、自己消去もしくは自己犠牲に振り分けてしまうのではないだろうか。自己犠牲もそれが「おおやけ」に対する如何なる善意から出たものにしろ、結局は「おおやけ」に背を向ける事によってのみ「わたくし」に課す事の出来る「一つの個別的な決意」に過ぎないからだ。

賢治が「グスコーブドリ」を通じて状況に問うたのは、この「空洞」ではなかったのか、と私は考える。そして私が、貧しい才能を駆使して「赤い鳥」で答えたかったのはこの点であり、それはこの「空洞」を舞台上に一つの空間として定着してみせる事に他ならなかった。

「赤い鳥」とは、不燃焼の「自我」が他者と対した時、意識の底辺をチラチラかすめ飛ぶ赤い危険信号の事である。私にしてみれば、その空洞内の時間を一瞬停止して、赤い鳥のバタリと落ちる様を、期待したのであるが……。

（劇団青俳『「赤い鳥の居る風景」上演パンフレット』）

スパイ礼讃

スパイは往々にして二重スパイである。一人のスパイにとって、それがスパイであるか二重スパイであるかと言うことなど、さしたる問題ではないからである。彼が二重スパイになろうと決意する時、恐らく考えるであろう事は、以前よりいささか複雑になった状況に、如何に巧妙に対処し得るか、と云う事だけである。スパイには愛国心も固有の信念もない。あるのはたましひと技術だけである。従ってスパイの規準に照らして云えば、単なるスパイよりも二重スパイの方がはるかに偉大である。彼の方が、そのたましひはより独立し、その技術はより巧妙だからである。

スパイはアナキストであり、スパイはたましひの冒険家であり、スパイは神を持たない信仰家である。二重スパイが単なるスパイよりも時として憎まれるのは彼の方がたましひに於て自由であり、彼の方がたましひに於て革命家であるからである。彼は裏切り者ではない。双方を同時に裏切る事の出来る者を、我々は裏切者とは云えないからである。彼はスパイである。

帝政ロシア時代の社会革命党戦闘団ＯＬの隊長エヴノ・アゼフは、同時に秘密警察オフラーナに所属する特殊任務の高級警官であった。彼は一八九三年に仕事を始め、一九〇八年にブルツェフに告発されるまで、実に見事にその二重性を保ち続けた。驚くべき事に、彼の活動の情熱は双方に全く公平に支払われていたのであり、その活動内容が明らかにされてくるに従って果して彼がどちら側の人間だったのか、全く分からなくなってくるのである。彼が社会革命党の同志を多数密告しているのも事実であるが、同時に彼は有能な戦闘団の隊長として、内相プレーブの暗殺をも成功させているのである。そしてこの暗殺計画については、一切警察側にもらしていない。警察は彼が戦闘団に加わっている事は知っていたが彼がその隊長である事は、最後まで知らなかったのだ。彼は告発されて戦闘団から追放され、一九一八年ベルリンで死亡したのだが、今だにその真意は謎とされている。

しかし私に云わせればそれは謎ではない。彼は警察でも革命家でもなく、実にスパイだったのに過ぎない。「むくんだ黄色い顔、厚い唇、暗い表情と突きでた眼をもつアゼフは、肥っていて醜かった。しかもその身体は、細い脚と、女性的なまでに弱々しい手と、ひどく対照的だった。普段は重々しい声でしゃべっていたが、反対意見を述べるような時には、それが猛烈な激しさを帯びるのだった。その外観から受ける印象は、すべて嫌悪を催させた。しかし、この怪人物には人の心を魅了するものがあった」と云う描写の中に、私は彼のスパイとしての人となりを全て理解出来る様な気がする。

彼は、社会革命党員の疑惑の目が彼に注がれ始めた時、起死回生の手として皇帝暗殺を企てる。「仮にこの皇帝暗殺が成功していれば、彼は不死身の人間になっていただろう」と、『テロリスト』

の著者ロラン・ゴーシェは述べている。「不死身の人間」とは、警察のスパイでありながら同時に革命党員でもあり得る人間、つまり完全なそして公認の二重スパイである。彼はしかし失敗し、あらゆる非難を浴びながら死んだ。死の直前のノートには、こう書かれている。「祈禱の後では、自分の力が回復するように思われる。……わたしは無辜な人間が耐え得る不幸のなかでも最も恐ろしい不幸を体験してきた」

この孤独なたましひは一体何に向かって祈禱していたのであろう？　そして又彼は、一体彼の中の如何なる根拠に基づいて、自分を「無辜な人間」と信じていたのであろう？　私にはそれが良くわかる。彼は恋に恋する様にスパイに恋をしたのであり、スパイの中にたましひを独立させたのである。そしてこの様な独立したたましひにとって、云うところの神などを見る事は出来ない。神は警官か革命家にしか見えないのであり、スパイには見えないのである。彼が不幸だったのは、遂に最後まで、誰も彼をスパイとして認めなかった事であり、そのために賞讃された事もそのために非難された事もなかったからである。

彼の仕事が双方に於て順調であった時、彼は双方から賞讃された。しかしその賞讃は当然ながら有能な革命家としてか有能な警察官としてであり、双方を兼ねたスパイとしてではなかった。彼の仕事が破綻をきたした時、同様に彼は双方からの非難を浴びた。しかしそれも、裏切者としてか無能な警察官としての非難であって、失敗したスパイとしてのそれではなかった。二重スパイのたましひにとっての不幸は、全てここに起因する。

人は人が二重スパイになる事を、極めて異常な事だと考える。実際にそう信じているわけではない。自分自身のたましひに照らしてみて、人は如何に安易に二重スパイになり得るかと云う事を良く知っている。良く知っているだけに、それを恐れているのである。その恐れから免疫になるために二重スパイの心情を極めて異常なものと思いたがるのである。集団は、集団のための暗黙の了解に安住しようとしない、この名づけようもない自由なたましひを、常に蔑視してきた。その蔑視の激しさは、自分も又、そうなり得ると云う事への恐怖に支えられているのである。

エヴノ・アゼフが警察官でもあったと云う事が判明した時その第一の部下であり、最後までそれを否定してきたサヴィンコフが、卒先してアゼフを殺す事を提案し、自らその手配をする。その様にしてしかサヴィンコフはその時、その集団に於ける身の潔白と、それによって促されて保証されていた身の自由を維持出来ないと判断したからだ。当時そのたましひにとって危険だったのはむしろ、アゼフではなく、サヴィンコフを始めとするそのとりまきだった筈である。その時の彼等の危機感は、それによって集団の信頼を失うと云う様な相対的なものではない。その様なたましひがあり得ると認める事によって、集団が成立する根拠そのものが疑われ、崩壊するのであり、彼等はまさしくその恐怖におののいたのである。同時にまたオフラーナの方でも、彼が実際には戦闘団の隊長であり、内相プレーブ暗殺に事実上指揮をしたのだと云う事を知った時、更に皇帝暗殺までを計画していたのだと知った時、その衝撃は小さくなかった筈である。

二重スパイは、それがそこに居ると云う事だけでその周囲を激発させる。そして幾分かは、誰でもが二重スパイである。集団にある個々のたましひは、それが幾分かは二重スパイである事によって、なごんでいる。しかし私は考えるのだが、完全な二重スパイは、その集団を裏切る精神には一切支えられていない。集団を裏切る精神は、やはり裏切者なのであってスパイではない。裏切る事のいさぎよさなどと云う甘い感傷の中にはスパイは居ないのである。アゼフは死の直前のノートに自分の事を「無辜の人間」とした。その時彼は「自分は弱い人間であり、裏切者であった」と書く事も出来たのである。当時の非難の中で、そう書く事で如何に周囲をなごませ、幾分かの救いを施される事を、彼が知らなかった筈はない。状況へのそうした巧妙さは彼の独壇場であったのだ。彼はそうしなかった。彼はその時、恐らくその時初めて、革命家でもなく、警察官でもなく、スパイを自覚したのであり、純粋にそのために泣けたのであろう。

私は確信している。スパイこそ、神様のおぼしめしにない、人間の創り上げた人間であり、考えられ得る最も自由なたましひであると。

（企画66『「スパイ物語」上演パンフレット』一九七〇年）

華やかさのために死ぬ

私は俳小（俳優小劇場）の「カーブ」と「黒人たち」を見て以来、例えば女学生が宝塚にあこがれる様に俳小にあこがれてきた。芸術と云うものの特に舞台芸術と云うものの最も単純なそして最も基本的な「嬉しさ」と云うのは、一寸気障な言葉を使えば「華やかさのために死ぬ」と云ういさぎよさにあるのではないかと、私はかねがね考えていたのであり、それがその二つの舞台からかすかに感じとれたからである。

その後「悲劇喜劇」の座談会で早野寿郎氏と初めて会ったのだが、勿論座談会とは云っても早野氏の独演会の如くであり、早野氏が話し飽きた時に時々我々が口をはさんだ程度であって、はなはだ不公平な対話であったのだが、それはまあいい、それを今更恨もうと云うのではなくて、席上氏の云った「太陽光線と沃土と人糞によって花を咲かせるのではなく、化学肥料とオガクズとセメントクズによって巨大な仇花を咲かせる」と云う話に全く共感させられたのである。

ここから話はとんで一昨年（一九六九年）の十・二一の新宿の話になるのであるが、私はその夜は野次馬の一人になって、（と云ってもいつもそうなのであるが）東口から南口の方へ人にもまれながら歩いていた。中央口を過ぎて南口への陸橋へ至る間の線路際に金網が張ってあり、中に並んでいる機動隊を網ごしに鈴なりの野次馬がからかっていた。突然誰かが「百姓！」と叫んだのである。私は飛び上がらんばかりに驚いた。いつの頃からかは知らない、「百姓」と云う言葉で人を軽蔑する事は禁じられていた筈なのだ。しかし一声それが出ると、あちらからもこちらからも「百姓」と云う罵声がさかんにとび始めた。私はどんな人間が云っているのだろうかと声のする度にその方をうかがって見た。そして、それをもって全てを判断するわけにはいかないが、私の目の前で再び叫んだのはバーテン風の街のあんちゃんであった。彼の目には憎悪がギラギラしていた。私はそこで「華やかさ」を支える凄まじい「暗さ」について新発見したのである。

我々が華やかであると見るサーカスの芸人も、寄席芸人である手品師も奇術師も、一面では極めて暗い。私の小さな頃には、何かのお祭りの度に見世物小屋が並び、蛇を扱う女だの、口にくわえた筆で字を書いてみせる男だの、金魚を食べて又はき出して見せる奴だの、コビトだの、いわば華やかさに見捨てられた芸人達が続々と集まってきた。今考えるだけでも彼等の暗さは、恐怖を覚えるほどである。彼等には既に「百姓」を罵倒する手がかりもなかったのであり、無限の「暗さ」への距離をはかっているだけだったのである。

バーテンも芸人も「太陽光線と沃土と人糞によって花を咲かせる」か「化学肥料とセメントとオガクズによって花を咲かせる」か、選ぶ事は出来ない。バーテンと芸人に与えられているのは、それ自体ガラクタであるに過ぎない「化学肥料とセメントとオガクズ」だけなのである。仇花を咲かせる事に失敗すれば、一挙に零を通りこして、地獄に落ちるしかない。バーテンと芸人は神様に許された存在ではないからである。

「百姓」と云うものをいわゆる農民と規定せず（事実かのバーテンはそれを機動隊にむかって云っていた）「太陽光線と沃土と人糞」を材料とするものをいわゆる農業と規定せず、（早野氏がその意味でいったのではないのは云うまでもない）その上で云うのだが、「百姓」とその生産手段こそ芸術と芸人のための敵である。そして「華やかさのために死ぬ」と云ういさぎよさは、その上にのみ成立しているのである。芸人とは古来より如何なる階級にも属さなかった。それは最下層民から最高の権力者までを吹き抜ける垂直の意識だったのであり、だからこそ「百姓」的なものに水平化される事を最も恐怖してきたのである。

私はかのバーテンにだけは、人を「百姓」と云って罵倒する権利がある様な気がする。新宿の街を彷徨するあんちゃんやおねえちゃんの中には、きっともっといるに違いない。しかし俳小を含めた我々はどうであろうか。芸人ではなく芸術家と呼び慣らされてきた我々は、「華やかさのために死のう」と一方では決意しながら、一方ではやはり神様のおぼしめしにかなおうとしてやしないだろうか。そこでの中途半端さが、最近私をひどくイライラさせる。芸人にはそのたましいにかかわる罰則があるが芸術家にはそれがないのであり、それ故に芸人が持つ「華やかになる」ための自由を芸術家は持ちあわせていないからである。

（俳優小劇場『「不思議の国のアリス」上演パンフレット』一九七〇年五月）

私のアリス論

アリスは如何に創られねばならないか

ルイス・キャロルの『不思議の国のアリス』には、奇妙なエロティシズムがあると、私は常々考えていた。独身の数学者である作者が家庭教師をしている小さな姉妹をひきつれ、散歩の途中で話して聞かせたのがこの物語であると云われているが、作者の、まだ成熟していない少女からセクシュアルなものを感じとってのおののきとそれへの自嘲が、文体の裏面をひそかに呼吸しているのである。少なくともアリスに、こちら側を食べると大きくなりあちら側を食べると小さくなるきのこを持たせ、大きさと小ささへ極端にふりわけてみせるくだりには、明らかにそれがあると云っていいだろう。アリスをいきなりムクムクと大きくさせ、玩具の家の煙突や窓や扉から、腕やら足やら首やらを出してみせながら、作者が、勿論ひそかにではあるだろうけれども、或るサディスティックな快感にひたらなかった筈はないのである。勿論その風土に促されて培われた作者の深い教養は、遂に彼を数学者であり彼女達の家庭教師である事から解放しなかったから、そのサディスティックな快感は常に自嘲的な自己憐憫におおわれていて、アリスはそこでどんなに大きくなったとしても、そのまま爆発する事はなしに再び小さくなってしまうのである。つまりアリスは、このめくるめく大きさと小ささの幅の中でかろうじて安定している作者のための透明な幻想に過ぎないのである。

文体の裏を流れる作者のこうした息づかいに気づくと『不思議の国のアリス』はかなり異様な様相を帯びてくる。何気なく見過ごしてきた「動物達の運動会」も「気狂いお茶の会」も「女王陛下のクリケットゲーム」も、夫々に思いがけないほど暗いのである。或る意味ではそれは、ドストエフスキーの地下室よりも暗い。ドストエフスキーの地下室の暗さは、一方的な自嘲の激しさに支えられていてそれが一つの救いになっているのだが、ここにはそれがない。アリスの手ばなしの愛と、その反動としての自己憐憫が、無限の暗さへ向かって手がかりなしにとめどもなくおぼれこもうとしているからである。何故なら、透明な幻想に過ぎないアリスは、ドストエフスキーのための神の様にはそれに愛を捧げるものを見返してくれやしないからである。現実の姉妹になぞらえてみても、一体どんな少女が、中年の数学者であり家庭教師であり、同時に深い教養人である男の愛を理解したり受け取ったりする事が出来るだろうか。信仰家ではなく、数学者であるものの愛の不幸はここにある。

作者のアリスへの愛は、アリスには決して見返される事なく、しかもアリスに於て自立しなければならなかったのである。言葉あそびのじょう舌も、度を過ぎた悪ふざけも、残酷さとそれをカモフラージュするユーモアも、全てアリスへの愛を、アリスに見返される事なく、アリスに於て自立させるための、作者の不幸な悪あがきに他ならない。それは恐らく、私は数学には門外漢であるが、数学者が、様々な既成の定理の因果関係の中から新しい定理を生み出し積み上げる作業に似ているに違いない。アリスは、もしこう云ういい方が許されるのなら、数学者の創り上げた最も単純で簡潔な、例えば三角形の二辺の和は他の一辺よりも常に大きいと云う様な、定理であり、それが余りにも単純であり余りにも簡潔であるだけに、全ての価値から独立し、全ての因果律から自由なのである。

そして、三角形の二辺の和は他の一辺よりも常に大きいと云う定理が、それ自体として事実なのでなく他の定理による証明の裏づけをもって自立している様に、アリスもまた、その見返してしかるべき部分を作者に引き受けさせる事により、自立しているのである。

幼児と云うものはおおむねアリスであるかに見える。彼等の無邪気な残酷さは、愛を一方的に吸収する事しか知らないと云う事で表現されている。しかし誰もが無邪気であり続けるわけにはいかない。次に自分達もまた子供を生み、それに愛を支払わねばならないと云う予感が芽生えると同時に、人は無邪気ではあり得なくなり、愛に対して見返す事を要求されるからである。生物学的な水平方向の因果律の彼方には決してアリスは居ない。どんな幼児も、本来の意味では、アリスではないのである。水平方向の因果律を一瞬断ち切った時、垂直方向にアリスが構築されるのである。

人は垂直方向を向く事を長い間禁じられてきた。それに対する唯一の「のぞき穴」は神様と云う名のフタでおおわれていたのである。それがとり除かれた後も、我々は垂直方向に対して自由ではない。全ての思想、論理、法則は、常に水平方向に機能し、人が相手と目を合わす時に、如何にはにかまずに済むかと云う事のための手段にしか過ぎない。アリスこそ、それがもし我々の中に構築されたら、それら全てを激発しないではおかないのである。

（『読書人』一九七〇年六月十六日号）

飛行船讃歌

いつかNHKテレビで、BBC放送の制作による「飛行船の歴史」と云うフィルムを放映していた。確か一週間をおいて、二回に分けて放映していたのだが、私は記憶していて二回とも見た。私にしてみれば、極めて稀な事である。

私はどちらかというと未開地の人喰人種の様に「文明」にあこがれるタイプであり、かねてより自動車とか飛行機とか汽車とかロケットには奇妙な感動をもって接していたのであるが、それ以前に放映されたアメリカの「月ロケット」のドキュメントよりも、「飛行船」の方により強く感動させられたのは、あるいはやや進歩が遅れているせいかもしれない。

ともかくもフィルムでは、まだ原始的で不格好なものから、例のツェッペリン号の様な優雅な姿態に至るまでの、様々な飛行船が現れては消え、消えては現れるのであり、私にはそれらが「文明」と云う名で呼ばれる人類の奇怪な幻想そのものの様に思えたのである。

ドイツ最後の豪華船がアメリカの空港で劇的な爆発事故を起こして、飛行船の歴史は終わった。それは、それが飛行機と云うより機能的な文明の利器にとって代わられるまでの、華麗ではあるがつかのまの仇花であったせいなのかもしれない。

しかし、私は考えるのであるが、飛行船の歴史の終末は、「文明」が人類の奇怪な幻想であった時代の終末であり、同時にそれが限りない人類の冒険であった時代の終末でもあったのではないだろうか。少なくとも当時、飛行船の揺曳した空間は、荒々しい未知の感動に満ちており、その巨大な姿態は、常に危機を充満しておののいていた。

その荒々しい未知の感動に満ちた空間を、その中では人々が常に危機感におののかずには居られない空間を、それにとってかわった飛行機は正当に受けついで現在に至っているのであろうか？　そんな事はない。私はそう信じないのである。飛行船の飛ぶ空間は、全く別のところにあるのだ。「文明」に於て、飛行船の発明と飛行機の発明は明らかに位相を異にした、いわば別世界の出来事なのである。ただ我々が「空を飛ぶ」と云う事だけでそれらを同質のものと見あやまり、ソレからコレへの乗り換えによって飛行船のための感動に満ちた空間を見失って今日に至っているのである。

我々は既に「月ロケット」などには感動しない。太平洋横断のヨットなど子供だましである。我々に冒険を促し、我々の奇怪な幻想に過ぎない「文明」が感動的であるための空間は、もっと別の所にあるのだ。そしてそれは恐らく、我々からさほど遠くはない。

私はいつも考えている。いつか我々の街の頭上に、音もなく飛行船の浮いている日がやってくる。その日我々は空を見上げ、ゆっくりと傾いた巨体や、風でガバガバとたわむ被膜や、優雅な船首や、奇怪な船尾に先ず圧倒され、次いでそのやさしさやさびしさのために、或る不安を抱くに違いない。

その時こそ我々は試されるのである。その飛行船の揺曳する空間を垂直に吹き抜ける彼方にこそ、我々の疑問を限りなく吸収する方向があり、我々が我々である事を限りなく解答するものがあるのだ。

勿論、若しかしたら我々は、飛行船には既に耐えられないかもしれない。かつての冒険者達が夢見た巨大な仇花である飛行船は、空間を空間として体験する事なく飛行機でただ駆け抜ける事に慣れてしまった人々にとっては、強すぎる刺激だからである。

しかし、いつか飛行船はやってくる。我々の日常生活の連続を保証する空間が如何に機能化され如何に飼い慣らされたとはいえ、そこには常に未知で荒々しく野蛮な空間が位相を違えて潜んでいる。その空間に対して、我々は今こそ、ベテランにならなければならないのである。

（劇団青俳『「街と飛行船」上演パンフレット』一九七〇年九月）

街との対話

昭和四十四年七月二十六日毎日新聞夕刊に次の様な記事があった。

「東京都清掃局は二十六日午前十時から杉並区高井戸四の一二二一で清掃工場予定地の測量を始めようとしたが、工場建設反対同盟の主婦や商店主ら二五〇人がピケを張り、全員腰から吊るした石油カンを一斉にたたき鳴らして〝対話〟を拒絶したため、この日は立ち入り測量が出来なかった……」

以下の記事によるとこの反対同盟には作家の松本清張氏及び八幡製鉄副社長（当時）の藤井丙午氏も参加しており、両氏を含めてこの同盟は当時、その問題を裁判所へ提訴していたそうである。従ってこの反対同盟のこの日の〝対話拒否〟は、「その裁判の結果が出るまで待て」と云う事だったらしいのだが、その後どうなったのかは知らない。

私が興味を持ったのは、反対同盟の人々が腰から吊るした「石油カンを一斉にたたき鳴らして」〝対話〟を拒否した、と云う点である。これは奇妙だ。話し合おうとする人間に対して、「馬鹿」とか「ナンセンス」とか「引っこめ」とか云って野次り倒す例はままあるけれども、それとこれとは事情が本質的に違っていると思うのである。

一体どんな智恵がこの戦術を発明したのか知る由もないが、その対話への不信はかなり根深いものと考えなければならないだろう。少なくとも、話し合おうとするものと、それを妨害しようとするものの野次は、同一地平での衝突が約束されており、それを相互に確認する事が可能だが、この場合にはそれすらもないのである。この場合の石油カン殴打は明らかに、対話の成立する地平とは別次元に居ると云う事を確認するための警鐘なのだ。

私はこの記事を読みながら、極くつまらない事かもしれないが、清掃局の役人とこの反対同盟の人々とは、一体どんな風にして視線を交わし得たのだろう、と考えてみた。お互いに顔をそむけあっていたのかもしれない。若しその視線を交わしあう事があったとすれば、それは、極めて不安定なふれあいだった筈である。つまり、ここで行われたのは、相互に憎み合うと云う手応えの確かな、そして幸福な出合いではなかった筈だからである。彼等が相互に憎み合う資質にめぐまれていたら、反対同盟も石油カンの殴打ではなく、野次によって役人共を追いはらう事が出来ただろう。

私はこの場合、石油カンは、相手に対する憎しみをこめて打たれたのではないと思うのである。言語そのものが本来持っている、管理への呪縛力を拒否するために、自らの内にあるそれをも吐き出し、それの入りこむ余地のない「場」を作りあげるために、打たれたのであると思うのだ。恐らくこの反対同盟に組した人々は、さほど追いつめられた人々ではない。それだけに、言語と対話の論理に対しては、極めて脆弱な資質しか持っていなかったのである。

この日の反対同盟の人々の行為は、「裁判の結果が出るまで」測量を中止させるべくとられた戦術となっているが、私はそんな事は信じない。若し反対同盟の人々が「裁判闘争による解決」を「信じて」いたのなら、その日「その結果が出るまで待て」と云う事を清掃局の役人共に「話し合い」で納得させ得ると云う事も、容易に「信じた」であろうからである。反対同盟の人々が、言語と対話の論理に対して脆弱な資質しか持っていなかったと云う事は、逆に、その論理の強力な呪縛力に極めて鋭敏であった、と云う事である。そうでない限り、この戦術の発明は考えられない。

ともかくも彼等反対同盟の人々は、言語と対話の論理が入りこむ余地のない「沈黙の場」をその様にして創りあげる事に成功した。私はこの事件を、「街との対話」と云う事を考える上で、記念すべき事だと思う。もちろん、この場合私の云う「街」と云う事について他意はない。個人の意志と云うものを相対化する一つの閉鎖構造の事に過ぎない。つまり、「街」と云う閉鎖構造によって相対化された言語機能と云うものを、我々にとっての絶対的なものとするために、先ず我々は石油カンをガンガンと叩き、ひとつの「沈黙の場」を創りあげなければならないのである。やがてその「場」を流通するかすかな「ささやき」のようなものが芽生え、それが若しかしたら、「街」との健康な対話を恢復するかもしれないからである。もちろん、若しかしたらそれは「街」そのものを拒否し、崩壊し去るかもしれないのだが……。

（俳優座『「そよそよ族の叛乱」上演パンフレット』一九七一年七月）

街と儀式

　このところ、私は芝居を書く度に舞台に「街」を出現させたいと、しきりに考える様になった。「街」の芝居にあこがれているのである。「スパイものがたり」も「不思議の国のアリス」も「アイ・アム・アリス」も「街と飛行船」も「そよそよ族の叛乱」も、全て云ってみれば「街」の芝居にしたかったものだ。しかし「街」の芝居はむずかしい。日本に於ては、社会科学者に云わせると自由都市の伝統がなかったせいだと云うのだが、「街」と云う場に於ける対人関係が極めて不確定である。それだからかもしれない。「わたくし」の世界は「家」の中に閉ざされ、それと全くうらはらの方向に「おおやけ」の世界が無限へ向かって広がっているのである。「街」と云う中間地帯がないから「わたくし」と「おおやけ」は「家」の境界線をもって常に背を向け合っており、「わたくし」でない場合が「おおやけ」であり「おおやけ」でない場合が「わたくし」と云う様に、おたがいが顔をそむけあっている。恐らく西洋では（自由都市の伝統のあるところ、と云う意味だが）「街」と云う場が、「わたくし」と「おおやけ」の連続を保証しているのであろう。ソートン・ワイルダーの「わが街」（俳小で上演するのは「わが町」だそうであるが後述する様にこれは「わが街」であるべきだと私は考える）や、マルセル・パニヨルの「マリウス」「ファニー」を読むとその「街」のあり方に先ず私は感激してしまう。

日本の作品で「街」を描いて少なくとも私を感動させてくれるものと云えば、もちろん私の知っている範囲内での事だが、宮沢賢治のイーハトーブだけである。そこには確かに「街」がある。宮沢賢治の「街」へのあこがれが、そこに凝縮して描かれているのである。

神が「自然」を創り、人間が「都市」を創った、と云う言葉がある様に、「街」には、「自然」の荒々しさから人間が相互に身を護りあうための「やさしさ」がなければならない。それは云ってみれば、人工の「やさしさ」である。結婚式とかお葬式と云う儀式は、日本の場合はそのおもむきがやや違うが、西洋の場合には明らかに、「街」のための儀式なのであり、人工の「やさしさ」の表現になっているのである。

文明が進んでいるか遅れているかと云う事を私は、「街」とその「儀式」が、出来ているか出来ていないかで決めていいのではないかと考える。「街」とその「儀式」こそ、人間の発明した、最も複雑な、最もスケールの大きな作品だと考えるのである。「街」のない所に文明などないのだ。

ところで「街」と「町」とは明らかに違う。私は文章や戯曲の中で良く「街」と云う字を使うのだが、それが「町」と誤植されているのを見ると、ひどくがっかりする。「街」は「町」ではない。「町」と云うのは、単なる一つの行政区画の事であり「街」と云うのは、夫々に一つの独特の「息遣い」をもった単位である。この「街」とあの「街」では夫々に「息遣い」が別なのであり、独自のダイナミティーと、独自の哲学と、独自のメカニズムを持っているのである。そして何よりも「わが街」と云う暗黙の了解が夫々に成立しているのでなければならない。私が「街」の芝居を書きたいと考えるのは、もちろん私の「街」へのあこがれが強いせいもあるかもしれないが、この風土では余りにも「街」のための条件が稀薄だから、それが「街」であるだけで既に充分にフィクションたり得るからかもしれない。ともかくも、「わたくし」と「おおやけ」の連続を保証する場が「街」であるとすれば、それはそのまま役者にとっての舞台空間の論理と同様なのであり、私が「街」を舞台空間に構築する作業と云うものは、その様な意味で演劇論ともなり得るのである。

（俳優小劇場『「わが町」上演パンフレット』）

断食芸人の悲哀

カフカに「断食芸人」という短編があって、これは文字通り断食をしてみせる芸人の事である。東洋ではおおむね、断食は信仰にもとづく修行として行われるのだがそれを芸としてみせようというのだから、たくらみとしてはかなりどぎつい。芸というものは本来、神様のおぼしめしにない事なのであり、反自然的であり、同時に反人間的であるところにその根拠をおいているのであるから断食を信仰から切りはなして一つの技術的な体系として見せるということは、実に芸の芸たるゆえんに恥じないのだ。

ところで断食芸人は、興業師と共に一つの街に現れ、想像を絶するほど長期間の断食を宣言し、それに挑戦してみせるわけであるが、実に思いがけないところに矛盾を露呈するのである。断食芸人の芸人たるゆえんは、断食もまた芸であるとしたその決意のうちにあるのであって、実際の断食行は単にその結果にすぎないのであるが、観客はそう見ない。観客には、結果としての断食行しか見えないから、それが芸であるならば、それは断食をする事なしにあたかも断食をしているが如くにふるまう芸に違いない、と考えてしまうのだ。つまり、こっそり食べる芸である。

往々にして観客は、一つの文明的事象を、巨視的に見る目に欠けている。眼前に断食芸人を置かれてしまうと、文明がそうした芸人を生み出した衝撃性、もしくはその文明の中で彼が断食を芸として見せようとした決意の厳粛さを見るのではなく、いかにして彼が断食をするかもしくはごまかすか、に関心が集中してしまう。一つの芸は、こうした事情の中で否応なく、原因と結果に分断され始める。仮にあるとすれば、芸の原因と結果との間には、この様な奇妙に屈折した事情が介在し、それが芸人とその観客を、たとえようもなく不安定な立場に追いこむのである。

断食芸人の悪戦苦闘はここから始まる。彼は、彼の断食行自体には何等カラクリがない事を証明して、その場の事情を恢復しようとする。しかし、彼がそのごまかしのなさを証明してみせればみせるほど、観客はその巧妙さを賞揚するだけなのだ。間食をしていない事を証明するため、彼が一晩中大声で歌い続けてみせると、観客の方は、歌いながら食べるというのはたいした芸だ、と感心する始末なのである。芸が芸であることの衝撃性と厳粛さは、そうした相互の往復作業の中で、次第に摩滅してゆかざるを得ない。この断食芸人の悲哀こそ、きわめて根源的なものとしなければならないであろう。

そして今日、演劇自体が内包している問題もここにある、と私は考える。我々もまた、意識するとしないとにかかわらず、断食芸人が断食を芸として選んだように、演劇を選んだのである。つまり、断食もまた芸であるとした彼の奇妙な決意と同質の奇妙な決意が、我々を演劇にたずさわらすべく、そそのかしたのだ。従って断食芸人についての最も感動的な要素がその決意の内にあった様に、演劇についての最も感動的な要素も、人が演劇をやるという、その事実の内になければならない。大げさな言葉を使えば、人間が文明の内に演劇という奇妙な装置を仕掛け、それを操作しているという事実こそが、感動的なのでなければならないのだ。人間が演劇をするという奇妙さは、断食を芸として売る奇妙さと比較して勝るとも劣らないのである。

しかし観客はそうは見ない。観客には、演劇の結果しか見えないからである。観客は劇場にやって来て、ハムレットが何をしたか、オフェリアが何をしたか、は見るのだが、そこでまさしく演劇が行われたのだ、という事を知らない。演劇が演劇として最も衝撃的であり、同時に厳粛であるのは、遂にそれが演劇に他ならない、という点にしかないのだが、観客はそれを見ないのである。

演劇がこれまで、我々の文明に対して何を成し得たのか、そんな事は私は知らない。恐らく、断食芸人の断食のように、何の役にも立たなかったに違いない。しかし演劇という装置は、営々として文明のもとに居住権を得てきた。私の演劇に対する関心は、すべてその奇妙さに集中する。そしてその奇妙さをもって観客に演劇の演劇たるゆえんを納得させるまで、私もまた断食芸人と同じ悲哀の中に居るのである。

（『朝日新聞』一九七一年十月）

貘の構造

貘というのは、御存知の通り、夢を喰う動物の事である。一般には、オオアリクイの事を貘と呼ぶらしいのだが、これは俗説である。目黒不動の近くに五百羅漢寺というのがあって、実際に五百あるのかどうかしらないけれども、羅漢ばかりが広い堂内にギッシリ並んでいて一種異様な光景を呈している。そこに貘の像がある。一寸見ると大きな犬のような格好で、どういうわけか目が沢山ついている。今はっきり覚えていないが、あるべきところにある目以外に、額とか横腹とかにもついていたと思う。つまりこれは貘だからで、もしかしたら貘は、夢を目で喰うのかもしれない。ありそうな話である。夢というものは先ずもって見るものであるから、見る事にかかわらないでは喰うこともおぼつかないに違いないからである。

ともかく、見れば誰にでもわかることだが貘というのはかなり凶悪な感じのする動物である。オオアリクイのようなうすらぼんやりした人の好い動物とは明らかに違うのである。おおむね人は貘と聞くと、どう見ても人畜無害としか思えないオオアリクイの事か、山之口貘というこれまたホノボノとした詩人の事を考え、「ああ、あれか」と思うらしいのだが、この際是非とも印象を改めて欲しいものである。だいたい我々が見る夢の事を考えてみてもわかる。かなり醜悪な、思い出すのもはばかるような夢を見ているのだ。それを日夜喰わされているのだとすれば、かなりの怪物になっていい筈なのである。

獏というのはどんな鳴声をするのか、私は長い間考えてきた。色々な事が考えられるが、やはり常識的に妥当なのは、鳴かないという説だろう。獏は鳴かない。鳴かないと考えた時に一番、我々は獏を理解する。獏の暗さと、獏の凶悪さは、その沈黙の中で最も説得力をもつのである。夢には色がないと良くいわれるが、もっと怖いのは、夢に音がない事である。我々は夢の中で人と会話を交わしたり物音を聞いたりするが、決して音の印象は残らない。だから我々は夢の中の会話や物音を聴覚を介する事なく聞きとっているのである。獏の沈黙もそのような種類の沈黙に違いない。つまり、もしかしたら獏は鳴いているのだが、我々には聞こえないのである。

獏が淋しい動物であるという説には、私もおおむね賛成である。そしてその淋しさというのがオオアリクイの淋しさや山之口獏の淋しさに一脈通ずるものがあるという説を、私は否定しない。それは同情するに足るのでもなく、可哀そうなのでもなく、淋しいのである。俗にいわれるように、シアワセとかフシアワセとかいうものは極めて相対的なものであり、それが相対的なものであると気付いた時、人はその存在自体がかもし出す絶対的な淋しさに到達するのだそうであるが、獏の淋しさも、いわばそうしたものである。従って獏の凶悪さと、その淋しさは、矛盾しない。オオアリクイの間抜けぶりとその淋しさが矛盾しないのと同様である。

貘は見る事が出来ないという説に、私はかなり賛成である。しかし、それをカーテンでさえぎる事により、そのむこう側に居る貘を確かな手応えをもって、知覚出来るという説に、私は更に賛成である。我々が眠る事によって、つまり目をつむる事によってしか夢を見得ないように、貘もまた見ない事によってしか見得ないのである。貘の存在の仕方には、その様にして奇妙にパラドキシカルなものがある。貘がこれまで幻の動物と呼ばれてきたのは、そのためだろう。

「花はさかりに、月はくまなきをのみ見るものかは」といったのは兼好法師だが、これは単なる美意識の問題ではない。それは「見る」ための一つの方法であり、いわば貘を見るための智恵なのだ。だとすれば、我々は貘を見るための智恵というものを、かなり以前から我物としていたのである。そしてもしかしたら、現在そうした智恵を次第に失いつつあるのである。誤解されたくないので敢えてつけ加えるのだが、これは想像力の欠如という事ではない。あくまでも正しく見るための智恵の事なのである。正しく見る事は極めて難しい。特に、受動的に見えるものを見る時でなく、積極的に見えるもの以上のものを見なければいけない時に難しい。我々は、疑いながら聞く事は出来るが、疑いながら見る事は出来ないからである。視覚そのものに不信を抱きながら同時に見るためには、かなりの訓練が必要なのだ。しかしそれが、正しく見るための唯一の方法である事に違いない。

兼好法師は、視覚そのものに不信を抱きながら同時に見るための方法を、つまり正しく花であり月であるためのものを見る方法を、その様な構図に於てとらえたのである。これは単純であり素朴であるが、一つの方法である事に違いはない。貘を見るための方法も、ここにしかないのである。

貘の大きさは、等身大から無限大までの間で決まる。つまりいえる事は、等身大以下ではあり得ないという事である。それが等身大である時に最も確実な手応えをもち、それから大きくなると従って、その手応えは拡散してゆく。もし、正常な人間と狂人との間にはっきりした境界を引く事が出来るなら、正常な人間が見る事の出来る貘の大きさの限界を、数字で示す事が出来るかもしれない。等身大以下ではあり得ないという事は、貘を見る見方によって容易に推察出来る。貘は、凝視する事で見えるものではないからだ。我々は積極的に物を見ようとする時、ややもすると、それを凝視しようとする。視覚への不信は忘れられ、我々は全てを見失う事になる。兼好法師の方法が正しく理解されたら、我々は視線を拡散させながらしかも見る事に積極的になる事が出来るだろう。そうした方法によって見得る貘の最小限界が等身大なのである。

貘については、更に様々な事がある。しかし、その解剖の作業は、現在極めて遅れているのである。我々は急がなければいけないのだ。

（五月舎『貘もしくは断食芸人』上演パンフレット　一九七二年一月）

「獏」創作雑感

ピカソの一九〇五年、《サーカスの時代》と言われていた頃の代表作「旅芸人の家族」という絵に、私は何度も感激した。恐らくはスペインの荒野であろうと思われる風景の中に、一群の旅芸人が休息をとっている絵である。或るものは玉乗りの練習をしており、或るものは子供をあやしており、或るものは食器の手入れをしている。それが私にとって感動的なのは、思うに、彼等がそれぞれに、風景の中で無心だからに違いない。

もちろん、風景の中で無心であるもの全てが我々を感動させるとは限らない。ミレー描くところの農夫は、これも風景の中で如何にも無心だが、それらは決して私を感動させない。農夫というものは、常にあらかじめ、風景によって了解された存在だからである。しかし旅芸人は違う。我々の知る旅芸人は往々にして風景からはじき出され、幻想の中を漂泊するものである。つまり旅芸人というものは、風景の中で無心である事など、決して許されない人々なのである。

ではピカソの旅芸人は、一体どのようにして風景の中で無心である事を許されているのだろうか。それが、風景ではない風景、つまりスペインの荒野だからである。つまりピカソは、旅芸人が同化し得て無心であり得る風景の極限を、そのようにして見出したのであろう。我々はその風景の貧しさの中に旅芸人たるものの魂の荒涼を見出すのである。

この「旅芸人の家族」を見て感激したリルケは、《われに告げよ、彼等は何者なのか》と歌っている。恐らく、旅芸人の魂ほど、奇妙な魂はないのではないだろうか。神のもとに、つまり風景のもとに奇妙なのである。

私は芸能というものが、農耕に於ける祝祭の中から発達してきたものであることに、殊更異論はない。しかしそこに専門家が生まれ、芸として独立した時、それを支える魂というものは、全く別のものになったと信じざるを得ない。農夫の魂が健康なものであるなら芸人の魂は不健康なものでありその不健康である点に芸人の魂の独立し得る唯一の根拠があるのである。旅芸人というものが一種異様なものとしてさげすまされてきたのにはそれなりに理由があったのだと私は考える。

しかし、そこにしか旅芸人が旅芸人である理由はないのである。私にいわせれば、農夫には魂なんか必要ではないが、旅芸人には、スパイや裏切者にそれが必要なように、魂が、それこそが必要なのである。

（五月舎『「獏もしくは断食芸人」上演パンフレット』）

「そよそよ族の叛乱」創作ノート

　先ず最初に必要としたのは資料である。これまで私は、戯曲を書くために資料を必要としたことなど一度もないが、資料にもとづいて書くなんて云うのはひどくアカデミックな感じでいいんじゃないかと、かねがね考えていたのだ。それに、考えてみると私の「そよそよ族」に関する知識はビックリするほど貧弱だったし、生憎私の周囲には、それについての専門家が、誰も居なかったのだ。

　本があればそれにこした事はない。つまり専門書と云う奴だ。戦後間もなく紙のない時代に印刷した奴で、例の黄色っぽくて裏がザラザラ、表紙なんか日に焼けて白くなり、製本が悪いから本体とバラバラになってるって風の奴。良く見ると「そよそよ族ノート」と書いてあり、中には細かい字でギッシリ「そよそよ族」についての、それも枝葉末節に関する事柄ばかりが書かれてなければならない。もちろん裏には索引があって、「た」の区分けには「食物」の項などがあり、その指示に従って二十三頁と、五十六頁と、二百五十二頁を開いてみると、そこにそれぞれ「そよそよ族」の食物についての記述があると云うわけなのだ。

しかしもちろん、そんな本などはない。ではあきらめるべきか。いや待てよ、と私は考えた。そんな本があったところで、私はその全部を読みやしないだろう。どうせところどころ拾い読みするか、或いはその本があると云う事だけに満足して、一頁も読まずにすますだろう。ならば、その拾い読みの部分だけあれば充分ではないか。で、ある事にしたのだ。以下、私の資料の断片である。

〈そよそよ族ノート　NO1〉

その街にそよそよ族的兆候の見え始めたのがいつの頃からか、誰も知らない。ともかくも人々の気付いた時にはすでに、かなり以前からそれに冒されていたのである。癌が人のための不治の病いであるように、そよそよ族的兆候は街のための不治の病である。潜伏期間は長く、その間の自覚症状はまったくない。更にまた潜伏期間が終わり、その兆候が顕著に表現され始めても、気違いが己れの発狂に気付かないように、一部の専門家を除いては決してそれに気付く事はないのである。

そして古来よりそうであったように、専門家の意見はしばしば無視され、街はなすべくもなく死に砂漠となり果てる。街が砂漠となり、人々が浮浪者に落ちぶれた時、そよそよ族的兆候は末期症状を告げるのである。

そよそよ族的兆候は、一つの共同体の文明が過度に発達し、特にその言語体系が錯綜し始めるのを契機として、次第に頭をもたげてくる。例えば未分化な状況について、それが解明される以前にそれを未分化なままに定着する言語が発明されると、つまり、不条理な状況について「不条理」と云う言葉が発明されてしまうと、我々は不条理な事実とは関係なく、独立した言語体系の論理の中でのみ「不条理」を理解してしまうのである。この、事実と言語との奇妙な断絶が、人々を過剰言語症に、そして遂には失語症に追いやり、それが総合化された時、文明はそよそよ族的兆候を示し始めるのである。(第三章の六より)

〈そよそよ族ノート　NO2〉

多くの都市学者はその都市におけるそよそよ族的兆候を探り出す手がかりとして、そこに発生した犯罪を重要視する。これは理由のない事ではない。往々にして犯罪は、一つの文明に於ける言語体系の構造的な脆弱さを、最も典型的に表現するからである。

ある都市学者はある都市に発生した一年間の凶悪犯罪三十三件のうち、十八件までが吃音者によるものである事を知り、急ぎ調査を開始した。そして、知ったのである。その都市はほぼ十年前から過剰言語症状を呈し始め、同時にその頃から後天的吃音者が激増していたのである。

その都市に於けるその都市学者の奮闘こそ、そよそよ族的兆候にたいして意識的に対処した人類の最初の試みだったと云えよう。彼は先ず国語審議会を召集し、その審議会の認可を得ない単語の使用を一切禁止した。つまりあらゆる抽象語を言語体系から追放し、具体的な事物を意味する単語から象徴的な意味を一切ぬぐい去る事により、錯綜した文明の単純化をはかったのである。もちろん言語体系にテコ入れする事により文明の構造を変えようとするのは、例えば、投票によって政治に参加しようとする事と同じ様にひどく虚しい。

彼の試みはそれでも、最初のうちは何とか成功しつつあるかに見えた。人々は言語体系を通じての間接的生活から、次第に、事物を通じての直接的生活に、その本質を移行し始めたからである。しかし結局は失敗した。或日突如として人々は狂暴になり、多くの殺戮が極めて無法則的に行われ、混乱の後生き残った人々は、完全に沈黙したまま街を去っていった。その都市は崩壊したのである。

（第五章の二より）


〈そよそよ族ノート　NO3〉

そよそよ族的兆候と云う学名の由来は、砂漠地帯にかつて実在した失語症民族「そよそよ族」からきているのであるが、都市に於けるそよそよ族的現象の中から、新たに都市そよそよ族が発生したと云う説がある。一部の都市学者は、前者を源そよそよ族、後者を新そよそよ族と呼びわけているが、定説となっているわけではない。そよそよ族的兆候と云われるものが、一つの共同体の文明の傾向としてのみ認知し得るものなのか、或いはそこに参加する個々の人格の傾向としても認知し得るものなのか、議論のわかれるところである。もし個々の人格の傾向によってそれを認知し得るのであれば、我々はそれを新そよそよ族と呼ぶ事に、いささかの異論も唱えるものではない。

もちろん、新そよそよ族の実在を云々するための議論は、単純な径路をたどらない。例えば一部の学者に云わせれば、事がそよそよ族に関する以上、たとえそれが「族」として概括され得るにしても、それぞれがそよそよ族的傾向を持つ個々の人格の集合体でない場合もあり得る、と云うのだ。とすれば、ある共同体の一般的傾向がそよそよ族的であった場合、その共同体に参加している個々の人格に関わりなく、彼等は新そよそよ族だと云う事になる。またある一部の学者に云わせれば、そもそもそよそよ族的傾向と云うものが相対的なものであり、そうでないものとの如何なる対立的関係をも形成し得ない以上、それがそよそよ族か否かと云う事は、それに参加する個々の人格の自覚以外にあり得ない、と云っている。

従って、少なくともここで今云える事は、新そよそよ族は居るか居ないかのどちらかなのでありもう一歩それを具体的にするなら、もしかしたら居る、のである。（第六章の三より）

〈そよそよ族ノート　ＮＯ４〉

十四世紀の偉大なる画家ピーター・ブリューゲルの作品を見れば、当時既に彼が一つの共同体に於けるそよそよ族的兆候について、鋭敏にも気付いていた事を明らかにしてくれる。

当時、共同体規模で人間を把える事の出来た唯一の作家ブリューゲルは、同時にその共同体が本来内包する崩壊への予感をも抱いていたに違いない。そしてその崩壊へ至る正確な径路をも、である。そうでなければ、彼の世界に狂気して群がるそれら群衆の一人一人に、それぞれ完全な孤独と孤独なるが故の自由を与えながら、それらを総合してあれほど静的に知的に統制する事は出来なかった筈だからである。

我々はブリューゲルの作品の、局部的な狂気と、それらの集合によって構成された全体的な知性との、奇妙な調和の中に、そよそよ族的兆候の源初的なるものを見出さないわけにはいかない。いわば、過剰言語症的状況が失語症的に統一されているのであり、その失語症的な磁場が、我々を限りなく激発するのである。(第三章の十二より)

これだけの断片があれば、ほぼ《そよそよ族ノート》の全貌をうかがい知るに足るではないか。そよそよ族についての、明確さとあいまいさが過不足なく書き込まれている、無駄なところ、わからないところ、奇妙に論理的なところ、とりまぜて、筆者の或種の熱狂ぶりまで読みとれるのである。資料はここでいい。あとはただ、この資料をどれだけ無視出来るか、と云う点にかかってくる。

もちろん、無視のしかたにも計算がなければならない。私の作業は、第一に観客は全てこの資料について熟知している事、第二に作中の登場人物は全て、この資料にある事実について無知である事、この二点を前提として開始された。この方程式は恐らく正しい。私はこの方程式に依って、作業の過程で絶えず観客を脅迫する根拠を得たからである。私は囁やき続けた。「ほら、あの資料の事だぞ」「思い出すんだ、あの事さ」「あったじゃないか、古本屋のあの棚に」「お前は手にとって見た筈だぜ」「ほら、あの……」

もし、私の作業が全て終わって、観客に「そよそよ族と云うのは、聞いた事はあるが、どうも思い出せない」と云った程度の印象でもいい、与える事が出来れば、私の仕事は成功なのだ。つまりそよそよ族は、未分化であり、あいまいであり、決して論理化されないあるものとして、人々の記憶の中にかげを落とすあるものと、ひびきあわなければならない。もし、「そよそよ族とはヒッピーの事だ」とか、「貧しい人々の事だ」とか、「インド人の事だ」とか、意味にすりかえられたり、一つのシンボルになったりすれば、それが私の仕事の失敗なのである。

資料と私の作業との関係は、その様なものである。従って、その資料は、そこに何が書かれてあるかと云う点に於て重要なのではなく、「それが確かに存在し、かつて一度見た記憶があり、中の二三頁をとばし読みした事すらある」と云う点に於て、重要なのである。

さて、資料と作業との関係がその様なものである限り、次に必要となってくるのはその作業の形式である。演劇と云う装置は、そこに支払われた作業そのものを対象化するためには、極めて不便である。例えば「漢詩」があって「書」がある。「漢詩」の文学性と「書」の造形性が、相互に歩み寄って一つの実在を形造る。我々はその実在に依って、そこに支払われた作業の総体を対象化する事が出来るのだ。これは便利な装置である。演劇と云う装置はその文学性と造形性を分裂して把えるには、まだ余りにも幼いのだ。そこで、かなりあくどい形式が必要になってくる。

もちろん、手がかりが皆無と云うわけではない。演劇に於ける文学性と造形性の分裂は、ストーリーと空間処理との分裂として把えられない事はない。ただ、往々にしてこれが分裂しなかっただけの話だ。ストーリーのために空間処理を奉仕させてしまったり、空間処理のためにストーリーを無視したりしてきたのである。分裂させる事が出来なかったから、従って統合させる事も出来なかったわけだし、結局、演劇は演劇として実在しなかったのだろう。

あくどい形式と云うのは、つまりこれを分裂させるための方法に他ならない。私はまず「探偵X氏の冒険」と云うかなりきわどいストーリーをでっちあげた。そしてそれと関係なく、空間処理のための別のルールを造りあげたのである。

先ず第一場をヴォードヴィル風に仕立てる。第二場をアンチテアトル風、つまり「ゴドーを待ちながら」風にする。第三場は風俗劇風、つまり雰囲気芝居にする。第四場は、愛と憎しみとの葛藤つまり近代劇風にする。第五場は、葛藤の演劇に対する場の演劇、（これは私用語だから誰にもわからない）いわばオールビー風にする。そしてそれぞれはもっとも類型的に、それ風でなければならない。

もちろんこの各場に於ける空間処理の類型は、でたらめに並べたのではない。並べ方だけは、ストーリーの流れに従わせざるを得なかったからである。第一場で語られるのは「ほんの冗談」である。第二場では、その冗談とそうでないものとの垣根がとり払われる。第三場では、そうでないものを雰囲気的に拡大する。第四場では、「全く冗談でない」事が真剣に語られ、第五場でドンデン返しが行われる。

この様にして、各場が全く独立した空間を持ち、それぞれの場を「探偵X氏の冒険」と云うストーリーが流れ、この空間とストーリーが、それぞれ独自に、一つの演劇的事情をなぞってゆく、と云うわけである。観客は、各場が類型であればあるほど、それらが並べられて総合化された時のあるものを見ようとするであろうし、「探偵X氏の冒険」と云うストーリーがきわどいものであればあるほど、そのストーリーが形成する論理ではないあるものを追おうとするだろう。要は空間とストーリーが、そのあるものに於て焦点を結んでさえいればいいのである。

資料があり、資料と作業の関係が確立され、作業の形式が決定し、そこでこの戯曲が出来上がった。もっとも、これが創作ノートと云われるものの全てではない。真の創作の動機と云うものはこれ以前にあり、それが私にこの様な作業をそそのかしたのであろうが、それが何なのか、私は知らない。知ろうとも思わない。

（『早稲田文学』一九七二年五月号）

第Ⅳ部　増補

三好十郎論

はじめに

「愛する」と云う事が「真に理解する」と云う事である。特に三好十郎を理解する場合には、この事が重要である。つまり彼が「生きた」文学者であり、「考えた」文学者ではないからである。これも、この第二次大戦を「生き抜いた」数少ない文学者の一人であってみれば、その意義を僕等が正しく理解し、継承する為にも、僕等は三好十郎を「愛する」事から始めねばならない。「考えた」文学者は「考えれば」理解出来よう。生きた文学者に対しては、これを心から愛する事でしか真の理解はあり得ないであろう、と信ずるのである。

三好十郎が「斬られの仙太」を書く時、仙太郎を理解するために、かつて彼の通ったと云われる道を三度歩いてみたと云う、その方法を僕等も又、採らねばならない。

彼の作品を読んだ時の、僕の素直な感動の質を大切にしながら、三好十郎の種々なヒダを探ろうと云うのがこの文の課題である。

僕の探りあてた種々なヒダが、たとえおぼろげながらではあっても、三好十郎の人間像を浮びあがらせる事が出来たら、僕にとってこの上もないと思うのだ。

一、日本人

万葉集を生んだ日本人は、やがて江戸時代に芭蕉を生んだ。日本人は空間的無限よりも時間的無限を望んだのだ。それは若しかしたら資源が少なく国土の狭い日本の故であるかもしれない。しかし、それはどうでもよい。兎も角も日本人が横の関係に於て集団的であるよりも縦の関係でより集団的であったのはたしかである。

日本人の運命感は自分の「生まれ」から「死」に至るまで全てを「自然なるもの」つまり「必然的」とみなす傾向がある。それは若しかしたら長い日本の封建制が国民を奴隷的にしたのかもしれない。しかしそれもどうでもよい。大切な事は奴隷は自分の「生まれ」その「環境」「才能」「死」全てに責任を持つと云う事だ。そして若しも報いられなかった時は「怒る」よりもむしろ「涙する」。

日本人には又古来より人生を一つの旅と見做す思想があった。時間的永遠性を空間的永遠性に置換えたのである。これはその時間的永遠性を神秘的な来世的なものに考えるのでなく、あくまでも現世的な、一つの責任範囲と考える事を示している。

日本人は横の集団性を離れ、自然の与えた荷物を負い「生」と「死」が画する道程を行くのである。しかもその中にあって「物事は全て推移する」。満つるものは欠け、会うものは別れなければならない。日本人は「会う」前から「別れ」を予言されている。「別れ」が自然なものであり、運命的なものである日本人にとっては「会っている」時間を長びかせる事など及びもつくまい。唯「別れる」時間の感慨が深いのだ。「別れる」時の感慨が深いからこそ「会った」時の喜びも大きいと云える。万葉に見られる現世主義とはこの事である。芭蕉が晩年「俗を出でて俗に還る」事が出来たのもこの「別れ」を明確に見極め得たからに他ならない。芭蕉がみづから求めて孤独になったのは決して「悟った」からではない。「悟り」と云う事は客観的真実と主観的真実の合致であり、芭蕉の真実は孤独を求めても、客観的真実はこれを許さなかった。「旅に病んで夢は枯野を駆けめぐ」ったではないか。彼は「俗に還り」ここで悟り得たのだ。孤独を求め得なかったからではない。孤独を求め得たから俗に還れたのである。芭蕉が一生をかけて果たした自我の確立を、現代は「社会性の無さ」とか、「人生に対する消極性」であるとの理由で否定している。しかしこの辺に何か大きな問題がひそんでいる。そして三好十郎の居場所もこの近くではあるまいか。我々は一つこの辺に網を仕かけておかねばなるまい。

二、私小説

三好十郎は作家以前に一人の日本人であった。私小説であるからには当然の条件であるが、日本では、以前にも以後にも作家であって他でないものが私小説を書いている。

私小説が「社会性」を持ち得ないと否定されたり、結局「私を克服出来なかったではないか」と非難されるのは、その私小説家の立つ足場が作家業というアイマイモコなものであったからだ。社会的にアイマイな足場に立つ作家が社会性を持てる筈がないのである。三好十郎は日本人であったから、つまり生活者であったから、その文学には社会性があった。彼自身「大インテリとは総べての党派性と地方性から独立しておりそして全ての人間の運命に一番近く立っている者の事である。そして他のどんなものからも支えられずに自らの力で立っている者の事である」と云ったそれに絶大なる自信を持っているに相違ない。日本人が血を流せば彼自身も傷つくだけの自負があってこそ、社会性を持つ、つまりホンモノの私小説が書けたのである。他の私小説家が自分が勝手に血を流して皆も私と同じ様に傷つかねばならない、という小説とは発想自体が異なっていたと云わねばならない。その意味で私小説が本モノであるか否かは、その作者が、作家であるか人間であるかにかかっている。三好十郎は人間であった。その上「幼くして逆境に育った」と云うと安っぽいが兎も角も「赤貧の中で深夜ただ一人でひと切れのパンを自分の涙でしめらせて食べた事のない人とは共に人生を語るに足らない」と云える人間なのであった。初期の詩論の中で、プロレタリヤの目を以って現実を見なければならないと力説したのもそれだけの自負があったからこそであろう。

彼は死ぬまで第三者（つまり作家）たり得なかったから、客体と主体を統一的に確立する等というマダルッコシイ事はしなかった。唯一途に主体の確立を急いだのである。然し、それだからと云って客体を無視したのでは決してない。先に述べた如く、彼は日本人が血を流せば自らも傷つくと云うだけの自信があったから彼の場合には主体の確立こそは同時的な客体の確立であったのだ。岡沢虎彦はこれを情熱的理想主義として片山伸の解説をつけている。「自分を罪人として凡ての人々の代わりに艱難《かんなん》を受け忍ぼうとする心が果して奴隷的とばかり云う事は出来ない。こんな人の心は深い信愛と鋭い批評心と強い勇気とを兼ね備えていなければならぬ。鋭い批評心がなければ自分をも凡ての人々をも罪人として認める事は出来ない。自他を明らかにするためには勇気を要する。艱難を忍ぶためには深い生命の信愛がなくてはならない。この信愛の心があるからこそ真の批評心も勇気も生じて来るのだ。信愛の心に基づいて真の批評を為し得る者にして初めて艱難をも楽しむ事が出来るのだ。真のリアリストはこんな人である。現実の生命を愛する事なしに我々はその真相を把握する事は出来ない。真に愛する事は真に理解する事である。全ての批評もこの心に基づかないものには生命がない」

三好十郎がイッヒドラマを書いたのは決して偶然ではないのである。主体の確立こそはそのまま客体の確立であると言う彼の思想に基づく必然の所産であった。

動いた時の人間にその本質が現れる。その意味でこの問題を扱いたい。

三、転向

転向の問題が扱われている戯曲は「斬られの仙太」「鏡」「浮標」「三日間」「炎の人」位である。特に昭和九年に発表された「斬られの仙太」、昭和二十六年に発表された「炎の人」に本質的なものが見られる。

昭和八年に佐野学、鍋山貞親の転向があって、昭和九年「白夜」村山知義、「雨のあした」藤森成吉、「癩」島木健作、等の転向文学と時を同じうして「斬られの仙太」が発表された。これら文壇の転向が「共産主義者内部の悪でなく共産主義者に加えられた悪の方が圧倒的に大きかった」のに反して、三好十郎が組織内部の矛盾をテーマにしているのは重要な事である。更に文壇人が「心ならずも」転向したのに対して三好十郎が主体的に転向したとすれば、そしてその後も生きたとすれば、日本の文学の必然的な方向をそこに見ては間違いであろうか。

「斬られの仙太」に於ける仙太郎の描いた大きな周期は一個人の発展の象徴として美しい。作者はこれを仮説として、それ以後、昭和十九年の「おりき」に至る戯曲の中で種々に検討を加えている。そして「おりき」に見られる人間性の昇華、同時に集団的社会性の確立が、その正しさを実証した。

仙太郎の行動は、強訴で村を追われた兄の仙衛門を救うという目的から始まった。農村の窮乏を見る彼の視野が広がるにつれて彼が個人の力の無力を悟るのも当然である。十人よりも百人、百人よりも千人の百姓が困窮しているのだ。水戸藩のヒューマニストが「天朝様を上に頂いた民百姓が安心して暮せる」社会の建設をする為に天狗党を作る。「より多くの」人々を救う為に、当然仙太郎は党に加入する。然し仙太郎の華々しい遠心的発展はそこで止まった。天狗党での活躍中に彼が知らずに殺した老人こそ、彼が最も「救わねばならなかった」兄、仙衛門であったのだ。

この矛盾こそ、愛情人たる三好十郎が転向せざるを得なかった大なるものであろう。やがて天狗党は、旧勢力幕府と薩長の摩擦にギリギリとつぶされてゆく。天狗党の浪士は「士分以下の者まで語らった挙兵だと見られては一揆は単なる暴徒と見られても仕方がなくなる訳」だからと、党の百姓を抹殺にかかった。矛盾は更に大きく口を開けて来たのである。仙太郎は百姓に還った。

田を耕している仙太郎の前に、維新成って藩閥政権に不満を持つ自由党壮士が現れる。仙太郎はこれを拒絶する。革命という大ザッパな方法で民を救う事の不可能を知った故である。個人に還された仙太郎は村の会合を作る事で再び集団性に目覚める。今度は、「救う」為ではなく「救われる為」に。この個人の要求に源を発した自然発生的な集団性こそ三好十郎の最後のよりどころであった。

彼の転向の本質は遠心的発展から求心的発展への動きであったのだ。言葉を変えれば彼の視野が「最大多数」から「全て」に広がったのである。それが求心性を要求したのだ。

信愛の心に基づく芸術家はプロパビリテイの世界には生きれない筈だ。生きてはいけないのだ。

科学の世界の真実は相対的なものではあっても、芸術の世界の真実は絶対的なものでなければいけないのであるならば。

ラスコーリニコフの罪を彼も又受けた一人なのである。

文壇の多くが信念を曲げた事の罪にさいなまれているに反して、彼が転向以前の自分の行動に罪を意識しているのであれば、むしろ彼には転向の偉大さをみる可きである。

彼の「斬られの仙太」以後の作品は、その己の罪意識を、全てに善意で貫き通す勇気に換えて出している。罪意識が強ければこの、勇気も強い、という感じである。

昭和十年「逃げる神様」の嘲笑は、誰に向けたのでもない。過去の自分自身に向けたのである。昭和十一年に「幽霊荘」が発表された。善意の人順介に対する翻弄を試みた彼も翻弄し尽くす事は出来なかった。彼の分身である順介にここで確信を得たのである。

善意の人が現実の社会機構の中で如何に力弱いものであるか、いやむしろその善意がかえって有害でさえもある事を彼自身知っていた。その刃を自身につきつけたのである。それで傷つきながらも、どんな事をしても捨て切れない業の様な善意を把んだのである。

その捨て切れない業の様な善意は同年に書かれた「屠殺場へ行く道」のテーマでもある。又その中で「どんな下層の環境の中でうごめく人々にも……」と作者は云っている。これは階級、環境の否定であって他ではない。そしてこれが言えたのはその人々と二人称の立場に彼自身が居たからなのである。

昭和十三年「襲われた街」で同じ天狗党を外から眺めた戯曲を作ったが、その中で作者は天狗党に走った庄屋の次男に深い同情を寄せている。人を善意の面から見た時、何人をも非難出来なくなったのだ。

昭和十六年に出来た「浮標」は転向の総決算の意味をもっている。純粋な科学者である比企との対決。「斬られの仙太」から「幽霊荘」から導き出された必然的な「しなければならない対決」をここで果たしたのだ。

科学というプロパビリテイの世界。近似値の積み重ねによる一つの真実に近いものの把握。それに対する強烈な懐疑である。「近似値が積み重なってゆく間に途方もない誤差が生じて来るのではないか？」これが人間である作者の大きな恐れであった。その恐れは適中したとも言える。科学はそれから四十年後原子爆弾を生んだではないか。従ってこれを見た作者は「冒した者」（昭和二十七年）で完全に舟木（比企）の誤りを悟っている。

比企は医学に生きる人間であり、プロパビリテイを信ずる以外になかった。愛情人たる作者の分身、五郎にはそのプロパビリテイから除外された人間が問題であった。然し結局五郎は何も出来ない。現実に素速く対処するには比企の医学を一つの段階として信ぜざるを得なかったのだ。五郎は「限界を見切った上で」比企を認める事が出来たのである。

プロパビリテイの世界を信ずる発展、つまり遠心的な発展はある程度に至るまで必要であるとの結論を得たのだ。然し、美緒の死の枕元では云っている。「病気だ。俺達はみんな病気になっている。誰も彼もみんな病気だわかるかい？　そしてこの病気を治してくれるのは、昔の、俺達の先祖が生きていた通りに生きてみる以外にないよ。自分の肉体でもって動物の様に生きる以外にない。動物といって悪けりゃ一人一人が神々になるんだ。」

彼も又プロパビリテイから除外された一人だったから、その除外者を客観視しなくなったのだ。逆にその世界に入り込む事が出来たのではあるまいか。

四、戦争

昭和十一年作「鏡」の一節。

蛭間「そんな一般的な事を云ってるんじゃないさ。俺にゃそんな事解りゃしねえ。俺は今の時代のドサクサまぎれにすばしっこく立ち廻って法外もない金儲けをしている奴が憎いと言ってるまでなんだ。」

御堂「ところがそんな感情も一般的なもんじゃないかね。」

蛭間「そうじゃないんだよ。一昨年壮八が戦死して——そうだ君は知らなかったな。壮八というのは俺の弟さ。良い奴だった。俺はしんから彼奴が好きだった。織工だったがね。召集されてから三ケ月も経たないで上海で戦死した。二十三才だ。生れて来て人間らしい楽しみも未だ何一つしないままだ。恋愛一つしてやしなかったよ。決死隊に加わったんだそうだ。『日本は実に良い国です。兄さん、僕は何の心残りもなく、僕の愛する日本の国のために死ぬつもりです』……最後の手紙に書いてあった。その通り死んだよ。この騒ぎの中でムヤミと金を儲けている人間を俺が憎むのは理屈じゃないんだよ。身体中で憎いんだよ。血だ、血が憎むんだよ。」

御堂　「僕だって親類中に戦死者を何人か出している。」

蛭間　「そうかね。そいで良く現在みたいな事がやっていけるね？　俺は弱いさ、此の先どうなるかわからない。多分ウダツの上がりっこないだろう。君は強いよ。この先は何でも征服していくだろう。俺はこれから台湾へ行くからね。日本人が本当に一生懸命になって生きている土地へ俺も行ってみよう。若しかすると向こうで志願して支那へ渡らせて貰おうかと思っているよ。こんな所は、早く逃げ出したいんだ。そして本当の生き方を俺は教わりたいんだよ。」

戦後書かれた放送劇「美しい人」の中で相良浩は戦争を起こしたのはファッショでもない誰でもない、俺達なんだと云っている。日本イクオール俺なんだといっている。ここで読者諸氏は前文「日本人」の中で述べた日本人の運命感についての所を思い出してもらいたい。日本人が全てを、与えられた必然のものと見做し、それに対して主体的に責任を持つ質を三好十郎も持っていたのだ。

「鏡」に見られる地点で戦争を判断し、「美しい人」の相良浩の質で戦争に対したのが三好十郎である。「鏡」に見られる地点というのは説明を要するかも知れない。

当時の若い人々は純粋に国の為を思って出征したのである。中島健三の「昭和時代」にも、開戦直前には指導部は既に米英との戦争の悲観的観測をしていたが、国民感情がそれを許さなかった、としている。勿論、国民感情をそこまで追いやったのは指導部であるかも知れないが……。その純粋に燃えた若者達が出征してゆくのを彼は傍観出来なかった。指導部に悪態を投げつけるよりもそうした悲劇的な若者達に、美しさを発見したのだ。その純粋性をうたい上げればあげるほど、それが指導部に痛みとして突き刺さってゆくのを彼は百も承知に違いない。この地点である。

抵抗文学には二つの型がある。先ず「抵抗文学」を「直接的な社会悪に対する、人間性の尊重という観点からの反撥」という概念で規定しなければならない。その社会悪に対して「その人を知らず」という戯曲と「浮標」が生れた。両者とも人間の「善性」から出た方法に相違ないが、一般的に云えば前者の方が客体に忠実な、より直接的な抵抗と云える。作者はその「その人を知らず」の主人公に対して、ある時は非常に畏敬し、或る時は心から憎むと云っている。この矛盾は何処から来るのであろうか？　それが作者の中で明確になったのは「冒した者」を書く過程の内であったと信ずる。

須永が学生運動を推進する省三に向かって云う。「君が若しそれをやるのなら、君自身の事は一時棚に上げておく事だよ」と。三好十郎にはそれが出来なかった。彼にとっての「人間性」は先ず一番初めに、自分自身の「人間性」であったから……。つまり彼は作家以前に人間であった所以である。一人の作家が「人間性」を謳って抵抗する過程で作家（第三者）になってしまい、自分を失っていった中に三好十郎こそ独自の人間なのであった。この彼の抵抗が戦争に対した時、社会悪に殺されながら矢張りまだ殺されない人間性の強靱を讃える事になったのは必然である。

戦争に赴く若者達は純粋で美しい。美しければ美しい程、純粋であればある程、戦争に対する嫌悪の情を、作者から読みとらねばならないのだ。「浮標」はこの意味での抵抗文学である。

終戦の放送を聞いて、三好十郎は「唯、大声をあげて泣いた」そうである。村山知義は欣喜雀躍したと云う。当時、子供であった僕等には、村山知義の感覚は一応分かっても、三好十郎の感覚には程遠いかもしれない。しかし僕には分かる様な気もする。

記録映画で、アメリカの軍艦に体当たりする日本の飛行機を見た事がある。記録映画である。その時には、反戦運動をする自分でありながら、思わず胸を突かれた。三好十郎の涙も結局これではなかったか、と思うのである。

＊

何か書けたつもりなんだけれども、何も解らないかもしれない。「日本人」の項が彼の全てである様な気もする。それを検討する意味で「私小説」と「転向」と「戦争」の項を設けた。しかしそれは並列的である事を免れ得なかった様だ。「日本人」の項に直接的になり得ない部分もある。しかし「日本人」の項が全てである様な感じは未だ残っている。後の項で三好十郎が語り尽くせたら

「日本人」の項は、はずしてもいいと思った。しかしはずせないのである。

（『自由舞台通信』NO42　一九五九年十二月「浮標」特集号）

『別役実戯曲集 マッチ売りの少女／象』それからその次へ（あとがきにかえて）

尾形亀之助の詩集『障子のある家』は次の様な自序をもって書き出されている。「何らの自己の、地上の権利を持たぬ私は、第一に全くの住所不定へ。それからその次へ」

「その次」と云うのは一体何だったのであろうか。創元新社版『現代日本名詩集大成』（七巻）の小伝を抜萃すると、こう云う事になる。「一九二八年暮より尾形優と生活、翌二九年第二詩集〈障子のある家〉を刊行、彼は既にこの詩集の序文において肉身知友に訣別を告げ、死を目的として諏訪へ旅立ったりした。一九三一年、生家に促され仙台に帰り、市役所の一吏員となった。一九四二年二月二日歿。享年四十三歳」

更に伊藤信吉はその著書『逆流の中の歌』（七曜社）の中でこの点にふれ、次の様に述べている。

「その次、は死の世界である。（中略）この詩集の作品もその周辺の生活も思考も、すべてが最後の消亡にむかっての遺書になっている。その消亡の意識だけが、生の最後の時間をささえている。（中略）それから尾形亀之助は仙台市役所の吏員になっていたというが、その吏員としての人に知られることのない生活そのものが、私にはまた消耗と消亡――そして死の世界への意識を象徴するもののように思える」

　では「その次」とは死の事だったのだろうか。彼がこの詩集を刊行して後、自殺のために諏訪へ旅立った事、その事が「その次」の方向を規制する一つのポイントになっているのは事実である。伊藤信吉は、その事実をもって、「その次」を死の世界であるとした。

　しかし、私は考えるのだが、もっと重要なのは、彼が自殺のために諏訪へ行った事ではなく、そこでは「死ななかった事」ではないだろうか。彼は死ななかったのである。生家に促されて仙台に帰り、市役所の吏員になったのである。勿論、伊藤信吉もその点にふれてはいるが、諏訪への自殺行に決定的なポイントを置いてしまっているためか、市役所の吏員としての生活についても、「人に知られる事のない生活」だから「死への意識を象徴するもの」と云う杜撰な断定をしてしまっているのだ。

　論点を明確にするため、伊藤信吉の論旨をもう少し明細に分析してみよう。まず「全くの住所不定へ。それからその次へ」と云った場合の「その次」は、「住所不定」から例え屈曲しているにせよ、連続して或る方向を指示するものでなければならない。それでこそ我々にとって「その次」の「次」たるものを探索する意義があるのだ。しかるに「死の世界」と云うのは、或る事情の連続を中継するものでもなければ、それへの径路を保証する限定された明確な概念でもなく、単に一つの意識の断絶した状況にすぎない。従って氏があえてこの言葉をここに使ったのは、事実としての自殺行にヒントを得たものと云わなければならないだろう。それはいい。しかし若しそうなら、当然氏は、「死の世界である」と断定したすぐそのあとで「ところで彼にとっての死の世界とは……」と云う記述を必要とした筈なのだ。つまり、尾形亀之助にとっての「詩」である「住所不定」は、「事実」である「自殺行」には連続する筈がないのだから、その「事実」の中にある必要な要素を抽出して「住所不定」と云う言葉と同次元に位置する言葉を、新たに創り出す必要があったのだ。氏はそれをしなかった。恐らく氏が「その次は死の世界である」と断定したとたんに、氏にとってこの「詩集」は、「詩集」ではなく「遺書」と見えてしまったに違いない。

要約すれば氏はここで、「住所不定」と云う言葉に、事実としての自殺行からヒントを得た「死の世界」と云う言葉を並べて見せ、その奇妙な不連続面をおおい隠すために、「死の世界」を「住所不定」と同格にまで高める作業ではなく、むしろ「住所不定」を、事実としての「死」と同格にまで貶める作業をしたのである。

更に氏は、彼の「吏員生活」に言及して、これを「死の世界への意識を象徴するもの」と云っている。この場合、「吏員生活」と云うのはあくまで「事実」なのであるが、それが「人に知られる事のない生活」だから「死の世界」だと云うのは、その内容の杜撰さは云わない事にしても、あまりにも「文学的」な発想ではないだろうか。つまりここで云う「死の世界」とは、尾形亀之助の「事実」としての「死」の事ではなく、伊藤信吉の「詩」としての「死」にすり変わっているのだ。

しかも氏はここでは、前の場合とは全く逆に、「事実」としての「吏員生活」に対応出来るだけ「死の世界」の意味を重くする作業でなく、単に氏自身の「詩」にすぎない「死の世界」に対応すべく、事実としての「吏員生活」を「人に知られる事のない生活」と抽象する事により、軽くする作業をしているのだ。

混乱を避けるためにもう一度要約するとこうなるだろう。つまり、一創造主体にとっての「作品」は彼自身の関わる事実よりも高く、一個人の関わる「事実」は、他の創造主体の創作する如何なる「作品」よりも重くなければならない。しかるに伊藤信吉は、尾形亀之助の「作品」を、尾形亀之助の「事実」に拠って貶め、尾形亀之助の「事実」を氏自身の「作品」によって貶めたのである。勿論、氏に積極的にその意図があったとは思われない。これは日本の文学批評に、特に私小説等を論及する場合に、伝統的に見られる技巧なのであり、その様にして我々は「その次」を永久に見失ったまま現在に至っているのだ。

蛇足になるかもしれないのだが、伊藤信吉は、私が引用した文章に続けて「……またアナーキズムというものを人間生活や社会組織にむすびつけて考えていた私は、尾形亀之助のような虚無の意識とは究極のところで背反するが……。」と云っている。「虚無の意識」などと云うあいまいな言葉使いはともかくとして、問題をこの様に安易にすりかえてしまう風土について、私は殆ど戦慄せざるを得ないのである。

勿論、ここで伊藤信吉の文章を引用して云々したのは、氏について論及するためではない。氏の文脈の中から、尾形亀之助の「その次」を探るための手がかりを得るためであった。
まず、くり返す事になるのだが、尾形亀之助の云う「その次」は、「住所不定」から連続して或る方向を指示するものであり、それを探索するために我々に与えられた資料は、『障子のある家』と云う作品と、「吏員生活」と云う事実のみである。何故ならば、彼の死ななかった「自殺行」については、それについての彼の作品が残されているならともかく、我々はそこに「一つの意識の屈折があったかもしれない」と云う程度の資料を得るのみであり、決定的なものを見出すには余りに不安定な事実とせざるを得ないのだ。それに若しそこに「意識の屈折」があったとすれば、『障子のある家』を構成する意識の「吏員生活」につながる連続面を確かめる作業を通じなくては、明らかにされない筈なのである。

ともかくも『障子のある家』とは何であるか。それは障子紙一枚によって隔てられているかに見える「おおやけ」と「わたくし」の世界である。そして詩人尾形亀之助とは、その不確定な障子紙一枚の厚さを漂泊する、西行の如き、芭蕉の如き旅人であったのだ。彼は特集『障子のある家』の副題として〈あるいは（つまづく石でもあれば私はそこでころびたい）〉と書いている。ここにあるのは、そこでころびたい「私」でもなく、そこでころばせたい「石」でもない。ただ夫々に相互的な、従って不確定な「一つの関係」にすぎないのだ。その「関係」を探るのが、彼のこの詩集に於ける作業であったと思われる。

彼は前に記した自序の続きで「私の二人の子がもし君の父はと問われて、それに答えなければならない事しか知らない場合、それは如何にも気の毒な事であるから、その時の参考に」この詩集をまとめる、と云っている。つまり彼にとって問題であったのは、その漠然たる全状況が暗黙に強要する「君は？」と云う問いだったのだ。勿論、問われる「私」は問う「全状況」によって規定されているのであり、当然「私」を答える事は「全状況」を問う事と同義なのであるが、彼はこの出来すぎた公式に拠る事をしなかった。「体制が圧制的なら私は反逆的である」と云う安易な公式の中には、既に体制に対する検証の余地も、従って「私」に対する検証の余地もないのであり、彼はそれを見抜いていたに違いない。

「状況」を問う事が「私」を答える事にならず、「私」を答える事が「状況」を問う事にもならないと気付いた彼は、それを等価的にさえぎる一枚の障子紙を設定し、それを問う作業によって、こうした事情を突破しようと考えたのだ。

「昼頃寝床を出ると、空のいつものところに太陽が出てゐた。何んといふわけもなく気やすい気持になって、私は顔を洗わずにしまった。陽あたりのわるい庭の隅の椿が二三日前から咲いてゐる。机のひき出しには白銅が一枚残ってゐる。障子に陽ざしが斜になる頃は、この家では便所が一番に明るい」〈三月の日〉

「鳴いてゐるのは雉だし、吹いてゐるのは風なのだ。部屋のまん前までまわった陽が雨戸のふ

し穴からさし込んでゐる。（後略）」〈五月〉
「寝床は敷いたまま雨戸も一日中一枚しか開けずにゐるやうな日がまた何時からとなくつづいて、紙屑やパンかけの散らばった暗い部屋に、めったなことに私は顔も洗わずにゐるのだった。（後略）」〈秋冷〉

これは『障子のある家』にある最初の三編の詩の書き出しである。まず、或るぼんやりした時間の経過と云うものが必ず記述されており、そこを流れる一つの意識が、何者かをしつようにまさぐっている感じである。勿論、一寸見ただけでは「しつように」と云う感じはないのだが、それはその意識が、「私は……」と云うハッキリした決意を前提として促されたものではないからである。現代風に云えば、「私」を含めた極くありきたりの日常性を、障子紙一重隔てたところの意識が、「盲が象を確かめる様に」確かめているのである。盲が象を「うちわである」「柱である」「壁である」と云ったのは、そこから巨大に膨張する物量を、そう断定する事によってしか知覚出来ない事を知っていたからであり、同様に、彼が全く等価的に並べてみせた「太陽」「椿」「白銅」「便所」「雉」「風」「雨戸のふし穴からもれた陽」「紙屑」「パン」と云う言葉も、「そうでない」ものを、「そうではない」と云うための奇妙な手がかりに過ぎないのである。

こうした言葉の使い方の機能が、もっと身近なかたちで我々を触発するものとして、次の詩をあげる事が出来る。これは『障子のある家』の前の詩集『雨になる朝』にある作品である。

「子供が泣いてゐると思ったのが、眼がさめると鶏の声なのであった。とうに朝は過ぎて、しんとした太陽が青い空に出てゐた。少しばかりの風に檜葉がゆれてゐた。大きな猫が屋根のひさしを通って行った。二度目に猫が通るとき私は寝ころんでゐた。空気銃を持った大人が垣の外へ来て雀をうったがあたらなかった。穴のあいた靴下をはいて、旗を持って子供が外から帰って来た。そして、部屋の中が暗いので私の顔を冷たい手でなでた」〈二月〉

冬の日向の、暖かさとうすら寒さとの奇妙な不協和音の中に、我々は或る無気味さを感ぜざるを得ない。この無気味さは一体どこから来ているのであろうか。

まず、ここではあらゆる事象とそれに対応して相互的に作用する意識の場が設定され、そのために、全ての事象はその場に作用する機能としてのみ描写され、従ってその変移に対応して作用する意識が、機能としてのみ定着されようとしている。最初の「子供が泣いてゐると思ったのが、眼がさめると鶏の声なのであった」と云う一行も、「子供が泣いてゐると（私は）思っていたのだが、実はそれは（私の）間違いで、本当は、鶏の声なのであったと云う事に、（私は）気がついた」と云う意味ではなく、実にただ「子供の声だと思っていた（或る音）は、鶏の声だった」と云っているに過ぎないのだ。つまり「私」の事ではなく「声」の事を云っているのであり、それが「子供の声」から「鶏の声」に変移した事情の中に、或る意識の機能を探ろうとしているのである。そこにある事象としての「声」が、「子供の声」もしくは「鶏の声」と云う「おおやけ」のものとして大切だったのではなく、その変移の機能が大切であった様に、それに対応する意識も、「おおやけ」に対応する「わたくし」のそれではないのである。ここで問題にされなければならないのはだから、「おおやけ」対「わたくし」と云う以前の、もっと未分化な対応関係なのである。(伊藤信吉が、彼をして「人間生活や社会組織にむすびついていない」と云ったのはそのためであろうか。しかし私にしてみれば、こうした基礎的な対応関係を抜きにしては「人間生活や社会組織にむすびつく」ことなど、殆んど考えられないのであるが……)

次の「大きな猫が屋根のひさしを通って行った。二度目に猫が通るとき私は寝ころんでゐた」と云う文節の中では彼は、こうした事情を更にダイナミックに展開してみせてくれる。「おおやけ」に対応する「わたくし」としての決意に促された意識なら、恐らくこの文節は「猫が通った。暫くして私は寝ころんだ。又、猫が通った」と云う事になるのだろう。そこには何もないのだ。

ここでは彼は、こうした意識と事象の不確定な対応関係をテコに、危険な曲芸をやってみせたのだ。つまり「最初はこう。しかし二度目の時にはもう……」と云う文節の中にしかけられた、次元の飛躍、障子紙の表裏の一瞬のひるがえりを期して、彼は、そこに当然関与していなければならない「わたくし」もしくは「おおやけ」(この場合は全く同義)を、垣間見ようと試みたに違いないのだ。彼は見た。この二行の文節の行間に在る屈折した時間の中で行われた或る操作を、私はそう見る。勿論、彼が「二度目に……」と書き始めた時には既に、そこで垣間見られた「わたくし」もしくは「おおやけ」は、「猫」と同じ事象の中に「寝ころんで」いたのであるが……。

手品師がハンカチを表にし、裏に返して見せるのは、そこに種もしかけもない事を示すためではなく、正にそのハンカチ一枚の厚さに於て事が行われる事を示すためであり、彼もまさしくそれをして見せたのである。

これらの作業を通じて彼は、意識と事象の、対応する相互的な機能を定着し終わり、従って以後夫々の言葉は、限定された条件下に於ける触媒の様に、その機能を通じてのみ作用する。次に出てくる「空気銃を持った大人」もしくは「穴のあいた靴下をはいて、旗を持った子供」と云う表現が、その限定された条件下に於ては、どれほど究極的のものであるか、云うまでもないだろう。その「大人」が、近所の人なのか、友人なのか、どんな風采なのか、また、その「子供」が、自分の子なのか、親戚の子なのか、近所の子なのか、そうした説明が全く不要なばかりではなく、むしろ、その「大人」もしくは「子供」と云う具体性を損うものである事を、我々は既に知らされている。

ただ彼にとってみれば、「大人」は「当たらなかった」のであり、「子供」は「さわった」のである。一方の対象が「雀」であり、もう一方が「私」である事など、どうでもいい事なのであるにもかかわらず、「私」は「冷たかった」のである。そして、それこそが我々をゾッとさせるのである。

ところで「冷たい」と云う概念は、温度と云う連続体の「暖かさ」の反対方向に位置するものである。但し、その「暖かさ」との距離が連続して把握出来る場合には、我々はそれを「冷たい」とは云わない。「一瞬ヒヤリとする」のは、「暖かさ」との距離が断絶しており、その落差を感ずる時である。従ってここで彼は、「冷たい」と云う概念で、ある事情の断絶を把握し、それを「冷たい」と云う言葉で表現する事により、その落差を定着したのである。

この落差。この空洞。事象と意識の不確定な対応関係の中に無気味に横たわるこの空洞こそ、彼に障子紙一枚の厚さを彷徨させたものであり、更にこの空洞を状況に定着させる試みこそ、全状況の問う「君は？」に、彼の「私」を答える方法だったのである。

橋川文三は『「戦争体験」論の意味』の中で「われわれの精神伝統の中には普遍者——超越者の契機が認められない。存在するものはただ感性的現実であるか、それとも、それと全く関わりない純粋な理論の体系のみである。意味はただ『手足をバタバタさせる』ような実践の中か、演繹的な理論体系への信仰の中にしか見出されない。それは実践と理論とが、普遍者と主体との緊張関係によってうらづけられるときにのみ、統一的な原理として機能しうる事が無視されているからである」と云っている。そしてそのためには「われわれの中に、普遍者の意識を創り出すことがどうしても必要である」と云うのである。彼の云う「普遍者」と云うのは、その後の記述によれば、ヨーロッパに於けるキリスト教的な原理体系の事を指すらしいのであるが、果してそうであろうか。時代は正に「手足をバタバタさせる」実践の中にこそ最大の可能性を見出そうとしているのではないだろうか。ヨーロッパに於ける主体が、そうした普遍者との緊張関係の中に全く閉鎖され、統一的な原理体系のないアジア、アフリカにこそ無限の可能性が秘められている事を、既に我々は知っているのである。

彼、尾形亀之助も、そうした原理体系がないがために、「おおやけ」と「わたくし」が相互に入り組む事情の中に或る空洞を見出し、それがために障子紙一枚の厚さを彷徨する事を強制されたのであるが、しかし彼は、その空洞に於て、障子紙一枚の厚さに於て、「手足をバタバタさせる」事によって可能な一つの方法を、我々に示唆したのである。「象は、その全重量が計量されて数字になった時に象なのではなく、それに触れて『うちわ』であり、『壁』であり、『柱』であると断定し、断定し切れないものを感じた時にこそ、むしろ象なのである」と云う方法である。

ところで彼の云う「住所不定」が、その「空洞」を彷徨する意味である事はこれまでの行程を通じてほぼ推察出来た。それならば「その次」とは、その空洞に於て「手足をバタバタさせる」事によって得られた、或る手がかりにもとづくものに違いない。

『障子のある家』にある〈年越酒〉と云う詩の中に、以下の記述がある。「林檎だとか手だとか骨だとかを眼でないところとかでみつめることのためや、月や花の中に恋しい人などを見出し得ると云う手腕でや、飯が思うやうに口に入らぬという条件つきなどで今日『詩人』と云うものがあることよりも、いっそのこと太古に『詩人』というものがゐたなどと伝説めいたことになってゐる方がどんなにいいではないかと、俺は思うのだ。（以下略）」

ここで彼は、彼が「詩人」である事に思いつき、それが一つの手がかりになるかもしれない事を考えている。若し「詩人」が伝説化された「おおやけ」のものであるならば、確かに「詩人」である彼は、その関係から「わたくし」を導き出せるであろうし、そうした作業を通じて、その「空洞」を状況に定着させる事も出来る筈なのである。この発想は悪くない。

もっとも、一個人が「詩人」であると云う構造は単純ではない。九鬼周造の『「いき」の構造』（岩波書店）の中に次の記述がある。「先ず内包的見地にあって、『いき』の第一の徴表は異性に対する『媚態』である。（中略）然らば媚態とは何であるか。媚態とは、一元的の自己が自己に対して異性を措定し、自己と異性との間に可能的関係を構成する二元的態度である」（一九頁～二〇頁）。

これを私は、尾形亀之助の、「私」と「詩」と「詩人」の関係に置きかえてみる事が出来る様な気がする。つまり「自己」が「私」であり、「異性」は「状況」であり、「可能的関係」が「作品」であり、「二元的態度」が「詩人」なのである。恐らく、彼のばかりではなく、いわゆる私小説的風土の中にある「作品」は、ヨーロッパ文明の中で構築された「作品」とは、概念を異にするものでなければならないだろう。それは、創造主体の手を離れて、状況に独立して存在するものである、と云うよりは、あくまで、自己と状況との間に構成される「可能的関係」に過ぎないのであり、同時に「詩人」とは、それをそうさせるための「二元的態度」に過ぎないのではなかろうか。そして「詩人」が「詩人」ではなく、単に一個人の「二元的態度」に過ぎなかったからこそ、それが伝説化されなかったのであり、「おおやけ」の「かたち」とされなかったのである。

しかし彼は、こうした「二元的態度」を突破するために、「普遍者との緊張関係」を求めやしなかった。彼は「私が詩を書くのは天職である」とも云わなかったし、「状況に於て詩人とは何か？」と問う事でその「社会的」意義を求めようともしなかった。そうする事が、同様に夫々別の迷路へさまよい込むものである事を、彼は知っていたに違いないのである。

彼はこの「二元的態度」に固執する事、つまり「林檎だとか手だとか骨だとかを眼でないところとかでみつめる事のためや、月や花の中に恋しい人などを見出し得ると云う手腕でや、飯が思うように口に入らぬと云う条件」の中にのみむしろ「詩人」がある事を発見したのだ。恐らく彼にとってこの際大切な「詩人」は、「詩人とは何か?」と云う「詩人」ではなく、巷で「アレ詩人よ」と云われる「詩人」であり、米穀通帳を出した時に米屋から「ああ詩人ですね」と云われる「詩人」だったのだ。彼は、彼尾形亀之助がそのための「詩人」である事を宣言し、同時にそうする事によって状況との間に構成される「可能的関係」こそが「詩」であると宣言する事により、その「空洞」を状況に定着出来ると考えた。そしてそれこそが、彼の云う「住所不定」の「その次」であったに違いない。

「住所不定」の「その次」は、若しこう云う云い方が許されるならば「住所確定」だったのであり、その場合の「住所確定」とは、「住所不定」の事情をそのまま言葉に定着する事、「二元的態度」に過ぎないものこそ正に「詩人」であると宣言する事、に他ならなかったのである。そしてそのためにこそ、この「詩集」は出版されたのだろう。自序の終わりで彼はこう云っている。「尚、表紙の緑色のつや紙は間もなく変色し、やぶけたりして、この面映ゆい一冊の本を古ぼけたことにするでしょう」彼の期待はそこにあったのだ。不確定なものも、残骸として残れば、それは確定するのである。

ところで彼の「住所確定」は、どの様な屈折を経て、「吏員生活」に結びつくのであろうか？彼の「住所確定」とは、「二元的態度」の保持に他ならなかった。そしてその「二元的態度」の保持は、自己と状況との距離を見切っている事によって約束される。若し何等かの事情によって、この距離が見失われた時にどうなるか？「二元的態度」の保持によって支えられてきた「うわさの詩人」は、それを裏切った「一元的の自己」を放逐しようとするに違いない。彼の「自殺行」は、この様な理由によるのかもしれないのである。勿論彼は死なずに仙台市役所の吏員になったのであるが、それもやはり「うわさの詩人」の放棄のためでなく、むしろ、彼はそうする事によって、新たな「二元的態度」を構築しようとしたのではあるまいか、と思われる。御存知の通り、「市役所の吏員」は、「詩人」の様に「うわさ」によって支えられてはいない。「詩人」が「詩人」である事を疑われる程には、「市役所の吏員」は疑われないのである。従って彼は、「うわさの詩人」を捨てる事のために「市役所の吏員」になったのではなく、正に「市役所の吏員」の中に「うわさでない詩人」を見出そうとしたのではなかっただろうか。勿論、彼が「市役所の吏員」として、状況との間に如何なる「可能的関係」を構成したか、我々は知る由もないのであるが……。

我々は突如として現代に在る。そして恰も太古から存在し、伝説化されてさえいるかの様に、詩人がおり、劇作家がおり、画家がおり、音楽家がいる。我々は既に我々の好むと好まざるとにかかわらず「その次」の中にいるのだ。現代では誰も、「市役所の吏員」を疑わない様に、詩人を、劇作家を、画家を、音楽家を疑わない。だからまた逆に、「市役所の吏員」が「市役所の吏員」以上に有名ではない様に、詩人も、劇作家も、画家も、音楽家も、それが有名であれ無名であれ、彼が詩人であり、劇作家であり、画家であり、音楽家である以上には有名でないのだ。我々にとっての新たな危機はここにある。尾形亀之助が「おおやけ」にしようとして、あらゆる工夫をこらした言葉を全くの「私語」とみなしてきた風土は、今また我々のあらゆる「私語」をも「おおやけ」のものとみなす事で、「疑われざる」詩人を、劇作家を、画家を、音楽家を酔わし、また我々もその様な事情のもとで、詩人であり、劇作家であり、画家であり、音楽家である以上のものを、見失いつつあるのだ。「おおやけ」と「わたくし」が相互に入り組む事情の中に横たわる「空洞」は、依然として不確定な「空洞」なのだろう。そして恐らくそれは、我々の文明を構成するトータルな意識構造が、尾形亀之助のした「空洞体験」を、体験せずに通過してきたからではなかろうかと、私は考えるのである。

そこで、私の云いたい事は既にわかっている。状況が「戯曲」を「戯曲」として確定し、「劇作家」を「劇作家」として疑わない現在、この戯曲集を刊行するに当たって私の出来る事は、これらの作品が「戯曲」であり、私が「劇作家」である事に、一定の疑念を留保することであり、今後の創作活動に於ても続けてそうすることであり、そこにこそかすかな可能性があるのだと、信ずることである。

『別役実戯曲集 不思議の国のアリス』あとがき（『別役実戯曲集 マッチ売りの少女／象』一九六九年七月、三一書房）

二冊目の戯曲集が刊行される事になったのであるが、この二冊に収録された十一の作品が、これまでに発表された私の戯曲の全てである。（尚、正確に云えば早稲田小劇場で上演された「マクシミリアン博士の微笑」があるのだが、これは上演後大幅な書き直し計画をたてたまま手がつかず、そのままになっている）。

これらを私の創作順序に従って配列すれば、

「AとBと一人の女」（昭和三十六年作。初演、昭和三十六年、新劇団自由舞台、鈴木忠志演出、高橋辰雄主演。於、大隈講堂）

「象」（昭和三十七年作。初演、昭和三十七年四月、新劇団自由舞台、鈴木忠志演出、小野碩主演。於、俳優座劇場。昭和四十年改作。改作再演、昭和四十年七月、青年芸術劇場、観世栄夫演出、常田富士男主演。於、俳優座劇場）

「或る別な話」（昭和三十七年作。初演、昭和四十三年、早稲田小劇場研究公演。於、同アトリエ）

「門」（昭和四十一年作。初演、昭和四十一年五月、早稲田小劇場、鈴木忠志演出、小野碩主演。於、アートシアター新宿文化劇場）
「堕天使」（昭和四十一年作。初演、昭和四十一年九月、演劇企画66、古林逸朗演出、常田富士男主演。於、草月ホール）
「マッチ売りの少女」（昭和四十一年作。初演、昭和四十一年十一月、早稲田小劇場、鈴木忠志演出、小野碩等出演。於、同アトリエ）
「カンガルー」（昭和四十二年作。初演、昭和四十二年七月、文学座、藤原新平演出、管野忠彦等出演。於、文学座アトリエ劇場）
「赤い鳥の居る風景」（昭和四十二年作。初演、昭和四十二年九月、演劇企画66、観世栄夫演出、常田富士男等出演。於、俳優座劇場）
「スパイものがたり」（昭和四十四年作。初演、昭和四十五年四月、演劇企画66、古林逸朗演出、小室等音楽、常田富士男主演。於、アートシアター新宿文化劇場）
「不思議の国のアリス」（昭和四十五年作。初演予定、昭和四十五年五月、俳優小劇場、早野寿郎演出、楠侑子等出演。於、青年座劇場）
「アイ・アム・アリス」（昭和四十五年作。初演予定、昭和四十五年五月、俳優小劇場、早野寿郎演出、楠侑子等出演。於、青年座劇場）
となる。（尚、前述した様にこの間、昭和四十二年「マクシミリアン博士の微笑」があり、同年、鈴木

忠志演出により、早稲田小劇場で上演している）

以上がこれら戯曲のいわば履歴書であるが初演以外の上演記録については、改作再演のものを除いて、一応はぶいてある。

私個人に関わる問題に過ぎないのであるが、私は私なりに、これら十一の作品をその創作方法論の相違により、二つに区分している。第一のものは「AとBと一人の女」「象」「門」「マッチ売りの少女」と云う一連であり、第二のものは、「堕天使」「カンガルー」「スパイものがたり」「不思議の国のアリス」「アイ・アム・アリス」と云う一連である。勿論これらをそう並べ変えただけで、そこにどの様な相違があるのか、うなずかせるには不充分であろうと思う。結果として出てきたものは、私の意図にかかわらずそれぞれ相互に混乱をしているし、私の意図しなかった部分の成功によって成立している作品もないわけではない。更に、その意図とは何かと云う事を、ここで言葉にする事は極めて困難な事に違いないし、又そんな事をしてはいけないのではないかと云う気もするからである。

私がここで云いたいのは、「AとBと一人の女」以下の作業方法を脱皮すべくして行われた「堕天使」以下の作業が、「アイ・アム・アリス」に於て一応の成果を得た、と云う確信だけである。そして、もしかしたら私のひとりよがりに過ぎないかもしれないその確信に従えば、私はここで画家ではなく、イラストレイターになったのである。

昭和四十五年四月

（『別役実戯曲集　不思議の国のアリス』一九七〇年六月　三一書房）

『別役実戯曲集 そよそよ族の叛乱』あとがき

プロセニアムアーチの回帰

この戯曲集に収録した作品のうち『黄色いパラソルと黒いコウモリ傘』と『マクシミリアン博士の微笑』を除いて他は全て、プロセニアムアーチのある舞台を念頭において書いたものである。最近何故か私の登場人物達は、プロセニアムアーチの彼方にある空間へ閉じこもろうとする。しかしもちろんそれは、近代劇特有の、閉鎖的な、そして幻想的な空間を目指しているのではないつもりである。私の芝居のために必要なものは、プロセニアムアーチの彼方にある荒涼たる裸舞台でなければならない。つまり劇世界が要請する如何なる状況設定もそこには必要ないのであり、その劇場が本来持っている空間力学に、いささかの修正をも加える必要がないと考えるのである。但し私は、舞台中央に一本の電信柱を置いたり、ポストを置いたり、テーブルと椅子を置いたりする。それは恐らく、ベケットの『ゴドーを待ちながら』の舞台中央に設定された一本の木と、同様の機能を果たさなくてはならないものなのだろう。

もしこう言う言い方が許されるなら、イプセンにより舞台の三方に壁を築かれて出発した近代劇特有の閉鎖的な、そして保護された空間は、ベケットの、この一本の木によって解放されたのである。近代劇の空間が、無限の空間の中から任意に必要に応じて選ばれたものであり、従ってその空間の性格があらかじめ必要に応じて修正されているのに対して、ベケットの空間は、無限を無限として一本の木に対応させているだけであるから、あくまで無修正であり、従って無性格である。しかもこの二つの舞台空間についてはその力学的な構造が実に根源的に違うのである。

先ず極めて常識的に言える事は、近代劇空間の場合、その空間の機能を三方の壁から集中的に限定しようとしているから、そこにある役者の肉体を含めた生活空間の拡がりは、常に三方からの凝集力と相殺されて零になっていると言う事である。従って当然「そこに生身の役者が存在する」事のダイナミティーは稀薄になり、それは往々にして「登場人物の行為」のダイナミティーにすりかえられるのである。登場人物の行為のダイナミティーがそのまま演劇的感動に結びつかないと言う事は、暫く以前から言われていたのであるが、それはつまりその状況設定にリアリティーがなかったせいではなく、こうした近代劇特有の空間構造によるものなのであり、そこに如何にアクチュアルな状況が設定されようとも、「舞台空間」と「役者の肉体を含む生活空間」が「相殺されて零」の関係にあらかじめ装置されてしまっているせいなのである。もちろん、演劇空間に於ける役者の肉体、もしくはそれを含む生活空間の拡がりは、常に何ものかと見合い、それと「相殺されて零」

の関係におかれるものである。全てのものの存在とその拡がりは、それが何と対応しているかと言う事によって推測され得るものだからである。従って言えば近代劇空間の欠陥は、役者の肉体もしくはそれを含む生活空間に見合うものを、余りに小さく設定し過ぎている、と言う点にある。近代劇に於けるプロセニアムアーチの機能は、こうした力学的な構造を持つ空間を、視覚化するために重要な役割を担ってきた。近代劇空間そのものに対する我々の猜疑心が強くなってきた時、それがプロセニアムアーチに対する猜疑心にすりかわっていったのも、あながち見当はずれの事とは思えない。

しかし、私は考えるのであるが、近代劇空間を解放したのは、ベケットの発明した「砂漠の真中の一本の木」なのであって、この場合、プロセニアムアーチの存在は関係がない。と言うよりはむしろ、ベケットがこの「一本の木」によって近代劇空間を解放した時、プロセニアムアーチは新たな、そして重要な役割を果たすべく、その機能を変えたのである。ともかく、ベケット空間の力学的構造とはどんなものだろうか。近代劇空間と言うものが、舞台上の三方の壁から集中的に空間の性格づけをするのに反して、ベケット空間では、中央にあるオブジェが遠心的に、極めて拡散的に、それを性格づけようとしている。この場合、その中央にあるのが、劇世界の中で解読された「砂漠の中の一本の木」であっても、裸舞台の中で解読された「紙と針金で作られた木らしく見えるオブジェ」でも、それはどちらでもかまわない。そのオブジェは、常に無限の、そして無性格な空間と対応しようとしているのであり、この場合重要なのは、それが無限の全体に対応する「一つの部分」であると言う事だけだ。

その小さな一本の木は、身近なところから次第に周囲へ、その空間を性格づけるべく、拡がりはじめる。しかしもちろん、それをとりまく無限の、そして不毛な空間は、その存在理由と意味をかき消すべく、その小さなものを目指して一斉に襲来する。ベケット空間は常に、その拡がろうとするものと、それをかき消そうとするものとの、不安定なせめぎあいの中にある。と言うより、もしかしたら、ベケット空間に於けるドラマと言うものが本来、そうしたものであるのかもしれない。

つまり、ベケット空間に於ては次第に構築され、拡がりつつある生活空間が、それをとりまく無限の空間と、どう入り組み、それにどう侵蝕され、どう裏切られてゆくか、と言う点に、ドラマの本質が機能しているのである。

その小さな一本の木と同様、そこに登場するものも、「生身の役者」であれ、劇世界の規定する特定の「登場人物」であれ、どちらでもよい。あくまでも、それの対応しようとしているものが無限の、そして無性格な空間である限り、それは自由なのである。或いは、ベケット空間に於ては、それを「役者」であり「登場人物」であるべく、同時的に肯定するゆとりを持っている、と言う事だろうか。もっとも、それらを含む生活空間は、近代劇空間に於ける生活空間がその三方の壁が規定する性格づけられた空間に対応するように、「無限の無性格な空間」に対応しているのではない。その対応しようとしているものが「無限の、そして無性格な空間」である限り、それはあくまでも「対応しようとしている」に過ぎないからである。従ってそれは、永遠に過渡的であり「相殺されて零」と言う決着は、遂にやってこないのである。

この永遠に過渡的に「対応しようとしているに過ぎない」と言う不安定な状態が、必然的に言語を生む。近代劇空間に於ける科白の言語作用と、ベケット空間に於ける科白の言語作用が決定的に違うのは、このせいである。近代劇空間に於ける言語は、限定された空間に於ける「登場人物」の存在理由を論理化すべく作用し、一方ベケット空間に於ける言語は、その無限定な空間に於ける「役者」であり「登場人物」であるものの存在の事実を確認するべく作用する。近代劇空間に於ける科白がその「言葉の意味」に於て重要なのであるとすれば、ベケット空間に於ては「それを言っている事の意味」が重要なのである。つまり観客は、近代劇に対しては「何を言っているか」を聞こうとしなければならないのであり、ベケットの演劇に対しては「何故言っているか」を聞こうとしなければいけないのである。更に言えば、近代劇空間に於ける科白は解答される事を予定して他へ向かって放たれるのであり、ベケット空間に於ては、先ず放っておいて自己との距離を確かめるのである。言えば、近代劇空間に於ける言語は機能的であり、ベケット空間に於ける言語は物質的である。近代劇空間に於ける言語は、あらかじめあるとされたフォルムを論理化すべく作用し、ベケット空間に於ける言語は、まさしく、そこに新たなフォルムを構築すべく作用するのである。

従って、言語活動の画するフォルムの面のみで見ると、これは明らかにベケット空間で通用する言語作用の方が安定している。プロセニアムアーチも何もない円型舞台で、周囲を観客にとりまかせてみる。そこで近代劇空間に通用する言語と、ベケット空間に通用する言語をくらべあわせてみればわかる。ベケット空間で通用する言語は、そこで確実に一つのフォルムを構築してゆくのがわかるだろう。

そこでこう言う事が言えるのである。もし舞台空間と言うものを、その言語活動が画する空間と、視覚化された空間との分裂に於てとらえるとすれば、近代劇に於ては、視覚的な空間に於て安定し、言語的な空間に於て不安定なのであり、ベケット空間では、その逆なのである。或いは、近代劇に於ては、言語的な不安定が視覚的な安定へ至る過程を追うものなのであり、ベケット劇に於ては、言語的な安定が視覚的な不安定へ至る過程を追うのである。そしてもしそうなら、いささか強引に言ってしまうのだが、ベケット空間と言うものは、常に視覚的に不安定な事情を維持しつづけなければならないのだ。

つまり、その言語活動が形成しつつある安定しているかに見えるフォルム、それが広大な砂漠の中の一粒の砂よりももっと小さな、局部的なものである、と言う苛立ちを、常に観客に与えつづけていなければならないのである。その安定ぶりが、無限の無性格なそして何よりも不安定な全体のための、一つの方便に過ぎないと言う事を、絶え間なく観客に説得しつづけなければならない。ベケット空間にあるプロセニアムアーチは、そのために必要なのだと、私は信ずるのである。プロセニアムアーチのない空間でベケットの演劇が行われるとすれば、観客は、その演劇空間が対応しようとしている全体を見ようとはしないだろう。舞台中央にある小さな一本の木と、それに寄りそうウラジミールとエストラゴンのみを、観客は全てだと思いこんでしまうからである。しかしもしそこにプロセニアムアーチがあれば、それは、その小さなフォルムを、そこに小さく固まろうとするものを、裏切るべく作用する筈である。ベケットも『ゴドーを待ちながら』を書く過程で、恐らくそのプロセニアムアーチの機能を意識しただろうと、私は考えるのである。

舞台空間の力学的構造は、現在極めて複雑である。それは、我々の「日常空間」を構成しているものが複雑である如くに複雑なのである。日常空間と言うものが、部分と全体、虚構と現実、日常と非日常、正と負、それら対極的な概念とされていたものが、相互的に機能し、そのそれぞれの位置関係ではなく、それからそれへ至る法則性のみが重要である空間であるとすれば、舞台空間もまたそうでなければならないのであり、そのかぶさりあいの法則性を視覚化しなければならないのである。そして私に言わせれば、プロセニアムアーチの存在が、その計算の唯一のよりどころとなると思うのである。

(『別役実戯曲集　そよそよ族の叛乱』一九七一年七月　三一書房)

旧版　あとがき

評論集と云えるほどのものかどうか、わからない。戯曲以外のものを書く機会はあまりなかったから、鳥書房から話があった時にも、一冊になるかどうかおぼつかなかった。この数年間に、あちらこちらへ書いたエッセイやら何やらを集めて、何とかこれまでにしたのである。いろいろな所に実にいろいろな事を書いたと云う事であり、これを一冊にする根拠と云うのは、まさしく私が書いたと云う以外の何もないような気がする。もちろん私が書いたとは云っても、私にとりわけて独自の見解があるわけではなく、むしろどちらかと云えば過剰なほど素直な方だから、現代詩手帖に書く場合は現代詩手帖風に、話の特集に書く場合は話の特集風に、（結果はともかく）書こうと努めて、だからもしかしたら、一つ一つに掲載誌のニュアンスの方が色濃く出ているかもしれない。もっともそのニュアンスの違いを読みとる楽しさと云うものがあったら、それはそれで面白いと云う事になるのだが、私は素直な上に無器用だから、現代詩手帖風に書いたつもりが話の特集風だったり、あるいはその逆だったりで、それもままならない。現代の劇作家と云うものが、どこにどんなものを書くのかと云うための、一例を提供する事が出来る、と云う程度しか期待出来ないのかもしれないのだ。

もちろんこれはやや謙遜である。謙遜と云うものは、始めだすととめどがなくなるので困る。正直云うと、まあそれほどでもないのだ。なかにはいいものも少しはある。エッセイ風ではあるが殆ど評論と云ってもいいようなものが二、三ある。独自の見解で統一されていないとは云っても、良く読んでみると、それも特に好意的に読んでみると、ないとは云えないような気がしてくる。あるんではないかとさえ思えてくるし、確かにあると、確信する事だって出来ないわけではない。

なかでもとりわけ問題にしたいのは「演劇に於ける言語機能について」だ。そりゃあ、確かに混乱はしている。それに、用語の使い方も適切ではない。長すぎる。これが一番いけない。この程度の事だったらこの半分で書かなくちゃあ。しかも後半がいささか尻切れとんぼ。その他、いいたい事はいっぱいある。しかし、少なくともここには、戯曲の文体を文体として評価するための手がかりが暗示されている。だからこれを読んだものは誰でも、「今度書くときはもっとうまくやるだろう」と云う期待をもつ。ここがいいんじゃないかね。読者に期待を持たせる。著者としてこれ以上のものを望むのは慾ばりと云うものかもしれないのだ。

評論集（と云えるかどうかわからないが）（こんな事にこだわるのは下らないが）（ともかく私は評論集と思っているのだから）を出すのは初めてである。変な話だが、戯曲集を出す時よりも何となく興奮する。私の思索的な一面を紹介すると云うような気がするからかもしれない。最初はこの本の表題も「演劇に於ける言語機能について」と、堂々たるものがついていて、私も気に入っていたのだが、「そんなんじゃ売れないよ」と出版社に一蹴されて、「言葉への戦術」と、何となく学術的で何となくハウツーもの風に、変更してしまった。まあそれはそれでいい。本は中身だよ、と（その時はそう思ったのだが……）。

ともかく、評論集が出る。私はエッセイ風のものを書く時は、もしかしたら私はエッセイストじゃないかと考え、評論風のものを書く時は、評論家かもしれないと考え、戯曲を書く時は、やっぱり劇作家かなと考え、およそとりとめがない。もしかしたら、私の才能を更に生かすもっと別なジャンルがまだ他にあるのかもしれない。私はいつかそれを見つけて、水を得た魚のように、私の内に眠る汲めども尽きせぬ才能を、惜し気もなく噴出させるであろう。その日が来るまで、童話に詩に小説にラジオドラマにオペラに人生論に、あらゆるものに手を広げて……。ここまで考えて気がついたのだが、してみると私は各種のジャンルを通じて何かをしようとしているのではなく、ジャンルそのものを愛しているのかもしれない。ありそうな話である。私は童話風にとか、推理小説風にとか、アンチテアトル風にとかで、自分の作業を規定するのが好きだ。もしかしたら私は、劇作家であり、評論家であり、童話作家であり、エッセイストである真似をしているのに過ぎないのかもしれない。これもまたかなりありそうな話であって、そう考えても、私はあまり残念な気がしない。

話がとめどもなくなって、どう結着をつけていいのかわからなくなったが、ここで終わる。最後に、人がたいていこう云う事を書いているので書くのだが、この本を編むにあたって協力して下さった、烏書房の林光紀氏と有馬弘純氏に感謝する。

一九七二年六月　　　　別役実

増補版の出版にあたって

野田映史

二〇一〇年頃、別役実氏と未発表の原稿や書籍化されていない原稿の出版を約束していたが、二〇二〇年三月に逝去され、急遽『別役実の風景』（論創社、二〇二二年一月）という〈追悼集〉を出版した。

その後、長女のべつやくれいさん、早稲田大学演劇博物館に協力を戴き、また国会図書館に通い雑誌などに掲載され書籍化されていない原稿を調査したが、単行本にするだけのボリュームにならなかった。そこで独自に別役実氏の戯曲以外の全仕事を俯瞰できる様に各カテゴリー毎に重要な論稿を選び出版を目論んだが、取り上げた原稿の収録されている書籍が絶版になっていても、ネットなどで入手出来る状況にあることから断念した。

しかしその中でも一九七二年に出版された別役実氏の処女作（評論集）『言葉への戦術』（烏書房、一九七二年）は入手困難な上、「演劇における言語機能について」（『季刊評論』一九七〇年第二号〜一九七二年第六号）という重要な論稿が掲載されているので、その時代の幾つかの原稿を集めて増補復刊版を出版する事とした。別役実氏の思考の原質を語ろうとする時、本書は不可欠な書籍だと思われる。

本書の出版で別役実氏との約束をそれなりに果たしたと思っている。『季刊評論』の同人となり、長年薫陶を受けた別役実氏、喜多哲正氏、有馬弘純氏、岡田孝之氏、西城信氏諸先輩の存在なくしては、現在の私は存在しない、と思っている。唯、その精神と活動を持続した形で志向出来ずに、同誌を休刊にしてしまった事を自省すると共に設立メンバー諸氏に対して申し訳なく思っている。しかしながら近年、喜多哲正氏（『挑発の読書案内』『天草・逗子・鶴岡、そして終焉』『観察・説話・昔ばなし』共に論創社）、有馬弘純氏（『漱石の視界』論創社）の出版の手伝いが出来た事は別の意味でせめてもの恩返しであったと思っている。

刊行にあたり、べつやくれいさん、早稲田大学演劇博物館の岡室美奈子館長、広報の向井優子氏には並々ならぬ協力を戴いた。心より御礼を申し上げる。

なお、別役実氏の追悼としては次のものがある。

『「別役実のつくりかた」―幻の処女戯曲からそよそよ族へ』（早稲田大学演劇博物館、特別展図録二〇二一年五月）、『悲劇喜劇』（二〇二〇年七月号「別役実特集」早川書房）、『ユリイカ増刊』（二〇二〇年十月臨時増刊「追悼別役実」青土社）

最後に出版を引き受けて戴いた論創社の森下紀夫社長に対し心より謝意を申し上げます。

二〇二三年十二月

別役実（べつやく・みのる）
1937年、旧満州生まれ。早稲田大学政治経済学部中退。東京土建一般労組書記を経て、1967年、劇作家になる。岸田國士戯曲賞、紀伊國屋演劇賞、鶴屋南北戯曲賞、朝日賞など受賞多数。2020年 3月 3日逝去。

増補版　言葉への戦術

2024 年 4 月 20 日　初版第 1 刷印刷
2024 年 4 月 30 日　初版第 1 刷発行

著　者　別役　実
発行者　森下紀夫
発行所　論 創 社
東京都千代田区神田神保町 2-23　北井ビル
tel. 03（3264）5254　fax. 03（3264）5232　web. https://ronso.co.jp
振替口座　00160-1-155266
装幀／宗利淳一
印刷・製本／中央精版印刷　組版／フレックスアート
ISBN978-4-8460-2370-6　